Mordinstinkt

Peter Splitt

Mordinstinkt

Machandel Verlag

2014

Machandel Verlag
Charlotte Erpenbeck
Cover-Bildquelle: ChameleonEyes/www.shutterstock.com
Sonstige Grafik: div. Künstler/www.shutterstock.com
Druck: booksfactory.de
Haselünne
1. Auflage 2014
ISBN 978-3-939727-76-7

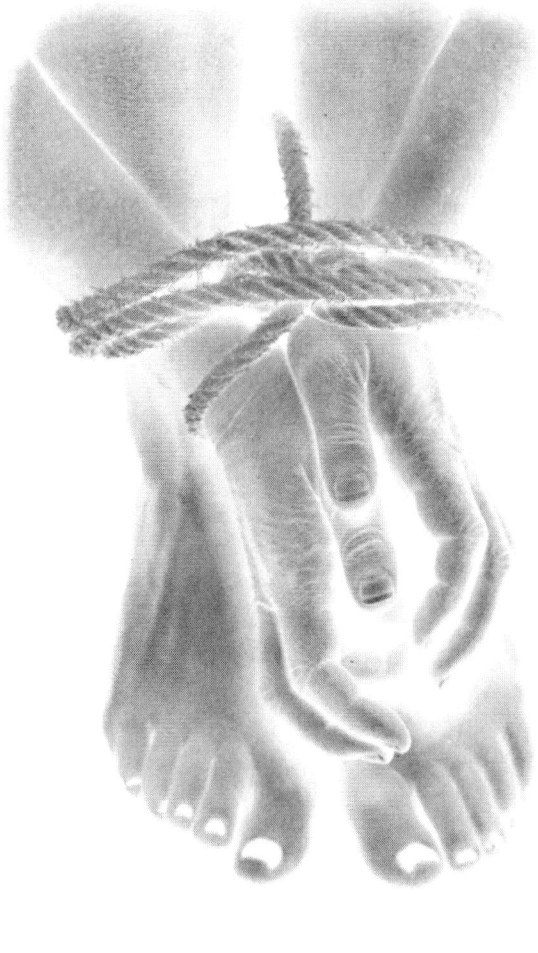

PROLOG

11. März 2011

Gerd Brauer hasste Regen. Dieses aggressive Prasseln konnte ihn wahnsinnig machen. Noch mehr hasste er den Wind, der scharf und eisig über den Sportplatz hinter dem weitläufigen Steingebäude pfiff, dort, wo er jahrelang Volleyball gespielt hatte. Finster starrte er in den Hof, wo gerade der Anstaltsbus hielt. Häftlinge stiegen ein und aus. Zweimal täglich kam dieser Bus, reine Routine, nichts Besonderes. Die Neuen kletterten etwas unsicher aus der Seitentür, während der kräftige Atem des Windes an ihren dünnen Uniformen zerrte. Er konnte sehen wie sie froren, die Freigänger.

Seit der Europäische Gerichtshof für Menschenrechte in Straßburg die unbefristete Verlängerung der Sicherungsverwahrung für rechtswidrig erklärt hatte, waren viele Insassen nach und nach entlassen worden. Jene Häftlinge, die man vor 1998 verurteilt hatte. Hauptsächlich harmlose Typen, aber letztendlich auch Kaliber, die brave Bürger lieber bis in alle Ewigkeit hinter Anstaltsmauern gesehen hätten.

Gerd Brauer hoffte, dass das Gerücht stimmte, das seit einigen Tagen auf seiner Station die Runde machte. Er sollte ebenfalls entlassen werden. Die Gutachter, deren Aussage bei der richterlichen Entscheidung oft den Ausschlag gab, hatten das Vorliegen einer schweren psychischen Störung verneint. Darüber hinaus habe sich sein Aggressionspotenzial im Laufe der Jahre abgeschliffen, so dass keine Gefährdung mehr von ihm ausginge. Das war das Resümee, welches die Gutachter in ihrem Bericht gezogen hatten. Na, und die mussten es ja wissen.

Ungeduldig rutschte er auf dem Stuhl im Vorzimmer des Direktors hin und her, während er auf seinen Betreuer wartete. Becker war seinem Ruf, das bestmögliche für seine Schützlinge herauszuholen, gerecht geworden. Der Mann war jeden Cent wert gewesen, den er in ihn investiert hatte. Dafür war seine Eigentumswohnung drauf gegangen, aber scheiß egal. Wozu brauchte er noch eine Wohnung in der Eifel? Offiziell würde er dort nie wieder auftauchen. Ein fester Wohnsitz wäre für seine Pläne ohnehin nur kontraproduktiv.

„Brauer?" Direktor Heidtmann kam zur Tür herein. Einen Moment lang stellte er sich vor, den Direktor nur mit einer coolen Augenbewegung zu grüßen, wie er es einmal in einem Film gesehen hatte. Aber Cool sein war jetzt wohl eher nicht angebracht. Er setzte ein freundliches Lächeln auf und sagte artig: „Guten Tag".

„Sie wissen, warum sie hier sind?" Heidtmann wollte gerade mit seiner üblichen wohlwollend-väterlichen Ansprache beginnen, als es an der Flurtür klopfte. Er wandte sich um.

„Einen Moment bitte, ich bin gleich wieder da ..."

Die Tür fiel unangenehm laut ins Schloss. Gerd Brauer lehnte sich auf dem harten Stuhl zurück und fragte sich, was da draußen los sein mochte.

Schreie. Schnelle Schritte, die auf dem gefliesten Boden hallten. Weitere Schreie. Dann herrschte Stille.

Er lächelte. Hatte da jemand einen Ausbruchsversuch unternommen? Er selbst hatte mehr als einmal daran gedacht, sich aber letztendlich in sein Schicksal gefügt. Er atmete tief durch. Und nun sollte wirklich alles vorbei sein? Nach all den langen Jahren hinter diesen Mauern hier sollte er wirklich entlassen werden? Er konnte es nicht wirklich glauben. Gerade ging ihm die Frage durch den Kopf, was er mit seiner Freiheit anfangen würde, als die Tür aufflog und ein junger Mann ins Zimmer gestoßen wurde.

„Ein bisschen Gesellschaft für dich", verkündete der Pfleger, der einen penibel sauberen Kittel trug, und wies auf einen Stuhl an der Wand. Der Neuankömmling nahm wortlos Platz.

„Waren Sie schon mal hier?", fragte der Neue nach einer Weile. Brauer brummte ein wortkarges „Ja". Er war schon einige Male im Büro des Direktors gewesen. Meistens war es dabei um eine Zimmerverlegung gegangen, oder, wie in den letzten Monaten, um die Sicherungsverwahrung. Natürlich hatte er in den letzten Jahren immer mal wieder einen Antrag gestellt, aber bisher war eine Entlassung immer abgelehnt worden.

„Weswegen bist du hier?" fragte er den Neuen.

„Ich habe meine Eltern umgebracht", sagte der fast teilnahmslos. „Ich musste es tun, verstehen Sie?"

Aber sicher verstand er. Wieder so ein armer Spinner, den sie sich hier zurechtbiegen würden.

„Und Sie?", fragte der andere nach einer kleinen Pause.

„Ich bin hier, weil ich jetzt endlich entlassen werden soll."

Der junge Mann überlegte kurz und fragte dann: „Weswegen hat man Sie denn hier rein gesteckt?"

„Beziehungsprobleme."

Der andere nickte, doch sein fragender Blick signalisierte, dass er nicht verstand.

„Na ja, sie behaupten ich hätte ein Mädel misshandelt und getötet. Ich wurde wegen eines Sexualmordes verurteilt. Aber das ist alles Schwachsinn! Sie war mein Mädel, verstehst du? Sie hat freiwillig mitgemacht."

Er sah sie plötzlich in Gedanken vor sich, wie sie nackt vor ihm gestanden, sich geschmeichelt gefühlt hatte. Seine Komplimente über ihren Körper hatten ihre Wirkung nicht verfehlt. In diesem Moment hatte er unauffällig ein Nylonseil hervor gezogen, es blitzschnell um ihre Handgelenke geschlungen und sie am Kopfende des Bettes festgebunden. Ihr Blick hatte ihn irritiert. Er hatte sie beruhigt, ihr weisgemacht, er wolle ihr etwas Geheimnisvolles zeigen. Dabei hatte er sich längst auf ihre Füße konzentriert, den richtigen Moment abgepasst, sie ebenfalls anzubinden. Das hatte sie weniger gemocht. Ihn hatte das angestachelt. Er war vom Bett heruntergeklettert und hatte sie aus verschiedenen Positionen lüstern betrachtet. Er hatte sich Zeit gelassen. „Perfekt", hatte er nach einer ganzen Weile freudig erregt gerufen und dabei seine Finger auf ihre Genitalien gelegt. Ihr Versuch zurückzuweichen war natürlich erfolglos gewesen.

„Mach mich sofort los, du Schwein", hatte sie ihn angegiftet. Ihn! Der erste Schlag hatte völlig ausgereicht, um sie aus der Fassung zu bringen.

„Du bist ja total verrückt", hatte sie gejault. Der panische Ausdruck ihrer Augen hatte dann einen inneren Schalter in ihm umgelegt. Immer wieder hatte er zugeschlagen, bis er sie verfehlt und sich die Hand am Bettrahmen verletzt hatte.

„Stillhalten, du dumme Kuh", hatte er sie angebrüllt und mit schmerzverzerrtem Gesicht auf seine Finger gestarrt.

„Du hast alles vermasselt."

Er hatte ihre Kopf an den Haaren hochgerissen, ihr einen gezielten Schlag in den Nacken verpasst. Alle Dämme waren gebrochen. Er hatte nur noch die uneingeschränkte Macht, diese nagende Erregung gespürt, ihr elendes Wimmern gehört. Er hätte nicht sagen können, wie lange er auf sie eingeschlagen hatte. Mit dem Messer, das er immer bei sich trug, hatte er ihrem Leben dann ein Ende gesetzt, ihr die Kehle durchgeschnitten. Nur leider war es viel zu schnell vorbei gewesen.

Mit dem Gedanken an das viele Blut tauchte er wieder auf. Der Geruch machte ihn auch jetzt noch wahnsinnig, Jahre danach. Das Bild der schweigenden Toten war in ihm, wie gerade gemacht. Wie hübsch sie ausgesehen hatte, nachdem sie endlich still gewesen war. Vielleicht hätte er nicht so lange neben ihr liegen bleiben sollen. Es war ihm richtiggehend schwer gefallen, sie in eine Decke gewickelt im Wald abzulegen.

Ja, so war es gewesen damals, und genauso hatte er es immer wieder den Psychologen erzählt, die ihn betreuten und ihm nun bescheinigten, dass eine Wiederholungstat ausgeschlossen sei. Man würde ihn also wieder auf die Menschheit loslassen. Und eine Idee, was er mit seiner wieder gewonnenen Freiheit anfangen würde, hatte er bereits.

ERSTES KAPITEL

Am Freitag den 21. März wurde Gerd Brauer entlassen. Bevor sich das große Stahltor öffnete, bekam er sein persönliches Hab und Gut sowie etwas Kleingeld ausgehändigt. Dann war er in Freiheit. Fast kam es ihm wie ein Wunder vor, auch wenn es hier draußen niemand gab, der auf ihn wartete oder gekommen war, um ihn abzuholen. Und trotzdem traf ihn seine Entlassung nicht unvorbereitet. Seit der positiven Nachricht des Direktors hatte er intensiv überlegt, wohin er gehen, beziehungsweise was er mit seinem neuen Leben anfangen würde. Zurück in die Eifel wollte er nicht. Auf einmal war ihm Bad Neuenahr in den Sinn gekommen. Der Name klang gut, irgendwie nach Spielcasino und reichen Damen. Aber Bad Neuenahr war auch nicht gerade billig. Er würde sich etwas einfallen lassen müssen. Darin war er gut. Er besaß eine lebendige Fantasie.

Also war er mit seinem schwarzen Seesack in ein Taxi gestiegen und hatte sich direkt in das Zentrum von Bad Neuenahr chauffieren lassen. Sein Ziel war das Carpe Diem, ein Café-Bistro in der Telegrafenstraße, von dem man ihm erzählt hatte. Wann hatte er zum letzten Mal einen ordentlichen Cappuccino getrunken? Er konnte sich kaum noch daran erinnern. Etwas verlegen betrat er das Café, fand einen Fensterplatz und setzte sich. Die Bedienung kam und fragte nach seinen Wünschen. Sie trug einen kurzen Rock und hatte schöne Beine. Als er seinen Blick hob, bemerkte er ihre süße Stupsnase.

Na, die wär was für den Anfang, dachte er und bestellte sich das langersehnte Getränk. Er beobachtete die Menschen draußen auf der Straße. Sie nahmen keinerlei Notiz von ihm und eilten an seinem Fenster vorbei.

Wie komme ich jetzt bloß an eine geeignete Unterkunft?, dachte er.

Am Südhang, dort wo die feinen Klinken lagen, gab es eine Menge Appartementhäuser. Zum Teil handelte es sich um Ferienappartements, allerdings wohnte hier auch das Krankenhauspersonal. Er hatte mal eine Zeit gehabt, als er auf junge Krankenschwestern stand. Das hatte ihm Gelegenheit genug gegeben, zu merken, dass man dort ziemlich anonym agieren konnte. Die Idee war gar nicht schlecht. Er blieb noch einen Augenblick vor dem Fenster sitzen und schlürfte genüsslich seinen Cappuccino. Danach zahlte er und verließ das Café.

Er schlenderte durch die Innenstadt und sah sich die Auslagen der Geschäfte an. Alles war so verdammt teuer geworden, oder war es der Euro, an den er sich erst noch gewöhnen musste? Immerhin hatte es zu jener Zeit, als man ihn verknackt hatte, noch die gute, alte D-Mark gegeben. Über die kleine Ahrbrücke gelangte er zum Kurpark von Bad Neuenahr. Mehrere Plakate dort priesen eine Heinz-Erhard Imitation für den Abend an. Man versprach den Leuten ein sehr unterhaltsames Programm. Er lachte. *Mal was anderes. Vielleicht schaue ich mir den Typen sogar an.*

Gegenüber vom Kurpark lag der Steigenberger Hof mit dem ehrwürdigen Spielcasino. *Was für ein Ambiente!* Ein kurzes Stück danach, nur wenig den Berg hinaus, sah er bereits die Hinweisschilder und Parkrichtlinien der Kliniken vor sich. Dahinter lagen die Appartementhäuser. Lässig ging er daran vorbei und prüfte unauffällig die Eingangstüren. *Wenn ich wenigstens etwas für ein, zwei Nächte finden könnte,* dachte er. *Das würde mir schon verdammt weiterhelfen.*

Haus Nummer 1 und 3 waren verschlossen, aber bei der Nummer 5 hatte er Glück. Die Eingangstür war nur angelehnt. Er sah sich um, aber niemand achtete auf ihn, als er eintrat.

Zuerst die Briefkästen überprüfen, befahl er sich selbst, und genau das tat er auch.

Bingo! Im dritten Stock war ein Briefkasten vollgestopft mit Briefen und Werbung! Das sah ganz nach der Post von mehreren Tagen aus. Vermutlich war der Bewohner verreist, oder er lag sogar in einer der Kliniken.

Brauer schaute auf das kleine Schild mit dem Namen Konrad Hendges. Das war einfach zu merken. Und da war noch eine brauchbare Information. An der Tür, die zum Keller führte, hing der Reinigungsplan des Treppenhauses. Herr Hendges war erst in der kommenden Woche dran. Das passte ihm gut!

Er stieg in den Aufzug und fuhr hinauf in den dritten Stock. Hier gab es drei Appartements. Er fand das Klingelschild mit dem Namen Hendges. *Wie gut, dass wir hier in Deutschland sind. Hier hat wenigstens noch alles seine Ordnung.*

Die Tür aufzubekommen war schwieriger, als er es sich zunächst vorgestellt hatte. *Ich darf keine unnötigen Geräusche verursachen*, hämmerte er sich immer wieder ein, während er mit ungeduldigen Fingern an dem Schloss herumhantierte. Schließlich sprang die Tür auf. Die kleine Metallkette war nun wirklich überhaupt kein Hindernis mehr für ihn. Er betrat die Wohnung und schaute sich um.

An den Wänden hingen Fotos. Sie zeigten einen Mann in den Fünfzigern. Einige davon waren irgendwo in den Bergen aufgenommen worden. Anscheinend besaß er einen älteren, knallroten Audi 80. Mehrere Fotos zeigten ihn mit solch einem Wagen. Fotos, die Frau und Kinder zeigten, fand er keine.

Volltreffer! Das hätte besser gar nicht passen können. Hier werde ich mich ungestört ein paar Tage einquartieren können. Mensch, hab ich vielleicht ein Glück. Jetzt noch schnell ein paar Dinge einkaufen, und dann mach ich´s mir so richtig gemütlich. Mensch, ein Appartement für mich ganz allein, ich kann´s noch gar nicht richtig glauben. Vergnügt schob er die Kette vor, steckte etwas Papier zwischen Schloss und Türrahmen und drückte die Tür zu. Sachte nur, auf keinen Fall fest. So würde er sie nachher ganz leicht wieder aufbekommen. Er summte eine Melodie und ging hinüber zum Edeka. Der kleine Supermarkt befand sich in einem Mini-Center, direkt neben der Ahrtal-Klinik, und beherbergte unter anderem einen DM-Markt, eine Dönerbude und eine Eisdiele.

Als er wieder zurückkam, fühlte er sich schon fast wie zu Hause. Pfeifend packte er die Tüten vom Supermarkt aus und räumte seine Einkäufe ein. Das neue Türschloss sowie mehrere Bierflaschen ließ er gleich auf dem Küchentisch stehen. Er war rundum mit sich zufrieden. Dieses Appartement war ganz nach seinem Geschmack und die erste Bleibe seit Jahren, die er ganz für sich alleine hatte. Sicher, es war nicht sehr groß, aber mehr als die wenigen Möbelstücke, mit denen es eingerichtet war, brauchte er auch nicht. Er hatte sowieso nur eine Schlafstelle mit Bad gewollt. Ein eigenes Bad, das war ihm sehr wichtig, nachdem er jahrelang die Ausdünste der anderen hatte erdulden müssen. Dass dieses Appartement auch noch über eine kleine Küche verfügte, war zusätzliches Glück. Natürlich nichts Dauerhaftes, aber er musste ja auch nur für eine Weile untertauchen, bis er sich eine neue Identität verschafft hatte.

Zunächst allerdings, musste er sich noch um ein paar Dinge kümmern. Dazu gehörten an erster Stelle seine roten Haare. Die musste er unbedingt loswerden. Rote Haare waren viel zu auffällig. Im DM-Markt hatte er sich ein Haarfärbemittel in mittelbrauner Farbe besorgt. Jetzt würde er sich erst einmal die Haare färben.

Er öffnete eine der Bierflasche, nahm einen kräftigen Schluck, dann stellte er sie zu den anderen in den Kühlschrank. Die Wohnung war das Tüpfelchen auf dem i, aber auch sonst war Bad Neuenahr für seine Bedürfnisse genau das richtige. Zum einen lag die Stadt nur wenige Kilometer südwestlich von Oberwinter. Damit wohnte er nahe genug, um die Leute im Yachthafen beobachten zu können, aber weit genug entfernt von seinem alten Leben in der Vulkaneifel. Es war sehr unwahrscheinlich, dass man ihn hier erkennen würde. Die roten Haare mussten trotzdem verschwinden.

Er erinnerte sich an den kleinen Stadt-Bahnhof. Bereits zu seiner Zeit hatte es dort Lebensmittelgeschäfte, schummrige Bars und eine Reihe gemütlicher Kneipen gegeben. Wenn sich dort nicht allzu viel verändert hatte, würde er sich in den Kneipen ohne Schwierigkeiten unbemerkt unter die Gäste mischen können. Wie das lief, wusste er. Innerhalb einer Woche würde er irgendwo Stammgast sein und dann würde niemand danach fragen, woher er kam, oder was er in Bad Neuenahr zu suchen hatte. Er wäre einfach nur ein Gast, so wie all die anderen auch. Was seinen Lebensunterhalt anging, nun, er würde sich hier und da nützlich machen, vor allem im Yachthafen am Rhein. Mit Booten kannte er sich aus. Er überlegte, ob er zuerst etwas essen sollte, entschied sich jedoch dagegen. Seine Haare waren wichtiger. Zuerst würde er sie färben, dann würde er essen. Draußen ging eine Horde schnatternder Mittvierzigerinnen vorbei. Er sah ihnen durch das Fenster nach. Sie steuerten geradewegs auf eine Kneipe schräg gegenüber zu. Das war durchaus nichts Ungewöhnliches. Das Ahrtal gehörte zu den bevorzugten Wochenendzielen unzähliger Kegelklubs, die nicht bis Bad Hönningen weiterfahren wollten. *Wann bin ich zum letzten Mal mit einer Frau zusammen gewesen?*, fragte er sich. Das musste vor langer, langer Zeit in der Eifel gewesen sein.

Aber vielleicht war ja schon heute die Nacht der Nächte? Er begann wieder zu pfeifen und eilte mit dem Haarfärbemittel ins Badezimmer. Warum auch nicht? Die heutige Nacht konnte tatsächlich die Nacht seines Lebens werden.

Zwei Stunden später war nicht nur das Türschloss ausgetauscht, sondern auch sein neues Aussehen fertig. Er stand vor dem Spiegel im Badezimmer und begutachtete das Ergebnis. Seine Haare waren jetzt mittelbraun. Es stand ihm gut, wie er fand. Und seine Figur war immer noch ganz ansehnlich. Tja, der Anstaltssport war manchmal doch zu etwas nützlich. Wie ein Eifel-Hinterwäldler wirkte er jedenfalls nicht mehr. Im Gegenteil, sein Spiegelbild kam ihm sogar fast südländisch vor. Und die Frauen standen doch auf solche Typen, oder etwa nicht?

Wenige Stunden später schlenderte er in das Nachtcafé Apfelbaum und setzte sich in die Nähe zweier Damen, die Cocktails tranken und in ein Gespräch vertieft waren. Während er sich ein Bier bestellte, hörte er sie miteinander schwatzen.

„Und da habe ich ihm gesagt, den alten Kahn bekommst du doch nie und nimmer mehr flott ..."

„Bin ganz deiner Meinung, Melanie." Die andere Frau nickte heftig mit dem Kopf. „Adrian und seine Flausen."

„Und wie läuft es so bei dir, Andrea?"

„Ich kann mich wirklich nicht beklagen. Ich meine, ich habe einen Job, der mir Spaß macht, ein eigenes Auto, eine eigene Wohnung und brauche eigentlich niemanden der mir Vorschriften macht." Sie warf ihre blonden Haare über die Schultern und inhalierte den Rauch ihrer Zigarette.

„Leo, machst du Andrea noch einen Cuba Libre auf meine Rechnung?", rief ihre Begleiterin dem Wirt zu.

„Kommt sofort", erwiderte der Wirt, der gerade ein Bier

zapfte und es auf den Tresen stellte.

Während der Wirt ein Glas polierte, trank Brauer einen Schluck und tat so, als verfolge er die Quizsendung im Fernseher links oben über der Bar. Dort wurde gerade die nächste Frage eingeblendet.

Auch die beiden Damen drehten sich zum Fernseher hin.

„Das wär's doch", sagte Brauer zum Wirt und achtete streng darauf, dass er den beiden Damen nicht zu viel Aufmerksamkeit schenkte. „Mal eben so 'ne Million gewinnen. Glauben Sie, er schafft es?"

„Keine Ahnung. Ist noch zu früh, um etwas zu sagen." Der Wirt blickte einen Moment lang ebenfalls auf den Bildschirm, dann wandte er sich wieder seinem Gast zu.

„Noch ein Bier?"

„Gern. Und für die Damen ebenfalls ein Getränk!"

„Oh, das ist aber nett von ihnen, vielen Dank", sagte Melanie.

„Kein Problem, wenn wir uns schon zusammen das Quiz ansehen, nicht wahr?" Zum ersten Mal drehte er sich zu ihnen um und lächelte ungezwungen.

„Genau. Auf die Million", sagte Andrea und beugte sich leicht vor, um ihn besser in Augenschein nehmen zu können.

„So eine Menge Kohle." Sie kicherte.

„Schscht!" Melanie flüsterte ihr etwas ins Ohr.

„Wie heißen sie eigentlich?" fragte Andrea ihren spendierfreudigen Gönner.

Er zögerte einen Moment. Dann erinnerte er sich an den Namen, den er sich zurechtgelegt hatte.

„Konrad. Konrad Hendges. Conny für meine Freunde."

„Hey Conny, was, glauben Sie, wird er mit der Million machen, falls er gewinnt?"

„Sei doch still, Andrea. Er bekommt ja einen ganz falschen Eindruck von dir."

„Warum, nur weil mich die Vorstellung einer Million ..."

„Andrea, Schluss jetzt!" Melanie lachte ein wenig verlegen. „Sie müssen ihr Verhalten entschuldigen Konrad. Meine Freundin redet gern und manchmal auch ein bisschen viel."

„Wie wär's mit einem Snack für Zwischendurch?", fragte er und gab dem Wirt ein Zeichen. Dieser zeigte auf hübsch angerichtete Teller mit kleinen mundgerechten Frikadellen, Käsehäppchen und Antipasti in einer Vitrine.

„Gern", ließ Andrea verlauten, während Melanie gleichzeitig ein „Ist doch nicht nötig!" hervorbrachte.

Er orderte einen Teller. „Ich lade sie ein, meine Damen. Feiern wir meinen ersten Tag in Bad Neuenahr."

„Oh, sie sind neu in der Stadt?", fragte Melanie neugierig.

„Heute Morgen angekommen."

„Und woher kommen sie?"

Konrad überlegte. Jetzt bloß keinen Fehler machen.

„Aus Frankfurt."

Er wusste nicht, warum ihm gerade diese Großstadt eingefallen war, aber es klang gut.

„Oh, von wo denn genau? Meine Mutter lebt auch in Frankfurt. In Zeilsheim", sagte Melanie. Er überging ihre Frage.

„Sehen Sie mal. Jetzt hat er schon zehntausend Euro gewonnen." Konrad hob sein Glas.

„Prost auf die nächsten zehntausend."

„Prost", erwiderten die Frauen.
Fünf Quizfragen weiter wusste er alles über Andrea, was er wissen wollte:

1. *Sie lebte allein.*
2. *Sie hatte keine Familie in der Stadt.*
3. *Sie besaß eine eigene Boutique.*
4. *Sie hatte sich gerade von ihrem Freund getrennt.*
5. *Sie besaß kein gesundes Misstrauen*
6. *Sie war schüchtern, obwohl sie den Mund ganz schön voll nahm.*
7. *Sie war genau der Typ Frau den er gesucht hatte.*

Natürlich würde er vorsichtig vorgehen. Heute Abend würde er nur den großen Kavalier spielen. Er würde einen guten Moment abpassen und Andrea zu einem Date einladen. Vielleicht ins Theater oder zu einem schönen Essen. Irgendetwas, das Eindruck hinterlassen würde. Er musste sich Zeit lassen, durfte sich nicht verzetteln. Zu ihrem Date würde er sie von zu Hause abholen und dort auch wieder abliefern. Er hatte sich im Griff, wenn es notwendig war, er würde nicht mit in ihre Wohnung gehen. Er musste auf Nummer Sicher gehen. Warten, bis er Stammkunde im Apfelbaum war, kein Fremder mehr, kein Einzelgänger. Das Wichtigste war seine neue Identität. Sie würde es ihm ermöglichen, seinen Zielen nachzugehen, ohne Verdacht zu erregen. Und dann würde er Informationen verbreiten, die man in Bad Neuenahr und Umgebung akzeptieren musste.

ZWEITES KAPITEL

Melanie Ackermann hob eine Hand vor ihr Gesicht, um ihre Augen vor dem grellen Licht der Sonne zu schützen. Sie blinzelte hinauf zu der Möwe, die über dem hinteren Teil des Segelbootes große Kreise zog. Für einen kurzen Moment bewunderte sie die eleganten Bewegungen, dann wurde es ihr langweilig und sie setzte sich auf. Auf ihrem ansonsten noch bleichen Rücken zeichneten sich blassrot die Druckspuren vom Lattenrost des Liegestuhls ab. Sie blickte sich nach allen Seiten um. In der näheren Umgebung der Milagros war niemand zu sehen. In der Mittagssonne wirkten die Steganlagen regelrecht verlassen. Mit trägen Bewegungen öffnete sie die feinen Häkchen auf der Rückseite ihres Bikinioberteils und befreite ihren festen Busen aus dem Stoff. Ihr Körper war erhitzt und schweißbedeckt. Sie strich sanft mit der Hand über ihre straffen Muskeln und spürte die Feuchte ihrer Haut. Dann lehnte sie sich beruhigt und entspannt wieder zurück, während die angenehm warme Frühlingsluft sie schläfrig machte.

Die Menschen im Rheinland hatten zunächst über den langen, kalten Winter gestöhnt, dann über einen Frühlingsanfang, der nicht so richtig in die Gänge gekommen war. Es hatte viel zu viel Regen gegeben. Nun beklagten sie die ersten heißen Tage des Jahres.

Hatte sich das Weltklima wirklich derart verändert? Oder waren die Leute nur schlicht unzufriedener geworden? Sie wollte sich erst gar nicht an dem allgemeinen Gejammer beteiligen. Nein, sie war vollkommen mit sich und der Welt im Reinen. Der Stress der Vorbereitungen lag jetzt hinter ihr. Morgen sollte es losgehen. In ihr war nur noch Vorfreude auf die bevorstehende Reise mit Adrian. Allein bei dem Gedanken an ihn kribbelte es in ihrem Unterleib. Ihr Ehemann konnte mit seinen achtundvierzig Jahren immer noch mit jedem Jüngling konkurrieren. Seine ewig gebräunte Haut und das sonnengebleichte Haar ließen ihn wie einen erfahrenen Surfer wirken, seine glitzernden, kobaltblauen Augen offenbarten Anzeichen von höchster Intelligenz und Entschlossenheit. Melanie leckte sich über die Lippen. Ein Mann zum Anbeißen. Die sieben Jahre, die er älter war als sie, verliehen ihm genau jenen weltmännischen Touch, den sie so sehr schätzte. Und es war keineswegs nur körperliche Anziehungskraft. Beim Segeln teilten sie eine zusätzliche gemeinsame Leidenschaft.

Lächelnd erinnerte sie sich an den Tag, als sie dieses Boot entdeckt und gekauft hatten. Das lag jetzt bereits fast ein ganzes Jahr zurück. Sie sah es wieder vor sich, abgetakelt und ohne Mast, in einem staubigen Schuppen, auf dem Hafengelände von Oberwinter. Und trotzdem hatten sie beide sich sofort in diese traurige Erscheinung verliebt und das Wrack letztendlich zu einem Spottpreis erworben. Natürlich hatte keiner von ihnen damals geahnt, dass Adrian es als Therapie brauchen würde. Und das gleich in zweifacher Hinsicht. Adrian war Schriftsteller, aber nicht gerade das, was man einen Bestsellerautor nannte. Das lag an seiner Sucht, und die damit verbundenen Schaffenspausen, die ihn um den Lohn seiner Arbeit brachte. Und in genauso einer befand er sich wieder einmal.

Einen Moment beschlichen Melanie nagende Zweifel. Sexuelle Anziehungskraft hin, schönes Segelschiff her – wollte sie wirklich diesen Turn mit Adrian machen? In dem Maße, in dem das Schiff aufpoliert wurde, war Adrians Verhalten den Bach heruntergegangen. Dabei hatte doch alles so hoffnungsfroh angefangen.

Melanie und Adrian hatten sich im Sommer 2009 an der Ostsee kennengelernt. Es war purer Zufall gewesen, dass sie quasi im gleichen Augenblick durch den eleganten Hafen von Travemünde schlenderten und die prachtvollen Yachten bestaunten. Zunächst hatten sie sich ein freundliches Hallo und vielsagende Blicke zugeworfen. Melanie trug ein enganliegendes Sommerkleid. Sie war einfach weiterspaziert, während Adrians Blick förmlich an ihrer hellblonden Lockenmähne klebte. Auf der Stelle hatte er sich umgedreht und war ihr gefolgt war. Sie hatte so getan, als sei sie nicht weiter überrascht, und auf eine schnittige, blauweiße Yacht gedeutet, die den Namen *Melanie 1* trug. Dabei hatte sie ihm scherzhaft zugerufen: „Die sollte eigentlich mir gehören! Meinen Namen trägt sie ja bereits ..."

Als sie kurz darauf auch noch feststellten, dass sie beide aus der Eifel stammten, war der Bann gebrochen. Sie verbrachten jenen denkwürdigen Nachmittag bei tropischen Cocktails in einer gemütlichen, kleinen Hafenbar und tanzten zu sanften Jazzklängen einer Liveband. Die Wolken zogen ein dunkles Band über den Horizont, das die Sonne verschluckte. Melanie konnte die Wirkung des Alkohols nicht leugnen. Adrian beugte sich zu ihr, hielt einen Moment inne. Sie spürte den Puls in ihre Schläfen steigen. Als er sie küsste, schloss sie die Augen. Sie liebte es, wenn er sie mit solcher Vorsicht umgarnte. Wenn er wollte, konnte er sehr charmant sein.

„Hast du zu Hause jemanden, der auf dich aufpasst?", hatte er scherzend gefragt.

„Nicht, dass ich wüsste", hatte sie geantwortet, und dabei verschmitzt gelächelt. Ihr erster Kuss war voller Leidenschaft und Verlangen. Als sie später in der Nacht engumschlungen zusammenlagen und sich Liebesschwüre in die Ohren säuselten, bemerkten sie sehr schnell, dass sie die gleiche Lebenseinstellung besaßen und die natürliche Chemie zwischen ihnen stimmte.

Adrians Zuhause in Ulmen war eine umgebaute, ehemalige Scheune. Sie bestand im Wesentlichen aus nur einem einzigen, verhältnismäßig großen Raum, der als Wohn- und Schlafzimmer diente. An der Rückwand, gegenüber der Eingangstür, befand sich eine große, offene Feuerstelle inmitten einer rußgeschwärzten Mauer. Rechts davon stand ein riesiges, flaches Bett ohne Kopf- und Fußteil, abgedeckt von einer großkarierten Decke, die bis auf den abgetretenen Holzboden hinab reichte. An der Wand gegenüber standen ein massiver Holztisch und vier ausgesessene Stühle mit hohen, geschnitzten Rückenlehnen. Ein rustikaler Schrank, dessen offene Regale bunt bemalte Steinkrüge und Teller schmückten, vervollständigte das Mobiliar. Poster von Alfred Hitchcock, Edgar Wallace und anderen Persönlichkeiten brachten moderne Akzente in die bäuerliche Atmosphäre. Links und rechts der Tür gab es zwei große Fenster. Sie waren vergittert, boten aber trotzdem einen einmaligen Ausblick auf den nahegelegenen Vulkansee. Ihre Läden waren an der Innenseite befestigt und dienten zugleich als Vorhänge.

Genau genommen wirkt das Haus wie der Unterschlupf eines Vagabunden, war Melanies erster Gedanke. Erst beim zweiten Hinsehen bemerkte sie zwei schmale Türen, die dicht nebeneinander lagen und in einen früheren Ziegenstall führten. Was allerdings dahinter zum Vorschein kam, hätte sie keinesfalls erwartet. Die erste führte in eine komplett eingerichtete, hypermoderne Küche, danach in ein geräumiges Duschbad und schließlich auf eine riesige, von der Straße uneinsehbare Terrasse.

Die zweite Tür offenbarte das eigentliche Reich des Meisters. In einem Duftgemisch aus vermodertem Papier und abgestandenem Leder türmten sich vergilbte Papiere, Dokumente und verstaubte Aktenordner auf einem schweren Eichenschreibtisch. Dazwischen stand eine veraltete Schreibmaschine, die eigentlich längst in ein Museum gehörte, und ein nicht weniger alter Computer. Die Wände säumten Regale mit Büchern, soweit ihr Auge reichte.

In diesem Haus gibt es noch eine Menge zu tun, hatte sie sofort gedacht. Drei Monate später zog sie bei ihm ein.

Weitere sechs Monate später schien ihr Glück vollkommen, als sie sich in der kleinen Kapelle von Müllenbach das Ja-Wort gaben. Melanie schwamm auf Wolke sieben. Kurz darauf kauften sie das Boot und begannen mit den Restaurierungsarbeiten. Laut Adrian sollte es sie, wenn auch verspätet, zu ihrer glorreichen Hochzeitsreise tragen. Romantische Schwärmereien, davon verstand Adrian etwas. Vom praktischen Arbeiten allerdings auch. Zuerst legten sie Glasfasermatten über die gebrochenen Holzplanken des Schiffsrumpfes, danach schliffen und lackierten sie gewissenhaft die Aufbauten im Inneren der Kabine. Dann kam der Winter und die Arbeiten gerieten ins Stocken. Da lernte sie einen völlig anderen Adrian kennen. Einen, der seinen Beruf verfluchte und die fehlende Inspiration in einer Flasche suchte. Anfang März ging es dann wieder los. Adrian widmete sich mit schier unglaublicher Leidenschaft der Instandsetzung ihres so traurig dreinschauenden Wasserfahrzeuges. Es reichte, um ihn wieder weitgehend nüchtern werden zu lassen. In den ersten Apriltagen hatte er dann eine Phase, in der ihm die Arbeit nicht mehr ganz so leicht von der Hand ging, Melanie befürchtete schon, dass er wieder zur Flasche greifen würde, doch da lief ihm Konrad über den Weg. Er hatte seit einigen Tagen im Yachthafen herumgegangen und nach Arbeit gefragt. Konrad als Partner bannte die Gefahr. Dass er ein begnadeter Handwerker war, stellte sich schnell heraus. Anscheinend hatte er schon so manches Boot wieder flott bekommen.

Melanie war überrascht gewesen, ihre sympathische Kneipenbekanntschaft hier zu treffen. Sie wusste, dass Konrad mit Andrea ausging. Aus Sicht ihrer Freundin war es etwas Ernstes. Ob Konrad das genauso sah, wusste sie nicht.

In den nächsten Wochen verbrachten Melanie und Adrian fast jede freie Minute in Oberwinter. Die Männer arbeiteten fast rund um die Uhr, legten weitere Fiberglasmatten über marode Holzbohlen und strichen den Rumpf des Schiffes. Melanie genoss es zunehmend, ihren Mann beim Herumhantieren an dem restaurierten Boot zu beobachten. Die körperliche Arbeit schien aus ihm einen zufriedenen Menschen zu machen, ganz im Gegenteil zu seiner Schreiberei. Wie oft schon hatte sie ihn vorher wütend und frustriert über einem fast leeren Blatt sitzen sehen.

Das größte Problem bei der Restaurierung des Bootes stellte der Mast dar. Neue, eigens für den Austausch hergestellte Rundhölzer waren sehr teuer. Aber auch in diesem Fall stand ihnen Konrad mit Rat und Tat zur Seite. Er wusste von einem Wrack, dass zwar kaum noch Holzplanken besaß, dafür aber einen Mast, der noch voll funktionstüchtig war. Mit dem neuen Mast war das Werk vollbracht. Sie nannten ihr kleines Boot *Milagros*, was im Spanischen Wunder bedeutete, denn nichts anderes war es auch, als es an jenem Ostersonntag fix und fertig zum Stapellauf bereitstand. Der Unterschied zu seinem früheren Zustand war gewaltig. Mit geschlossenen Augen stellte Melanie sich vor, wie diese Planken bald auf dem Wasser des Meeres schaukeln würden. Sie dachte an die romantischen Sonnenuntergänge, die sie mit Adrian an Deck verbringen würde, Hand in Hand, voller Vorfreude auf das, was sie nachher unter Deck machen würden. Ja, das Leben war schön.

Das Boot war endgültig fertig. Konrad und Adrian standen zusammen und tranken ein Bier. Letzterer grinste spöttisch, als er den besorgten Blick seiner Ehefrau bemerkte.

„Na, immer noch Bammel vor der Reise!" Es war eine Feststellung, keine Frage. Tröstend legte er seine Hand auf ihre Schulter. „Mach' dir keine Sorgen, Kleines. Mein Angebot gilt nach wie vor. Du musst nicht mitkommen, wenn du nicht willst. Genauso gut kannst du brav zuhause in der Eifel auf mich warten."

Jetzt lächelte sie und schüttelte eindringlich den Kopf, wusste sie doch, dass sie nicht mehr zurück konnte. Seit der Hochzeit war nun mal ihr Platz an seiner Seite. Einen Moment lang stellte sie sich die Frage, ob sie jemals einen Mann mehr lieben könnte als ihren Adrian. Die Antwort ergab sich von selbst, aber sie bedeutete auch, dass sie seinen Lebensstil akzeptieren musste. Trotzdem kamen ihr zunehmend Bedenken in Bezug auf die bevorstehende Seereise, jetzt da sich das Datum ihrer Abfahrt näherte. Wohlmeinende Freunde hatten ihr mehr als genug Schauergeschichten erzählt über schlechtes Wetter und hohen Seegang auf dem Atlantik.

„Wir können es doch ruhig angehen lassen", versicherte ihr Adrian immer wieder, jedoch traute sie dem Braten nicht so ganz.

„Du wirst sehen, wir werden mächtig viel Spaß haben unterwegs", sagte er. „Denn bis wir die Nordsee in Holland erreicht haben, sind wir beide schon längst erfahrene Seemänner, äh, und Frauen natürlich."

„Das will ich wohl glauben", entgegnete Melanie vorsichtig und zwang sich zu einem Lächeln. „Wenn ich nur wüsste, warum mich immer dann, wenn ich an die bevorstehende Reise denke, ein derart seltsames Gefühl beschleicht?"

Der Schiffsrumpf knarrte leise. Es war, als ob die *Milagros* ihre Bedenken teilte.

Die Milagros war bereit für den Stapellauf. Der Anhänger mit dem Boot stand vor der Rampe, die hinunter zum Wasser führte. Unter den Augen einer kleinen Gruppe neugieriger Ortsansässiger, die sich extra versammelt hatten, um dem Stapellauf beizuwohnen, war Melanie gerade damit beschäftigt, die letzten Taue zu lösen. Adrian stand mit freiem Oberkörper neben dem Trailer, stolz wie Oskar, während er zusah, wie sich der Anhänger auf die Rampe zubewegte. Plötzlich ertönte ein dumpfes Geräusch, das Segelboot ruckelte und rutschte dann scharf auf die rechte Seite.

„Verdammt, Melanie, festhalten!"

Adrians Warnung kam zu spät. Seine Frau verlor das Gleichgewicht und drohte zu fallen. In letzter Sekunde gelang es ihr, eines der Halteseile zu greifen. Ein Seil, das merkwürdig durchhing und damit nur zu deutlich machte, was Schuld an dieser Beinahe-Katastrophe war. Nichtsahnend hatten sie Nylonschnüre benutzt, um das Boot auf dem Anhänger zu befestigen. Diese hatten sich ausgedehnt und das gefährliche Schlittern des Bootes verursacht. Adrian, der augenscheinlich mehr Angst um sein Boot als um Melanie gehabt hatte, verzog wütend das Gesicht, ballte eine Hand zur Faust und wies damit unmissverständlich in ihre Richtung. Für einen kurzen Augenblick glaubte Melanie, dass er auf sie losgehen und sie ohrfeigen würde, auch wenn jeder, der hier stand, gesehen hatte, dass sie gar nichts dafür konnte. Zum Glück besann sich Adrian eines Besseren. Er trat einen

Schritt zurück, stieß einen Fluch aus, schenkte ihr jedoch keine weitere Beachtung. Melanie hingegen war erschrocken und entsetzt zugleich. Alle schauten sie zu ihr hin.

Vier Tage später, am 28. April passierte die *Milagros* jene Landzunge, die den Oberwinterer Yachthafen vom Rhein trennte. Noch bevor Melanie und Adrian die zwölf Meter hohe *Regenfänger-Skulptur* aus den Augen verloren, geriet ihr Boot in leichte Strömung und kurvte dank des kräftigen Außenborders zügig den nördlichen Mittelrhein hinab. Das Gefühl, auf dem Wasser fast allein zu sein, mit dem Mann, den sie liebte, war umwerfend. Melanie fühlte sich ungemein jung und befreit, während sie die sanfte Brise des Fahrtwindes in sich aufnahm. Vor ihnen lag ein aufregendes Abenteuer, das ihnen neue und ungeahnte Möglichkeiten versprach.

DRITTES KAPITEL

Konrad lag auf der Schlafcouch in dem kleinen Appartement und versuchte, Ordnung in seine Pläne zu bringen. Er musste über vieles nachdenken. Es war nicht so einfach, wieder ein eigenständiges Leben zu führen. Gott sei Dank hatte er schnell im Yachthafen von Oberwinter Arbeit gefunden, auch wenn es zunächst nur Aushilfsjobs waren. Die Arbeit an den Booten machte ihm Spaß, und die meist gutbetuchten Eigentümer hatten sehr schnell gemerkt, was sie an ihm hatten. Er kannte sich aus und war immer zur Stelle, wenn man ihn brauchte. So war es auch bei den Ackermanns gewesen. Das Ehepaar war gerade zu einem Segeltörn auf die Kanaren aufgebrochen, mit einem alten Segler, den sie mit seiner Hilfe wieder aufgebaut hatten. So eine Seereise, nun ja, die hätte ihm auch gefallen können. Adrian Ackermann war Schriftsteller. Wow! Das war nun ganz sicher ein Beruf, mit dem man jede Menge scharfe Frauen aufreißen konnte. Außerdem redete der Kerl gerne und viel. Durch den würde er sicher noch so manchen gutbezahlten Auftrag bekommen.

Ein Blick auf die Uhr sagte ihm, dass er nur noch eine gute Stunde Zeit hatte, um zu duschen, sich umzuziehen und Andrea abzuholen. In den vergangenen Wochen waren sie mehrfach miteinander ausgegangen. Bad Neuenahr hatte diesbezüglich eine Menge zu bieten. Andrea war zurückhaltend, aber stets freundlich zu ihm gewesen. Er hatte sie durchschaut, jedoch von Anfang an so getan, als wäre er ein echter Gentleman. Heute Abend würden sie zusammen essen, danach ins Kino gehen, und wer weiß, vielleicht würde sich sogar mehr ergeben. Er hätte bestimmt nichts dagegen einzuwenden. Gut gelaunt ging er ins Badezimmer und drehte die Dusche auf. Oh ja, natürlich hatte er einen Plan ausgearbeitet. Für alle Fälle sozusagen. Das Abendessen war nur der Anfang. Sie sollte glauben, dass er es ernst mit ihr meinte. Frauen wie Andrea konnte er gut einschätzen.

Sie hatte das richtige Alter. Ende dreißig, alleinstehend und wohlhabend. Dazu etwas konservativ und zurückhaltend, außer wenn sie getrunken hatte. Er erinnerte sich an den ersten Abend, als er sie und Melanie Ackermann im *Apfelbaum* getroffen hatte. Sie machte zwar auf unabhängig, aber das war nur ihre Schale und Balsam für ihr Ego. Im Inneren sehnte sie sich nach einer festen Beziehung. Er konnte sich gut vorstellen, dass sie trotz ihres Alters noch immer noch von einem echten Märchenprinzen träumte.

Konrad grinste hämisch über das ganze Gesicht, als er sich unter die Dusche stellte.

Vielleicht werde ich ja bald ihr Prinz sein. Ein Glücksprinz sozusagen. Er war sich sicher, dass er schon bald mit ihr zusammenziehen würde, eine Vorstellung, die ihm außerordentlich gut gefiel. Das konnte seine Vorteile haben, mit einer richtigen Frau, gutem Essen und etwas fürs Bett. Eben das volle bürgerliche Programm, denn das war absolut unvermeidlich für seine Tarnung. Wenigstens für eine Zeitlang.

Andrea hatte bislang nur am Rande mitgekriegt, dass er mit Booten zu tun hatte. Sie war vertrauensselig genug, ihm zu glauben, dass er geschäftlich öfters unterwegs war. Er brauchte gewisse Auszeiten, denn er spürte es wieder. Ganz tief in ihm drin fing es an zu brodeln. Diesmal würde er sich äußerst klug verhalten. Er hatte vorausgeplant. Noch einmal würde ihm niemand auf die Schliche kommen. Sein Aussehen und seinen Namen hatte er bereits verändert. Das hatte er aus den Krimis, die er sich immer im Fernsehen anschaute. Und die mussten ja schließlich wissen, wie man so etwas machte.

Erst vor kurzem hatte in der Zeitung ein Bericht über seine Anstalt gestanden. Das neue Gesetz aus Straßburg hatte für mächtig viel Unruhe in der Bevölkerung gesorgt. Und wie sich die Leute aufregten! Er hatte sich jede Zeitung zum Thema gekauft, die er bekommen konnte, alle Berichte gelesen. Und es hatte ihn fasziniert, was er über die Ängste anderer in den Zeitungen las, wusste er doch, dass er der Einzige war, der die genauen Fakten kannte. Über seinen neusten Coup hatten sie natürlich noch nichts geschrieben.

Er hatte in dem Appartement des Alten einen Kalender gefunden, in dem eine ganz bestimmte Woche rot unterstrichen war. Bei genauerem Hinsehen war es exakt die Woche gewesen, in der er sich Zugang zu dem Appartement verschaffen hatte. Die Wohnung lag ideal. Er gedachte sie durchaus auch zukünftig als Basis für seine Aktivitäten zu benutzen. Aufgrund des Kalenders wusste er wann der Eigentümer zurückkehren würde, und hatte sich einen Plan ausgedacht. An besagtem Tag hatte er sich auf die Lauer gelegt. Den roten

Audi 80 konnte er gar nicht übersehen. Wer fuhr heutzutage noch solch einen Wagen? Er hatte die erstbeste Gelegenheit genutzt, die sich ihm bot, und war hinten in den Wagen geklettert, als der Mann kurz ausgestiegen und ins Haus gegangen war. Drinnen hatte er sich hinter die Sitze gedrückt und war erst aufgetaucht, als sich der Wagen bereits wieder auf der Telegrafenstraße befand. Der Alte hatte vielleicht Augen gemacht, als er ihn im Rückspiegel entdeckte! Mehr noch, als er die Klinge seines Messers an seinem Hals spürte. Danach war der Mann widerstandslos seinen Anweisungen gefolgt und auf die A61 gefahren. Scheinbar freundlich hatte er ihn gebeten, an einem verwaisten Rastplatz anzuhalten. Dort hatte Konrad ihn erstochen, ohne große Umstände.

Der Rest war ein Kinderspiel für ihn gewesen. Er hatte den Alten in eine Decke gewickelt und in den Kofferraum auf eine Plastikplane gepackt. Er wollte die durch die Blutungen hervorgerufene Verschmutzung und Geruchsbelästigung so gering wie möglich halten. Schließlich beabsichtigte er, den Wagen noch eine Zeitlang zu benutzen. Danach war er in aller Seelenruhe in Richtung Eifel gefahren und hatte ihn entsorgt. Für so etwas war die Eifel gut. Dort gab es Wälder und einsame Plätze ohne Ende. Sie boten genügend Platz, um eine Leiche zu verstecken.

Am 1 Mai war es dann wieder passiert, ohne das er die Aktion groß geplant hätte. *Ausgerechnet am Tag der Arbeit*, dachte er und grinste. Er war mit Andrea tanzen gewesen, als er die Frau bemerkt hatte. Sie war nicht mehr ganz jung gewesen, aber dafür umso flotter angezogen. Kurzer Rock, Nylons und Stiefel mit hohen Absätzen, so wie er es liebte. Augenscheinlich war sie auf ein Abenteuer aus. *Vielleicht eine grüne Witwe, oder einfach nur liebeshungrig*, dachte er. Aber da Problem war Andrea, daran kam er nicht vorbei. *„Ach was*, hatte er gedacht. *„Ich fahre nachher, wenn ich Andrea nach Hause gebracht habe, nochmals hier vorbei, und wenn die Alte dann noch da ist, dann ist sie dran."*

Kurz nach Mitternacht wollte Andrea nach Hause, weil sie am nächsten Tag wieder arbeiten musste. Er brachte sie bis vor ihre Haustür und verabschiedete sich artig von ihr. Danach fuhr er schnurstracks zurück zu dem Tanzlokal. Mit jedem Meter, den er hinter sich brachte, spürte er, wie Adrenalin in seinen Körper gepumpt wurde und seine Pulsfrequenz stetig anstieg. Zunächst konnte er die Frau nirgendwo entdecken, doch dann, als er gerade aufgeben und zurück zu seinem Apartment fahren wollte, sah er, wie sie in ihr Auto einstieg. Allein. Der Abend war wohl kein Erfolg für sie gewesen. Er folgte ihr in gebührendem Abstand und sah, wie sie den Wagen in eine Hauseinfahrt lenkte. Zu seinem Glück stand das Haus allein und etwas abseits von der Landstraße. Er sah kein Risiko. Die Frau stieg aus und ging rasch in Richtung der Außentreppe. Er spürte eine genüssliche Nervosität, als er bremste, in die Einfahrt bog, direkt hinter ihrem Wagen hielt und nach dem Messer griff. Sofort riss er die Tür auf und spurtete los. Noch bevor die Frau überhaupt begriffen hatte, was geschah, war er bei ihr gewesen und hatte auf sie eingestochen. Natürlich nur dorthin, wo es sie nicht gleich umbrachte. Der Blutverlust war ihm egal, solange sie nur noch lebte, wenn er sie in sein Versteck brachte. Ein bisschen mehr Spaß mit ihr wollte er schon noch haben. Schließlich hatte er ein Jahrzehnt auf diesen Augenblick gewartet.

Durch den Blutverlust verlor sie das Bewusstsein. Das war ihm recht. Wie schon den Alten zuvor, steckte er auch sie einfach in den Kofferraum des Audis und brachte sie an einen sicheren Ort. Es war ein hervorragendes Versteck, wie er fand. Kein Wunder, schließlich hatte er es doch mit größter Sorgfalt ausgesucht.

Allein bei dem Gedanken an den Abend, ihr Stöhnen, an das quellende Blut, das im Schein der Türlampe fast schwarz ausgesehen hatte, überlief es ihn heiß. Er leckte sich über die Lippen, drehte dann das Wasser ab und trat fröhlich aus der Dusche.

Er fühlte sich wie neu geboren, konzentriert und willensstark. Er schaltete den Radiowecker ein und rasierte sich summend vor dem Spiegel über dem Waschbecken. *Wish you were here ...*

Danach zog er sich an, ließ die Tür ins Schloss fallen und rannte die Treppe hinunter. Zuerst seine Verabredung mit Andrea, und danach vielleicht noch ...

Nun ja, das Spiel konnte beginnen.

VIERTES KAPITEL

Die Frau hatte keine Ahnung, ob es Tag war oder Nacht. Sie wusste nur, dass viel Zeit vergangen war, doch wie lange er sie bereits eingesperrt hatte, das wusste sie nicht. Der Klang seiner Schritte auf der Treppe ließ sie erzittern. Sie rollte sich wie eine Schnecke in einer Ecke zusammen, aber es half ihr nichts. Wie immer trug er eine Taschenlampe bei sich und fand sie auf der Stelle.

Das Licht war viel zu hell. Ihre Augen brannten. Sie blinzelte einmal, zweimal, aber es wurde nicht besser. Schützend hielt sie eine Hand vor ihre Augen.

„Trink!", befahl ihr seine Stimme hinter dem Licht. Kannte sie den Mann? Sie konnte sich nicht erinnern. Eine Plastikflasche wurde ihr an den Mund gesetzt.

„Trink", sagte die Stimme wieder. Gierig ließ sie das Wasser in ihre trockene, geschwollene Kehle laufen. Es schmerzte beim Schlucken. Überhaupt schmerzte ihr Körper überall und ihr war schwindelig. Dazu dröhnte ihr Kopf wie ein Kraftwerk. Dieser verdammte Irre, was hatte der überhaupt mit ihr gemacht? Sie erinnerte sich nur an Schmerzen, an etwas Hartes, Glänzendes, dass sie getroffen hatte. Und an ihre Angst.

Langsam öffnete sie die Lider, blickte blinzelnd ins Licht

und rieb sich mit einer langsamen Bewegung die Augen. Sie sah alles verschwommen, aber da bewegte sich etwas Dunkles auf sie zu. Erneut wischte sie sich die Augen. Jetzt konnte sie ein paar schwarze Stiefel erkennen. Der Mann stand jetzt direkt vor ihr. Die Taschenlampe in seiner Linken blendete sie noch immer, aber jetzt erkannte sie, dass er etwas Glitzerndes in seiner rechten Hand hielt. Erschrocken fuhr sie zurück und prallte mit dem Rücken gegen eine Wand. Etwas zerrte zugleich mit klirrendem Geräusch an ihrem Bein. Ihr Blick irrte zu ihrem Fuß. Eine metallene Fessel lag um ihren Knöchel. Daran befestigt war eine schwere Kette aus Stahlgliedern.

Angekettet wie ein Tier hat er mich, schoss es ihr durch den Kopf. Und plötzlich passten Schmerz, Kette, Dunkelheit und der harte Boden, auf dem sie hockte, auf schreckliche Weise zusammen. Und sie erinnerte sich.

Die Erinnerung kam langsam zurück, wie ein Puzzle, das sich nach und nach zusammenfügte. Sie hatte sich besonders hübsch gemacht und war zum Tanzen gefahren. Schließlich ging alle Welt zum Tanz in den Mai. Gerne hätte sie eine nette Bekanntschaft gemacht, aber es hatte sich nichts ergeben. Also war sie allein nach Hause gefahren. Da war die dunkle Straße, die sich unten am Fluss entlang schlängelte. Die grellen Scheinwerfer, die wie aus dem Nichts hinter ihr auftauchten und sie so blendeten, dass ihre Heimfahrt zu einer Odyssee wurde. Ihr erleichterter Blick in den Rückspiegel, als sie in ihre Einfahrt einbog und für einen Moment geglaubt hatte, ihren Verfolger los zu sein. Beunruhigt, wie sie war, hatte sie ihren Wagen in der Einfahrt geparkt und war hastig die Vordertreppe ihres schmalen, zweistöckigen Häuschens hinaufgestiegen. Sie erinnerte sich, wie die Bewegungsmelder zu beiden Seiten der Veranda reagiert und die Fassade des Hauses angestrahlt hatten. Plötzlich war das Scheinwerferlicht wieder da gewesen, und sie hatte hinter sich den Motor ersterben gehört, und dann war er irgendwie auch schon vor ihr gestanden. Ein maskierter Mann mit einem Messer. Und er hatte auf sie eingestochen, immer und immer wieder. Dabei muss sie ihr Bewusstsein verloren haben, Der Rest war Schmerz und Dunkelheit und Gedanken. *Oh Gott, das kann nicht geschehen sein!* Aber es war geschehen. Sie schrie auf und rief verzweifelt um Hilfe. Aber es war niemand da. Wenigstens niemand, der ihr zu Hilfe kommen würde.

Nur mit Mühe konnte sie sich wieder zur Ruhe zwingen. Ihr ganzer Körper zitterte. Es war kalt. Erst jetzt registrierte sie, dass sie vollkommen nackt war. Ihr Verlies roch dumpf, unangenehm. Sie konnte den Geruch nicht richtig zuordnen. Irgendwie feucht. Jenseits des Lichtkegels der Taschenlampe schienen die Wände auf sie zuzukriechen. Sie hatte das Gefühl, dass ihr die Luft wegblieb. Sie öffnete den Mund, wollte schreien, jedoch schien plötzlich ihr Mund wie auch ihr ganzer Körper nicht mehr auf Befehle zu reagieren.

„Versuch's erst gar nicht noch mal", sagte seine kalte Stimme. „Hier hört dich sowieso niemand."

Sie blinzelte, versuchte mehr von ihm zu erkennen. Was sie sah, war eine schwarze Hose, ein schwarzes Hemd und ein Gesicht, das von einer schwarzen Maske verdeckt wurde. *Feigling,* huschte ihr ein Gedanke durch den Kopf. Sie kämpfte damit, ihrer Zunge ein paar Worte zu befehlen.

„Was ... was wollen Sie von mir ...?"

Der Schnitt kam schnell und unerwartet. Ungläubig starrte sie auf das Blut, das an ihrem Oberschenkel herunterlief. Auf dem Boden es sich mit vielen weiteren dunklen Flecken. Sie starrte darauf. Langsam begriff sie. Es war ihr Blut. Die Schmerzen, die sie am ganzen Körper spürte und die sie den einzelnen Wunden nicht einmal mehr zuordnen konnte. Resignation machte sich in ihr breit. In diesem Dreckloch von einem Gefängnis würde es für sie kein Mitleid, kein Pardon geben.

Während sie den Kopf an der kalten Wand abstützte, spürte sie, wie der Metallring in ihren Knöchel schnitt.

Ich darf nicht aufgeben, sagte sie sich. *Bloß das nicht. Das Schwein darf nicht gewinnen.*

Erneut blinzelte sie in das grelle Licht der Taschenlampe. Ihr Peiniger stand stumm da stand und beobachtete sie.

„W..." Sie wollte etwas sagen, doch ihre Stimme gehorchte ihr nicht mehr. Sie schluckte und versuchte es nochmals.

„Warum tun Sie mir das an? Bitte lassen Sie ..." Ihre Stimme brach wieder weg. Ihre Zunge fühlte sich schwer und pelzig an. Das Schwein sagte immer noch kein Wort. Er beobachtete sie weiter. Ab und zu konnte sie seinen schweren Atem hören.

Dann beugte er sich wieder zu ihr herab. Sie wimmerte in Erwartung eines weiteren Stichs. Doch diesmal griff er nach ihrer Halskette. Sie hatte nicht einmal bemerkt, dass sie die Kette noch trug. Er zerrte und nestelte an dem Verschluss.

„Nein, bitte nicht die Kette", wollte sie sagen. „Es ist ein Erbstück meiner Großmutter!" Aber bevor sie auch nur ein

Wort aus ihrer Kehle hervorquetschen konnte, hatte er sich bereits von ihr abgewandt. Der Lichtkegel wanderte von ihr weg, der Mann ging zur Treppe und stieg hinauf. Ein Schlüssel rasselte. Dann war sie wieder in völliger Dunkelheit.

Helles Licht weckte sie. Sie hatte Mühe, sich zu orientieren. War nur ein Tag vergangen, oder waren es mehrere? Sie wusste es nicht, erinnerte sich nur an das Messer. Die Schnitte taten höllisch weh. Einige Wunden hatten sich bereits entzündet und fingen an zu eitern. Wenigstens bluteten sie nicht mehr. An ihrem Fuß sah sie die Reste ihrer Bluse, steif von getrocknetem Blut. Sie erinnerte sich nicht mehr, was er an dieser Stelle mit ihr gemacht hatte. Mühsam hob sie den Kopf. Die kleine Bewegung reichte schon, dass ihr übel wurde. Sie würgte, aber ihr Magen gab nichts her. Verschwommen nahm sie wahr, dass etwas um sie herum geschah. Dann zuckte ein heftiger Schmerz durch ihren Brustkorb. Unwillkürlich stöhnte sie auf und kniff die Augen zusammen.

Als sie es schaffte, die Augen wieder zu öffnen, sah sie als erstes das Messer. Das Licht blendete nicht mehr. Er hatte die Taschenlampe irgendwo an die Wand gehängt. Sie wusste nicht, ob es Sinn machte, ihren Peiniger anzusehen. Es war völlig egal, ob sie ihn erkannte oder nicht. Er würde sie nicht am Leben lassen.

„Hau ab!" Sie versuchte schwach, ihn mit ihrer freien Hand abzuwehren.

Er lachte nur über ihr Aufbegehren.

„Los, mach die Beine auseinander!"

Sie reagierte nicht sofort. Wusste nicht, wie sie ihren Muskeln befehlen sollte, sich zu bewegen. Er trat gegen ihren Fuß. Es tat höllisch weh. Ihr Bein rutschte schlaff zur Seite. Sie konnte ihn riechen und seinen Atem spüren, als er sich vorbeugte.

Oh Gott, was hat er jetzt vor? Bitte mach, dass es bald zu Ende ist!

Aber das war es noch lange nicht. Mit Entsetzen sah sie, wie er das Messer hob. Mit einem genüsslichen Grinsen bewegte er die Klinge langsam auf sie zu. Als die Spitze ihre Brust berührte, zuckte sie zurück.

„Halt gefälligst still!"

Sie versuchte, ruhig zu bleiben. Bei dem Gedanken an die Schmerzen wurde ihr schlecht vor Angst. Das Messer bewegte sich über ihren Körper und hinterließ hässliche, rote Streifen. Aus einigen quoll Blut. Sie wunderte sich, dass überhaupt noch etwas von der Flüssigkeit in ihr war. Er hielt inne. Sie wagte es nicht, sich zu rühren. Das Warten war fast noch schlimmer als die Schnitte selbst. Sie bemerkte, wie erregt er war. Sein Atem ging schneller und schneller.

„Geh endlich weg", versuchte sie zu sagen, aber mehr als ein Röcheln brachte sie nicht zustande. Jetzt stand er direkt über ihr. Sein Gesicht hatte nichts Menschliches mehr an sich, war nur noch eine verzerrte Fratze. Der Typ war völlig irre. Ihre Finger verkrampften sich.

„Sagte ich nicht, dass du stillhalten sollst?" Er griff nach ihrer Hand, presste sie auf den Boden und streichelte fast sanft über ihre Finger.

„Ich wollte doch nur ...", versuchte sie zu sagen.

„Ja, sicher. Du wolltest nur ..."

Genüsslich legte er die Klinge an ihren kleinen Finger. Das Messer machte eine plötzliche Bewegung, und aus ihrem Finger spritze ein blutiger Strahl. Der jähe Schmerz raubte ihr fast den Verstand. Sie schrie, wollte sich losstrampeln, doch er hielt sie fest umklammert. Sie wollte um Gnade bitten, aber sie wusste, dass dies nichts bewirkt hätte. Vor ihr stand ein Monster, das ihr Leiden genoss.

Wann würde er ihr endlich den Rest geben? Ihre Hand schmerzte fürchterlich. Dazu kam ein Pochen, dass sie bis tief in ihrem Inneren spürte.

Dann ließ er sie los und stand auf. Einen langen Moment sah er auf sie herab. Sie rührte sich nicht, wimmerte nicht einmal mehr. Sie dachte an die verzerrte Grimasse, die er ihr einen Augenblick lang gezeigt hatte. Für sie gab es keine Hoffnung mehr. Und was vielleicht noch viel schlimmer war, sie würde nicht die einzige Frau bleiben, die er hier unten quälte.

FÜNFTES KAPITEL

Sie hatten seit Stunden Skat gespielt. Jochen Steiner, Dirk Lietz und Roger Peters. Das Wetter draußen war derweilen immer schlechter geworden. Die Eisheiligen, was wollte man machen. Während sie im Schein der spärlichen Deckenbeleuchtung zusammensaßen, hörten sie, wie Regentropfen in Traubengröße gegen das Fenster platschten.

„Ich schau mal, was der Kaffee macht", sagte Roger, legte seine Karten umgedreht auf den Tisch und ging in die Küche. Das unbeständige, bergische Wetter schlug im mächtig aufs Gemüt. *Wird verdammt Zeit, dass der Sommer kommt, und nicht nur ein paar wenige schöne Tage wie im April*, dachte er, während er drei bunte Tassen, einen Zuckerstreuer und ein Milchkännchen auf das Tablett stellte. Die Kaffeemaschine brummte, er goss die schwarze, dampfende Flüssigkeit in die Tassen und trug das Tablett zurück ins Wohnzimmer.

Eigentlich waren sie gekommen, um mit ihm über sein neues Buch zu sprechen. Dirk war stellvertretender Chefredakteur bei der Westdeutschen Zeitung und Jochen Lektor bei dem Verlag, für den er schrieb. Sie kannten sich bereits seit mehreren Jahren, pflegten so etwas wie eine lose Freundschaft zueinander und waren mittlerweile beim *Du*. Das Schicksal hatte es gut mit Roger gemeint. Die fünfundvierzig Lebensjahre sah man ihm nicht an. Sein Aussehen war jugendhaft, die Haare auf seinem Kopf waren noch seine eigenen, und er besaß jenes gewisse Lächeln, welches ihm überall sofortige Sympathien einbrachte. Frauen fanden ihn charmant, Männer unterhaltsam und geistreich. Nach Meinung seiner Freunde war der einzige Fehler, den er hatte, eine gewisse Melancholie, die ihn gelegentlich befiel. Das mochte gut und gerne an seiner Liebe für all das liegen, was noch aus den 60er und 70er Jahren stammte. Nostalgie nannte man das wohl.

Als einigermaßen erfolgreicher Schriftsteller durfte er sich ein paar Schrullen leisten. Er hatte Südamerika bereist und einige Publikationen über längst vergessene Kulturen veröffentlicht. Die waren so gut eingeschlagen, dass er beschlossen hatte, seine Kenntnisse in Sachen Ethnik-Kunst und Archäologie in Kriminalgeschichten einzubringen und sie damit der breiten Öffentlichkeit und nicht nur einer speziell-interessierten Leserschaft nahezubringen. Daher war er stets auf der Suche nach kontroversen Themen. Etwas, das die Menschen berührte, schockierte und aus dem alltäglichen Leben riss.

Diesmal allerdings schienen Dieter und Jochen von seinem neusten Manuskript eher wenig begeistert zu sein. Um sich nicht den ganzen Abend zu verderben, hatten sie nach einigem Diskutieren das Thema ad acta gelegt und stattdessen begonnen Karten zu spielen, während der Himmel draußen seine Schleusen öffnete und einen kräftigen Regenguss über das bergische Land hinunter prasseln ließ.

„Nun aber mal im Ernst, Roger." Jochen zupfte sich am

Ohr, wie immer, wenn er etwas Unangenehmes zu erledigen hatte. „Ich kann dein Manuskript in dieser Form einfach nicht veröffentlichen. Die Idee ist nicht schlecht, aber du musst die Personenprofile besser ausfeilen. Die Details müssen stimmen. Die Übergänge der einzelnen Kapitel holpern auch noch ziemlich. Und in Sachen Spannung darfst du ruhig eine Schippe drauflegen. Ich hoffe, du verstehst, was ich meine?"

Natürlich wusste Roger was Jochen ihm damit sagen wollte. Aber woher sollte er sie nehmen, die neuen Ideen? Er hatte sie einfach nicht.

„Vielleicht hast du Recht, Jochen. Ich habe einfach das Gefühl, dass ich alle brauchbaren Ideen in meinen früheren Büchern bereits verarbeitet habe. Da kommt einfach nichts Neues." Er seufzte.

„Du wirkst ein wenig müde und ausgelaugt, wenn du mich fragst", warf Dieter ein.

„Warum versuchst du es nicht einmal mit ein wenig Luftveränderung? Eine neue Umgebung würde dir sicher gut tun. Entspann dich, geh spazieren oder kurv meinetwegen mit deinem alten MG durch die Landschaften. Die Hauptsache ist, du tust etwas gegen deine Schaffenskrise."

Roger brummte eine unverständliche Antwort und setzte sich. Während er seine Karten aufnahm, musste er plötzlich an Edith denken, eine hübsche Blondine, die er bei einer Lesung in Wuppertal kennengelernt hatte. Besser gesagt, sie hatte ihn kennengelernt. Nach seinem Vortrag war sie zielsicher auf ihn zugegangen und hatte ihn einfach in Beschlag genommen. Er erinnerte sich jetzt ganz genau daran, wie sie später im Luisencafé im Stadtteil Elberfeld gelandet und sich dort verhältnismäßig schnell näher gekommen waren.

„Du gibst, Roger ..."

Und auf einmal hatten sie von einem Wiedersehen gesprochen. Ja ganz genau. Sie hatte ihn gefragt, ob er nicht Lust hätte, sie in naher Zukunft zu besuchen. Sie wohnte irgendwo in der Eifel.

„Achtzehn ... Zwanzig ... Vierundzwanzig."

Die Eifel wäre doch ideal! Hoffentlich habe ich noch ihre Telefonnummer.

Er legte die erste Karte auf den Tisch.

„Mensch Roger, konzentriere dich bitte!"

Er dachte daran, wie sie sich vielversprechend über die vollen Lippen geleckt hatte ...

„Kontra, Re ... verloren!"

Verdammt! Jetzt weiß ich wieder, wo sie ist.

Jochen warf seine Karten auf den Tisch. „Ich glaube, wir lassen es besser für heute. Offensichtlich hast du nicht nur beim Schreiben eine Blockade. Außerdem ist es schon spät, und ich muss noch zurück nach Köln."

Spät, ja. Hoffentlich fahren die beiden dann auch gleich.
Roger lächelte freundlich. Innerlich brannte er förmlich darauf, das Haus wieder für sich alleine zu haben. Er würde Edith sofort anrufen, jawohl! Etwas anderes sehen, etwas anderes fühlen ... es müsste mit dem Teufel zugehen, wenn er dann nicht endlich wieder neue Ideen hatte. Welche auch immer.

Konrad trug den sperrigen Jutesack durch den Tannenwald bis hin zum Rand des Sees. Hier musste sie irgendwo sein, die Stelle, die er sorgsam ausgesucht hatte. Wie gut, dass er sich auskannte. Früher, als er noch in der Eifel wohnte, war er stets über abgelegene Straßen gefahren, hatte Wanderungen unternommen und dabei auch diesen Platz gefunden. Überaus passend für seine Zwecke. Hier gab es eine starke Strömung, und kurz dahinter erreichte der See seine tiefste Stelle.

Während er den schmalen Pfad entlang ging, umgab ihn eine fast gespenstige Stille. Das Gewicht in seinen Armen ließ ihn schwer atmen. „Elendes Weibstück", fluchte er, setzte die Last ab und legte eine Pause ein. „Das du auch so verdammt schwer sein musst!"

Die Äste der Nadelbäume knarrten im Wind. Er hob den Jutesack wieder auf und bewegte sich mit leisen, knirschenden Schritten vorwärts, bis er den umgestürzten Stamm der alten Eiche fand, der wie ein Steg bis ins Wasser ragte. Er legte seine Last auf den Boden und suchte nach etwas, womit er den Körper beschweren konnte. Dabei fuhr seine Hand fast automatisch hinauf zu seinem Kinn und strich über die immer länger werdenden Bartstoppeln. Noch nicht einmal rasiert hatte er sich heute.

Nicht weit vom Ufer hatte jemand einige Steine zu einem Haufen zusammengetragen, vermutlich für ein Lagerfeuer. Einige davon packte er in den Jutesack und schnürte das Ende sorgfältig zu. Dann manövrierte er die Last vorsichtig an das astlose Ende des Baumstammes heran und ließ sie ins Wasser fallen. Wie das platschte! Fasziniert schaute er zu, wie der Sack langsam unterging. Als er ihn nicht mehr sehen konnte, stieg er von dem Stamm, reckte sich genüsslich und trat den Rückweg zu seinem Auto an. Ein Trio schwarzer Vögel wurde von seinen Tritten aufgeschreckt. Wie ein düsteres Omen stiegen sie krächzend in den Himmel auf. Er grinste. Gut, dass er im Wald nicht ängstlich war. Geräusche der Natur beruhigten ihn eher. Das Gezwitscher der Vögel, das Rascheln kleinerer Tiere im Gestrüpp, das Knacken von Ästen und Zweigen oder der Wurzeln auf die er mit seinen Schuhen trat. Mit diesen Geräuschen wusste er umzugehen. Es war der Lärm der Stadt, der ihn nervös machte.

Der rote Audi 80 stand unbehelligt auf dem kleinen Waldparkplatz. Er stieg ein und fuhr davon. Das Stück unbefestigter Piste im Naturschutzgebiet war nur kurz. Schon wenige Minuten später bog er in die asphaltierte Landstraße ein. Sehr gut, niemand hatte ihn auf dem Waldweg gesehen. Jetzt fühlte er sich sicher. *Hat doch alles prima geklappt*, beglückwünschte er sich selbst und drückte pfeifend aufs Gaspedal.

SECHSTES KAPITEL

In der Junimitte verwirklichte Peter Rogers endlich seinen Entschluss und fuhr in die Eifel. Er stieg am Bahnhof in Lissendorf aus und stand irgendwo im Niemandsland. So jedenfalls fühlte es sich an, als er auf den schmalen Bahnsteig trat. Außer Landschaft schien es hier nicht viel zu geben. Er ließ seine Reisetasche auf den Boden gleiten und schaute sich um. Hinter den Gleisen breiteten sich saftige Wiesen und dichte Wälder aus. Er war zum ersten Mal in der Eifel, zum ersten Mal in Lissendorf. Die Gegend kam ihm unverbraucht, fast schon melancholisch vor. Er betrachtete die kräftigen Farben der Natur, atmete die saubere Luft ein und spürte, wie er sich entspannte.

Er wusste, dass ihn niemand abholen würde, aber um eine Transportmöglichkeit von Lissendorf nach Kelberg, wo Edith wohnte, hatte er sich nicht gekümmert. *Ist doch logisch: An Bahnhöfen findet man immer ein Taxi oder wenigstens ein Telefon.* Das hatte er sich jedenfalls so gedacht, doch das war der typische Irrtum eines Mannes, der aus der Stadt kam. Denn unmittelbar am Lissendorfer Bahnhof gab es weder einen Taxistand noch eine Bushaltestelle, und auch von einer Telefonzelle sah er weit und breit keine Spur. Er öffnete die Reisetasche und suchte nach seinem Handy. Als er es endlich fand, atmete er erleichtert auf. *Was wären wir heute ohne die moderne Technik?*, fragte er sich. Die Antwort war offensichtlich, nachdem er sich vergeblich bemüht hatte, eine Verbindung zu bekommen.

Ein verdammtes Funkloch! Das hat mir gerade noch gefehlt.

Langsam ging er die Straße entlang, in die richtige Richtung, wie er hoffte, und wollte gerade den nächsten Fluch aussprechen, als er in einiger Entfernung eine kleine Holzhütte erkannte.

Nanu? Es gibt hier also doch eine Bushaltestelle! Na, wenigstens etwas. Seine Stimmung zog spürbar an, nur um abrupt wieder ins Bodenlose zu sinken, als er die kleine Hütte erreicht und den Fahrplan studiert hatte.

Das gibt es doch gar nicht! Es gibt nur zwei Busse am Tag, die nach Kelberg fahren? Der Plan war leider eindeutig. Frühmorgens fuhr ein Bus, und einer am späten Nachmittag. Mittags war hängen im Schacht.

Und nun? Wie soll ich verdammt noch mal nach Kelberg kommen? Jetzt war guter Rat teuer. *Per Pedes, wie auch sonst.*

Er schob sich missmutig seine Reisetasche über die Schulter. Die Straße gab ihm außer einer Nummer – Bundesstraße 421 – keinerlei Hinweis, in welche Richtung er musste. Er stampfte aufs Geratewohl los. Nach ein paar Minuten traf er auf eine alte Eiche mit einem vermoderten Wegweiser. Mainz 05, die Macht am Rhein, hatte jemand in das Holz geritzt. Er musste grinsen, aber immerhin sagte ihm das Ding, dass er die richtige Richtung angepeilt hatte. Bisher waren nur wenige Autos an ihm vorbeigefahren. Trotz seiner Handzeichen hatte niemand angehalten und ihn gefragt, ob er mitfahren wollte. Nachdem er ein weiteres Stück Landstraße hinter sich gebracht hatte, sah er vor sich die ersten Anzeichen einer Zivilisation in Form von ein paar verstreut liegenden Gehöften, die allesamt dicht an der Straße lagen. Ein Namensschild für diesen Weiler war nirgends zu sehen.

Etwas tuckerte hinter ihm her. Ein relativ kleiner, roter Traktor ruckelte mit gemütlichen 25 km/h die Straße entlang und kam neben ihm zum Stehen. Ein älterer Bauer winkte mit einer verwaschen-grünen Kappe. „Hey, willse mitfahn?"

Also, geht doch! Besser schlecht gefahren, als gut gelaufen, dachte Roger, nahm das Angebot mit einem erfreuten Rückgruß an und schwang sich auf die Radabdeckung des Traktors. Schnell konnte er feststellen, dass er nur eine Unannehmlichkeit gegen eine andere ausgetauscht hatte. Nicht nur, dass ihm eine Stunde lang der Fahrtwind ins Gesicht blies, der Bauer traktierte ihn in seinem kaum verständlichen lokalen Dialekt auch mit so etwas wie Konversation. Roger konnte sich nicht entsinnen, jemals in seinem Leben eine Entscheidung so bereut zu haben.

Die B421 schlängelte sich durch Hillesheim und Walsdorf, ehe sie bei Oberehe-Stroheich in die B410 mündete. Was folgte, waren weitere qualvolle fünfzehn Kilometer auf dem Radkasten des Treckers, bis endlich der Glockenturm der Pfarrkirche von Kelberg in seinem Blickfeld erschien. Besser gesagt, er hoffte, dass es die besagte Kirche war, denn irgendwie glichen sich die Dörfer in der Eifel wie ein Ei dem anderen. Was sich jedoch schlagartig änderte, war der Straßenrand. Auf einmal gab es tatsächlich asphaltierte Gehsteige. Das eigentliche Zentrum lag klein und versteckt in einem kurvigen Bereich. Immerhin gab es noch eine Reihe historischer Gebäude, die hier und da mit Fachwerk versehen waren und umso älter wirkten, je näher sie an der Hauptstraße lagen.

Der Ort hatte tatsächlich eine Bäckerei, einen Friseur, einen Schlecker-Markt, einen Schnellimbiss, eine Dorfkneipe, eben alles, was man zum Leben auf dem Dorf benötigte. Trotzdem kam es ihm so vor, als würde er in der Zeit einen gewaltigen Sprung zurückmachen. Fünfzig Jahre früher dürfte der Ort kaum anders ausgesehen haben. Es waren kaum Leute auf der Straße, und die dunklen Steine der Häuser wirkten abweisend und verschlossen. Aber plötzlich wurde die Straße breiter, die Läden geräumiger, die Wohnhäuser größer und moderner, und Roger sah den Kirchturm wieder. Diesmal von der anderen Seite. Linkerhand wurde sogar kräftig gebaut. Gab es doch demnach so etwas wie eine Zukunft für Kelberg?

An der nächsten Ecke hielt der Traktor vor einer alten Scheune. Der Bauer gab ihm ein Zeichen, dass wohl bedeutete er möge abspringen. Weiter ging es also nicht.

„Besten Dank, Meister", sagte Roger freundlich. Als er sich gerade zum Gehen wenden wollte, fiel ihm noch etwas ein.

„Vielleicht können Sie mir noch weiterhelfen. Ich suche das Haus von Edith Bender?" Der Bauer nickte und deutete auf ein paar verstreut liegende Häuser jenseits der Straße. Dahinter war Kelberg auch schon wieder zu Ende. Roger folgte der Straße. Zu den Häusern führten nur unbefestigte

Feldwege. Gott sei Dank hatten die Bewohner wenigstens daran gedacht, so etwas wie eine lesbare Kennzeichnung anzubringen. Beim dritten Feldweg wurde er fündig. An einem Torpfosten war ein Namensschild befestigt das selbst von der Straße aus problemlos zu sehen war. Der Schotter des Feldweges ging nach einigen Metern sogar in eine gepflasterte Auffahrt über. Flankiert von kleinen Silbertannen führte die Auffahrt zuerst durch einen gepflegten Garten, dann sanft bergab auf den Hof eines alten Bauernhauses. Auf der Türschwelle kratzte Roger Peters den Dreck von seinen Schuhen ab und pochte mit dem schweren Klopfer gegen die Tür. Nichts tat sich. Er wollte gerade erneut klopfen, als geöffnet wurde.

Eine schlanke, blonde Frau, Mitte dreißig, für das Landleben außergewöhnlich makellos geschminkt, schaute ihn verblüfft an.

„Roooger! Welch eine Überraschung! Was machst du denn hier?"

„Hallo, Edith! Ich folge nur deinem Wunsch. Ich hoffe, du erinnerst dich noch. Besuch mich doch mal in der Eifel, wenn du nichts Besseres zu tun hast, hattest du zu mir gesagt und mir deine Karte gegeben. Nun, im Moment habe ich nichts Besseres zu tun, also bin ich hergekommen und stehe nun vor dir, hier am Ende der Welt."

Ihr Gesicht hellte sich auf. „Na, dann komm doch erst mal rein!" Sie trat einen Schritt zurück, um ihn hereinzulassen. Dann sah sie sich ihn genauer an.

„Mein Gott, du bist ja ganz verschwitzt. Bist du weit gelaufen?"

„Wie man's nimmt", entgegnete er. „Ich komme direkt vom Bahnhof."

„Vom Bahnhof?", ihre Stimme zweifelte.

„Hier gibt es doch weit und breit keinen Bahnhof."

„Ich meine den in Lissendorf."

„Aber der ist doch meilenweit entfernt. Warum hast du nicht angerufen und gesagt, dass du kommst? Ich hätte dich doch abgeholt."

Roger zögerte einen Moment.

„Nun, um ehrlich zu sein, weil ich dich überraschen wollte. Und dann bin ich auch gar nicht die ganze Strecke gelaufen. Ein älterer Bauer hat mich mitgenommen. Auf einem Traktor."

„War der Traktor rot?"

„Ja, woher weißt du das?"

„Das kann nur der alte Herbert gewesen sein. Steht ein bisschen neben sich, der Gute. Der fährt immer die gleiche Tour, dreht täglich noch seine Runden, obwohl er schon längst nichts mehr mit der Landwirtschaft zu tun hat. Die macht längst sein Sohn. Aber nun komm schon mit ins Wohnzimmer. Ich habe gerade den Kamin angemacht. Gegen Abend kann es hier noch ganz schön kühl werden."

Sie lächelte, und er bemerkte wieder, wie attraktiv sie war.

Edith führte ihn in ein großes, holzgetäfeltes Zimmer. Es war vollgestopft mit Puppen und Stofftieren. Eine helle Rattancouch stand vor einem Kamin, in dem bereits ein paar Scheite glommen. Der Teppich davor war von undefinierbarer Farbe, aber trotzdem schön. Er lag auf glänzend gebohnerten Eichendielen. In dem Zimmer roch es angenehm nach Duftkerzen.

„Bitte setz' dich doch, Roger. Magst du einen Kaffee?"

Selbstverständlich mochte er. Er war müde von einer Bahnreise, bei der er fünfmal hatte umsteigen müssen, und dem Geholpere auf dem Radkasten des Treckers. Und Durst hatte er sowieso. Während Edith in die angrenzende Küche ging, ließ er sich auf der Couch nieder und streckte mit einem genüsslichen Seufzer die Beine aus.

Ob das alles so richtig ist, dass ich hergekommen bin?, fragte er sich. Hinter der Verandatür begann sich die Sonne bereits zu senken. Plötzlich schoss etwas Helles auf ihn zu, schlug beim Abbremsen einen Purzelbaum und landete vor seinen Füßen.

„Ja, wer bist du denn?", fragte Roger Peters das wollige Knäuel, das jetzt vor ihm lag und ihn erwartungsvoll anschaute. Die Mischlingshündin fackelte nicht lang und sprang mit einem Satz auf seinen Schoß.

Liebe auf den ersten Blick, dachte er amüsiert.

Die Couch war weich und gemütlich. Roger Peters spürte, wie ihm langsam die Augen zufielen. Fast automatisch streichelte er den Hund. Er war gerade im Begriff einzudösen, als Edith zurückkam und ein Tablett mit dampfendem Kaffee und etwas Gebäck auf den kleinen Couchtisch stellte.

„Herzlich Willkommen im wunderschönen Kelberg. Freut mich riesig, dass du gekommen bist", sagte sie und in ihren Worten lag eine Bestimmtheit, die er beruhigend fand.

Erst sehr viel später, als feststand, dass er bleiben würde, vertraute sie ihm an, wie nervös sie gewesen war, als er so plötzlich vor ihr stand.

SIEBTES KAPITEL

Am Vormittag des 27. Juni hockte Kommissar Kurt Laubach von der Kriminalpolizei Daun an seinem Schreibtisch im Dienstzimmer und kaute gedankenverloren an seinen Fingernägeln. Vor ihm lag ein geöffneter Ordner. Die abgelaufenen Absätze seiner schwarzen Schuhe wippten auf dem Drehkreuz seines Bürostuhls. Der Stuhl war nicht mehr der Jüngste und wackelte bedenklich unter seinem Gewicht. Dabei war Laubach keineswegs übergewichtig, sondern ein hagerer Mann in den Fünfzigern mit verknitterten Hosen und bügelfreien Hemden. Erst kürzlich hatte man ihn von der Großstadt Köln nach Daun in die Eifel versetzt. Alkoholprobleme, wie die Kollegen munkelten. Sein Schreibtisch wirkte unpersönlich. Ihm lag nichts daran, irgendwelches privates Zeug aufzustellen. Familie hatte er keine, noch nicht einmal eine feste Freundin. Im Moment wenigstens nicht, und die Fotos seiner vielen Ex-Frauen hatte er allesamt verbrannt. Abgesehen davon hätte auch ein Foto den Platz hier nicht schöner gemacht.

In der anderen Ecke saß ein weiterer Polizeibeamter vor einem Schreibtisch und hämmerte auf einer alten Schreibmaschine herum. Sie gehörte Rainer Sigismund, den er aufgrund eindeutiger Gebärden nur Schwarzenegger nannte.

Laubach schob den wackligen Stuhl etwas zurück und beäugte den Ordner missmutig. Auch wenn die Eifel tiefste Provinz war, Arbeit gab es hier trotzdem für ihn. Das Polizeipräsidium in Daun war als Kriminalhauptstelle zuständig für alle Verbrechen, die in der Vulkan-Eifel geschahen. Nur die besonders wichtigen und politisch relevanten Fälle gingen direkt nach Koblenz oder nach Trier.

Die Uhr über der Eingangstür stand auf halb elf, als Laubach den Ordner zurück in den Aktenschrank stellte. In ihm hatte er Schriftstücke über drei ungeklärte Fälle abgeheftet, die noch von seinem Vorgänger stammten. Laubach hatte es sich zur Regel gemacht, solche ungelösten Fälle wenigstens alle paar Monate wieder einzusehen. Vielleicht ergab sich ja doch noch eine winzige neue Information, die verwertbare Ergebnisse für den Fall brachte. Er hasste ungelöste Kapitalverbrechen. Vermutlich ein Serientäter. Die drei spurlos verschwundenen Frauen waren etwa gleichen Typs gewesen: blond, hellhäutig und groß gewachsen. Und sie waren nacheinander in einem Landstrich verschwunden, in dem normalerweise schon ein gestohlenes Huhn für Aufregung sorgte. Dann war die unheimliche Serie plötzlich abgebrochen, doch die Frauen blieben verschwunden.

Schwarzeneggers Schreibmaschine klapperte weiter durch den Raum.

„Schreibst du an einem Roman, oder was?" bellte Laubach.

Schwarzenegger sah zu ihm auf und grinste. „Ich könnt's ja mal versuchen, Jefe. Erfahrung genug habe ich ja. Vielleicht wie dieser Dorfpolizist in Bayern. Wie hieß der noch gleich? Naja, ist ja egal, jedenfalls hat der auch ein Buch geschrieben. Ist dann ein Bestseller geworden. Das wär auch was für mich. Dann könnte ich mir endlich 'ne Corvette kaufen und wilde Partys feiern."

„So siehst du auch aus", brummte Laubach.

„Aber im Ernst, Jefe. Einmal habe ich einen Fall bearbeitet, da hat ein Typ seine Frau mit einer Telefonschnur erdrosselt. Darüber könnte ich doch schreiben."

„Sicher, wenn du sonst nichts zu tun hast!"

„Im Ernst! Er hat seine Alte mit dem Hörer niedergeschlagen und dann mit dem Kabel erdrosselt."

„Na, dann nenn doch deine Geschichte ‚Falsch verbunden' ", meinte Laubach.

„Oder wie wär's mit Ortsgespräch, ja ja ja! Und da war dann noch eine Frau, die hat ihren Macker in der Badewanne ertränkt. Hat es wohl zu doll getrieben, der Gute. Die Geschichte nenne ich Blubber!"

Laubach konnte nur mit dem Kopf schütteln.

Es war kurz nach elf, als seine Sekretärin an die Tür klopfte und eintrat. Auch etwas, was er von seinem Vorgänger geerbt hatte. Sie hieß Hübscher. Renate Hübscher, doch der Name allein war schon der blanke Hohn. Unscheinbar wäre der bessere Name für sie gewesen. Aber man musste die Dinge eben nehmen, wie sie kamen. Wie immer trug sie eines ihrer blassen Kostüme und dazu flache Gesundheitsschuhe, deren Farbe bestens zu ihrer Hornbrille passte.

Laubach runzelte die Stirn. „Hatten wir eine Verabredung, Fräulein Hübscher? Ich kann mich gar nicht daran erinnern".

Sie ignorierte seine Bemerkung und sagte mit piepsiger Stim-

me: „Ich wollte ihnen nur etwas berichten, Herr Kommissar."
Laubach blies den Aktenstaub von seinem Schreibtisch und pflanzte sich wieder dahinter.
„Also gut. Wenn es länger als fünf Minuten dauert, können sie sich setzen."
Renate Hübscher blieb stehen. Der Blick, mit dem sie ihn musterte, erinnerte ihn irgendwie an seine Grundschullehrerin. Dann schilderte sie, was passiert war. Einige Jungen aus dem Dorf Kelberg hatten am Mosbrucher Weiher eine Leiche gefunden.
Das war eine Sache für ihn persönlich. Er musste sofort nach Kelberg. Er gab Schwarzenegger ein Zeichen, ihm zu folgen, schnappte sich seine Jacke und lief die Treppe hinunter.
Sein alter Mercedes 200 Diesel stand auf dem Parkplatz vor dem Präsidium. Im Inneren roch es nach verstaubtem Plastik. Laubach kurbelte die Seitenscheibe so weit wie möglich herunter. Das Lenkrad klebte an seinen Händen. *Hier drinnen könnte ich auch mal wieder sauber machen*, dachte er.
Von Daun bis nach Kelberg benötigte er zwanzig Minuten. Die Straßen waren eng und kurvenreich, aber es herrschte nicht viel Verkehr. Schwarzenegger fuhr mit einem Dienstfahrzeug in seinem Windschatten. Auf einem Waldparkplatz mussten sie ihre Fahrzeuge stehen lassen und einem kleinen Pfad in den Wald folgen. Schwarzenegger drehte an seiner Sonnenbrille und deutete auf den Pfad.
„Der führt Sie direkt zum Weiher, Jefe. Sie müssen ihm nur folgen. Können nur ein paar hundert Meter sein, dem

Bericht der Jungs nach."

Allem Anschein nach hatte er nicht vor, ihn zu begleiten.

„Sollten Sie nicht besser die Spurensicherung rufen?", fragte er noch.

Dieser neunmalkluge Besserwisser! Muss ich mir wirklich von solch einem Anfänger etwas sagen lassen? „Ich schaue lieber erst einmal selber nach, wenn Sie nichts dagegen haben. Vielleicht ist es ja nur ein Tierkadaver."

Laubach zog eine Flasche Wasser unter dem Sitz des Mercedes hervor. Es war lauwarm und schmeckte auch so. Dann marschierte er los in Richtung Seeufer.

Als er zurückkam, konnte sein Kollege ihm offensichtlich an der Nasenspitze ansehen, wie verstört er war.

„Hast Du dein Handy dabei?", fragte er und versuchte, seine frühere Sicherheit zurück zu gewinnen.

„Also doch kein Tier, Jefe, was?", fragte Sigismund und spielte mit der Sonnenbrille, die er mittlerweile abgenommen hatte.

Laubach musterte ihn düster. „Sperr hier sofort alles ab Schwarzenegger!", bellte er. „Ich will nicht, dass hier jemand herumtrampelt, solange die Techniker noch nicht eingetroffen sind." Wirre Gedanken schwirrten ihm durch den Kopf. *Elendes Eifelnest*, dachte er. *Wie kann so etwas ausgerechnet hier passieren?*

Es dauerte nicht lange, da rückten die Fahrzeuge der Spurensicherung an und die Techniker begannen mit ihrer Arbeit. Ein Greifvogel segelte langsam über das Wasser und stieg dann in die klarblaue Luft auf. Laubach beobachtete, wie der Vogel elegant seine Kreise zog, bevor er sich widerstrebend abwandte und zu seinen Kollegen gesellte. Die Stelle am Seeufer, wo die Dorfjungen die Leiche gefunden hatten, war großflächig abgeriegelt worden. Hinter dem Absperrband standen seine Leute in ihren weißen Overalls, unterhielten sich, nahmen Proben oder stapften suchend durch das Gras. Ab und zu hörte er sie miteinander tuscheln. Fingerabdrücke würde es wohl keine geben. Dafür hatte die Leiche zu lange im Wasser gelegen. Dort, wo die Leiche abgedeckt lag, stank es bestialisch.

„Hat jemand an Menthol gedacht?", fragte Laubach und wunderte sich, dass die anderen den Gestank so einfach ertrugen. Einer der Techniker brachte es ihm. Er schmierte sich etwas von der blauen Masse unter die Nase. Dann griff er nach dem Absperrband, schob es leicht nach oben, schlüpfte hindurch und begutachtete die Lage. In der Nähe des Ufers steckten jetzt ein paar Stangen im Morast und markierten mögliche Beweisstücke, die man hier gefunden zu haben glaubte. Daneben wurde fotografiert und vermessen, was das Zeug hielt. Alles, was möglich war, wurde eingesammelt und zur KTU gebracht. Vermutlich würde sich das meiste davon später als unbrauchbar erweisen. Trotzdem sah er sich alles genau an. Oftmals waren es gerade die ersten Eindrücke, auf die es ankam, auch wenn keiner eine richtige Ahnung hatte, wonach man überhaupt suchen sollte. Im Anfangsstadium der Ermittlungen ging es immer heiß her.

Innerhalb der Absperrung markierte ein Flatterband einen Streifen, auf dem man abgerissene, welke Grashalme gefunden hatte. Das Ganze sah eindeutig nach einer Schleifspur aus. Wahrscheinlich hatte der Täter an dieser Stelle den Jutesack mit seinem Opfer bis an den Baumstumpf herangezogen und danach ins Wasser gestoßen. Ob das Opfer tatsächlich ertränkt oder bereits vorher woanders getötet worden war, würden die Kriminaltechniker erst später sagen können. Fest stand, dass es sich um eine Frauenleiche handelte, die zu allem Übel auch noch schrecklich zugerichtet worden war. Laubach zog die Plastikplane von der Leiche. Der erste Blick auf das Opfer ließ ihn beinahe würgen. Die Haut löste sich bereits ab. Trotzdem konnte er auf Anhieb etliche Schnittwunden und Verstümmelungen erkennen. *Na, wenn das eine Gelegenheitstat ist, dann fresse ich 'nen Besen,* dachte er unwillkürlich.

Zunächst aber verdrängte er alle Vermutungen, die der Anblick der Toten ihm aufdrängen wollte. Er wollte sich nicht zu früh auf eine bestimmte Richtung festlegen.

Über mehrere Stunden hinweg führten seine Techniker sorgfältige Untersuchungen durch. Der Mann, der die Arbeiten leitete, war klein, hager und sagte so gut wie kein Wort. Er hieß Förster und war einer der dienstältesten Beamten in seinem Team. Förster glaubte, dass das Opfer bereits seit mehreren Wochen tot war, aber hundertprozentig sicher war er sich nicht. Somit vermochte er auch nicht mit Gewissheit zu sagen, wie lange die Leiche im Wasser gelegen hatte.

Laubach versuchte sich vorzustellen, was eigentlich passiert war. Ohne genauere zeitliche Angaben fehlte ihm aber ein Gerüst für seine Gedanken. Er würde sich in Geduld fassen müssen, bis der endgültige Bericht vorlag. Laubach entledigte sich des unbequemen Overalls, froh, den bedrücken-

den Tatort verlassen zu können.
Erst einmal bleibt mir wohl nichts anderes übrig, als die Liste der vermissten Personen durchzugehen und mir die Dorfbubis vorzunehmen. Ohne zusätzliche Daten würde er keine Schlüsse ziehen können, wer die Frau umgebracht hatte. Ganz langsam beschlich ihn eine böse Vorahnung. Das hier war das Werk eines Mörders, der möglicherweise schon einmal getötet hatte. Dann aber war leider auch die Wahrscheinlichkeit groß, dass er es wieder tun würde.

ACHTES KAPITEL

1. Juli 2011

Sie hatten sich zum Grillen verabredet. Edith, ihre Freundin Susana und Roger. Die beiden Frauen stellten von vorne herein klar, dass er nur Gast und Grillen hier offenbar Frauensache war. Peters fügte sich zunächst den Anweisungen der beiden und sah zu, wie sie das Innere des Grills mit Holzkohle auffüllten. Dazu an jeder Ecke ein Stück von dem weißen Grillanzünder und anzünden. Denkste! Nichts geschah. Die Grillanzünder verbrannten, ohne dass die Kohle richtig zündelte. Dafür rauchte und qualmte es sehr schön. Roger Peters wollte die Aktion entsprechend kommentieren, zog es aber vor, sich um die Getränke zu kümmern.

Der Klügere gibt nach, oder etwa nicht? Also ging er ins Haus und sortierte die Getränke. Er ließ sich gründlich Zeit, den beiden Frauen kam er besser jetzt nicht in die Quere.

Als er zurückkam, brannten die Kohlen tatsächlich. Auf dem Rost bruzelten köstlich aussehende Fleischstücke vor sich hin. Gar waren sie allerdings noch lange nicht. Überdies sickerte Fett in dicken Tropfen durch den Rost und spritzten direkt auf die heiße Grillkohle. Sofort stiegen feine Rauchschwaden in die Luft und hüllten den Grill und seine Umgebung in eine graue Dunstwolke. Prustend prüfte Edith eines der riesigen Steaks, die nebst Würstchen und Schweinelendchen auf dem Grill lagen.

„Ich hab doch gesagt, dass sie noch nicht richtig durch sind."

„Na dann lass sie doch noch eine Weile schmoren", erwiderte Susana.

„Aber wir haben nicht mehr genug Grillkohle."

Roger stand in sicherer Entfernung zu dem Freiluftgrill stand und schaute dem Treiben amüsiert zu. *Frauen und grillen*, dachte er. Wenn sie ihm nicht strengstens verboten hätten, sich einzumischen ...

Grillen ist Frauensache. Ha, ha, ha, wie komisch. Jetzt kann man ja sehen, wohin das führt.

„Soll ich nicht mal schnell zur Tanke fahren und Nachschub holen?", schlug er vor.

„Untersteh dich, Roger! Du bist hier Gast, verstanden?"

„Äh, ist ja schon gut."

Was konnte er angesichts solch geballter Ladung Weiblichkeit anderes tun, als sich zurückzuhalten. Obwohl er nicht besonders durstig war, trank er einen Schluck Bier. Mehr aus Gewohnheit und damit er überhaupt irgendetwas zu tun hatte, und beobachtete dabei die beiden Frauen.

Susana wirkte fit und sportlich. Sie trug eine weiße Bluse, die sie lässig über dem Bauchnabel zusammengebunden hatte und kurze Shorts. Ganz offensichtlich war sie nicht der redselige Typ, außer einem Hallo zur Begrüßung hatte sie kaum etwas zu ihm gesagt. Und wäre Edith nicht dabei gewesen wäre, dann hätten sie möglicherweise überhaupt kein Wort gesprochen.

Da Edith problemlos für zwei plauderte, fiel Susanas Schweigsamkeit allerdings kaum auf. Edith war geschickt, das musste man ihr lassen. So ganz nebenbei streute sie alle notwendigen Informationen für ihre beiden Gäste ins Gespräch ein. Roger erfuhr, dass Edith seit zwei und Susana seit drei Jahren in der Eifel lebte, und Edith machte Susana deutlich, dass Roger seit Anfang Juni bei ihr lebte und das auch wohl noch ein Weilchen länger tun würde. Während ihrer Plauderei stocherte Edith immer wieder planlos in den Kohlen herum. Eines war sicher: Edith konnte zwar reden, aber eine begnadete Grillerin war sie nicht.

„Das wird so nichts", meinte Ediths Freundin und griff nach einer Plastikflasche mit einer grünen Masse, die sie großzügig über die Grillkohle laufen ließ. Das Zeug sah aus wie der grüne Schleim, den Roger als kleiner Junge in Dosenform am Kiosk manchmal gekauft hatte. Die Flammen loderten sofort in die Höhe. „Verdammt", schrie Susana und machte einen Satz zurück.

Soweit zum Thema Frauen und grillen.

Edith bog sich vor Lachen über das entsetze Gesicht ihrer Freundin. „Hab ich dir nicht gesagt, du sollst nichts mehr auf die Kohlen schmieren?"

„Ist doch gar nicht meine Schuld. Ich hab nur ganz leicht zugedrückt, aber das Zeug spritzte ja nur so aus der Flasche."

Wie zur Bestätigung ihrer Worte regneten wieder große, grüne Tropfen auf den Rost und hüllten den Grill in grauen Dunst.

„Jetzt ist er bestimmt heiß genug", konnte Roger sich einen Kommentar nicht verkneifen, als sie alle in Deckung gegangen waren. Edith zwickte ihn in den Arm.

„Autsch! Ist ja schon gut. Am besten, ich geh' gleich nochmal Bier holen."

Der Rauch zog jetzt hinüber zu jenem kleinen Tisch, auf dem die Beilagen standen.

„Scheiße!", rief Edith. „Wenn das da bleibt, wird das geräuchert! Los, alle mit anpacken! Wir stellen die Teller und Schüsseln auf den Boden. Nimmst du die Gläser, Roger?"

Der schaffte es nicht mehr, ernst zu bleiben, und krümmte sich vor Lachen.

Als der Dunst verzogen war, brutzelte das Fleisch friedlich über der heißen Glut.

Später saßen sie auf Ediths Klappstühlen und verspeisten die Steaks mit Salat und Tapas. Dazu gab es noch mehrere Flaschen Rotwein. *Wein auf Bier, das rate ich dir ...*

Roger Peters fühlte sich ausgesprochen wohl. So gut hatte er sich schon lange nicht mehr amüsiert.

Als nur noch ein paar verkohlte Würstchen übrig geblieben waren und die Grillkohle sich in kleine Aschehäufchen verwandelt hatte, gingen Edith und Susana in die Küche, um Kaffee zu kochen. Die Sonne war jetzt vollständig verschwunden und die Felder nur noch Schatten in der Dunkelheit. Roger stand auf und ging hinüber zu dem Holzzaun, der Ediths Grundstück eingrenzte. Leichter Wind war aufgekommen. Irgendwo in der Dunkelheit machte sich ein Waldkauz bemerkbar. *Eine Atmosphäre fast wie in einem Edgar Wallace-Film,* dachte Roger und genoss die friedliche Eifelidylle. Ediths Freundin Susana stand plötzlich neben ihm und reichte ihm einen Becher mit Kaffee. Roger zuckte zusammen. Er hatte sie überhaupt nicht kommen hören.

„Hab ich dich erschreckt?", fragte sie.

Na die hat vielleicht Nerven! So wie die sich anschleicht ...

„Ich hoffe, du trinkst den Kaffee schwarz?"

Nicht schlecht. So viele Worte hat sie den ganzen Abend bislang nicht mit mir gesprochen.

„Normalerweise mit Milch und Zucker, aber schwarz ist auch ok", erwiderte er.

„Ist Edith noch im Haus?"

„Ich glaube, sie räumt bereits ein bisschen auf. Und du? Genießt du den Ausblick?"

„Eher die Abendstimmung. Man kann ja fast nichts mehr erkennen."

„Eigentlich ist es doch schön hier, nicht wahr? Ich meine, wenn man Wälder, Wiesen und Felder mag."

„Na, das hört sich vielleicht an! Magst du sie denn?"

Susana zuckte mit den Achseln. „Ich liebe die Natur, oder sagen wir besser, ich habe mich an sie gewöhnt. Ansonsten leben wir hier halt auf dem Dorf, und die Leute können verdammt komisch werden. Ich meine natürlich, sehr eigen. Der ewige Klatsch, verstehst du? Wenn sie es einmal auf dich abgesehen haben, dann gehen sie auf dich los, egal was du getan oder eben nicht getan hast. Das kann manchmal ganz schön bedrückend sein und ich denke, dass solltest du wissen, falls du vorhast, doch länger hier zu bleiben."

„Danke für den Ratschlag", sagte Roger. Mehr fiel ihm

dazu nicht ein. In ihren Worten lag eine spürbare Bitterkeit. Vielleicht war das der Grund, dass sie nicht allzu häufig gesprochen hatte?

Wenig später verabschiedete sie sich. Edith begleitete ihre Freundin bis ans Tor und ging dann gleich ins Haus. Roger saß noch eine Weile allein draußen in der Stille der Nacht und dachte darüber nach, was Susana gesagt hatte. Besser gesagt, *wie* sie es gesagt hatte. *Was zum Teufel wollte sie mir damit sagen?* Und was dachte er darüber?

„*Ach was.*" Vermutlich war sie nur überempfindlich, und er sollte nicht so viel um ihre Worte geben. *Sie hat den Eifelblues, na und?* Das traf die Sache auf den Punkt.

In dem Moment hörte er Edith rufen.

„Hey, Roger! Willst du die ganze Nacht da draußen sitzen bleiben?"

Und schon waren die Gedanken an den Eifelblues vergessen.

In Kelberg sprach sich das Geschehen wie ein Lauffeuer herum. Mehrere Polizeibeamte der schnell gebildeten Mordkommission waren seit Tagen unterwegs und befragten die Bewohner. Ihre ernsten Gesichter standen im krassen Kontrast zu dem schönen Wetter. Auch Kommissar Laubach war nach Kelberg gefahren. Er wollte sich die Jungen persönlich vornehmen, die die Leiche gefunden hatten. Vielleicht wussten die ja doch noch ein paar wichtige Details, die seinen Untergebenen entgangen waren.

In der Kelberger Grundschule schien alles seinen normalen Weg zu gehen. Auf dem sonnenüberfluteten Pausenhof hörte man Lachen und die aufgeregten Schreie der Ein- bis Viertklässler. Die Jungs spielten Steinchenfussball, die Mädchen Gummitwist. Laubach ging durch das hohe Schultor hinüber zu einem kleinen Anbau. Auf einem Messing-Schild stand: „Gudrun Böse – Sekretariat."

Er klopfte an die Tür und trat sofort ein. Frau Böse schenkte ihm ein freundliches Lächeln. „Zu wem wollen Sie?"

„Ah ... ich bin Kommissar Laubach aus Daun. Guten Tag, Frau Böse. Ich möchte ..." Weiter kam er nicht.

„Ah, Herr Kommissar, gut dass Sie da sind. Sie wollen sicher zu den Jungs?"

„Richtig geraten. Wie geht es ihnen?"

Sie rümpfte die Nase.

„Nun, ich glaube die sind ganz schön durcheinander, wenn Sie mich fragen. Sascha ist in der Klasse nebenan, gehen Sie ruhig rein. Er ist der einzige, der heute in die Schule gekommen ist. Die andern beiden sind zu Hause geblieben."

Das Wort Klassenzimmer war hochgegriffen für das kleine Räumchen mit einem Pult, einer Tafel und ein paar Tischen mit Stühlen. Sascha Schlüter saß alleine seiner Lehrerin gegenüber und las in einem Heft. Sie besaß einen freundlichen, aber bestimmten Gesichtsausdruck. Laubach schätzte sie auf Mitte bis Ende Vierzig. Der Junge selbst sah sehr blass aus. Als Laubach eintrat und sich vorstellte, blickte die Frau ihn fast erleichtert an.

„Kommissar Laubach? Wie gut, dass Sie gekommen sind." Sie deutete auf den Jungen. „Er ist ein wenig von der Rolle. Ist es nicht so, Sascha?"

Der Junge zuckte zusammen und senkte das Gesicht noch tiefer in sein Heft. Daraufhin nahm sich Laubach seiner an.

„Na, wie geht's denn unserer Spürnase heute?", fragte er und klopfte Sascha freundschaftlich auf den Rücken.

„Es geht", antwortete die Lehrerin für den Jungen. „Er hat anscheinend nicht gut geschlafen, nicht wahr, Sascha?"

Es schien, als würde sie sich Sorgen machen. Sascha hockte in der Tat wie ein Häufchen Elend auf seinem Holzstuhl. *Kein Wunder*, dachte Laubach unwillkürlich. *So, wie die Leiche ausgesehen hat, wird der Junge einige Zeit brauchen, um darüber hinwegzukommen.*

„Am liebsten würde ich ihn wieder nach Hause schicken, wenn das in ihrem Sinne ist?", sagte die Lehrerin. „Schon allein der anderen Kinder wegen. Die wollen doch genau wissen, was los war, und das ist einfach noch zu viel für ihn."

Laubach nickte gedankenversunken. „Da haben Sie wohl recht. Ich will auch gar nicht lange stören. Ich wollte mich nur erkundigen, ob der Junge noch etwas gesehen hat. Etwas, das für uns wichtig sein könnte. Sie wissen ja, gerade jetzt, wo die Erinnerungen noch frisch sind ..."

Die Befragung brachte nichts. Sascha war viel zu verstört, um vernünftig zu antworten. Laubach empfahl der Lehrerin, den Jungen tatsächlich nach Hause zu schicken und mit dem weiteren Schulbesuch zu warten, bis ein Psychologe sich um ihn und die anderen beiden gekümmert hatte. Das würde er auch den Eltern empfehlen. Danach verabschiedete er sich und fuhr zurück ins Präsidium.

Sein Mitarbeiter Rainer Sigismund saß über einem Schriftstück und sah irgendwie gar nicht gut aus.

„Gibt es irgendetwas Wichtiges, Sigismund?", fragte Laubach.

„Der Bericht der KTU ist gekommen", sagte er. „Hab ihn oben auf ihren Schreibtisch gelegt. Steht aber nichts Neues drin, Jefe."

Laubach zog die Jacke aus, nahm die Mappe an sich, die Sigismund ihm auf den Schreibtisch gelegt hatte und setzte sich. Er brauchte eine halbe Stunde, um den Inhalt genau durchzusehen.

Förster hatte die Tatwaffe als ein Jagdmesser mit langer Klinge identifizieren können, der Körper der toten Frau war ja quasi mit Messerstichen übersät gewesen. Wichtig war auch, dass sie nicht am Tatort gestorben ist. Der Rest war mehr oder weniger bla bla. Bis auf einen kleinen Hinweis vielleicht, den er fast übersehen hätte: Die Leiche wies eindeutige Druckmuster am Hals auf, die von einer Kette oder etwas Ähnlichem herrühren mussten. Die Frau hatte wahrscheinlich ein Schmuckstück getragen, das der Mörder möglicherweise als Souvenir mitgenommen hatte. *Nun ja. Damit lässt sich vielleicht etwas anfangen, wenn ich erst weiß, wer die Tote ist.*

Während er weiter las, was der Gerichtsmediziner gefunden hatte, kam ihm die Akte der vermissten Personen in den Sinn. Vor allem die Daten über Frauen zwischen dreißig und fünfzig Jahren musste er genauer prüfen.

Er bat Frau Hübscher – nein, *Fräulein* Hübscher, auf der Anrede bestand sie – die entsprechenden Jahrgänge durch alle zugänglichen Register laufen zu lassen. Das Ergebnis waren zwei Einträge.

„Also nichts wirklich Eindeutiges", meinte Laubach angesichts der mageren Ausbeute.

Frau Hübscher zuckte mit der Schulter. „Gibt halt nicht mehr her, der Computer", sagte sie.

Laubach zuckte mit den Achseln. Das kannte er nur zu gut, dass eine Spur oder eine Vermutung sich als Sackgasse erwies.

Kurz darauf stand Sigismund auf, kam zu ihm herüber und legte ihm eine Mappe mit weiteren Papieren auf den Schreibtisch. Es waren Informationen zu eher unwichtigen Fällen. Jemand hatte in der Dorfkneipe eine Scheibe eingeschlagen, woanders war ein Traktor entwendet worden und war dann, wen wundert es, an einer anderen Stelle wieder aufgetaucht. Ein Bauer hatte eine Gruppe von Jugendlichen beim Kühe-Schubsen beobachtet, ein anderer war vom Heuschober gefallen. Eben all das, was auf dem Land so passierte.

Um halb fünf verließ Laubach das Polizeirevier in Daun und fuhr abermals nach Kelberg.

Die Brüder Sascha und Chris Schlüter waren zu Hause und spielten Videospiele.

Die fangen ja früh an, dachte Laubach.

Auf seine Fragen bezüglich der Leiche am Seeufer hatten sie nur wenige Antworten parat. Sie seien zum Spielen an den Weiher gegangen, sagten sie aus. Das war ganz und gar nicht ungewöhnlich, diente der Teich doch fast allen aus dem

Dorf als Swimmingpool. Sascha, der ältere der drei Jungen, hatte damit angefangen, flache Steine über die Wasserfläche sausen zu lassen, und die Jüngeren hatten es ihm gleich getan. Aber dann war einer der Steine plötzlich auf etwas Weiches getroffen und sie hatten einen braunen Klumpen gesehen, der in einiger Entfernung vor ihnen im Wasser trieb. Und wieder war es Sascha gewesen, der das Ding mit einem langen Ast ans Ufer manövriert hatte. Ob das Ganze irgendwie seltsam gerochen hatte? Das konnten sie jetzt nicht mehr mit Gewissheit sagen. Zunächst hatten sie an den Kadaver eines toten Tieres geglaubt, den Jutesack geöffnet und nur kurz hineingeschaut. Das was sie dort sahen, war allerdings so ungeheuerlich gewesen, dass sie schreiend davon gelaufen waren. Nur einer Tatsache waren sie sich ziemlich sicher: Eine Kette hatte die Leiche nicht umgehabt.

Es war mittlerweile Viertel vor sechs geworden und die Vorstellung, den Rest des Abends zu Hause zu verbringen, machte Laubach ruhelos. Dazu versprach es, ein angenehmer Frühlingsabend zu werden. Nichts hinderte ihn daran, einen Spaziergang durch Kelberg zu machen, wenn er schon mal hier war. Und vielleicht sah er dann auch irgendwo einen Mann mit einem Jagdmesser herumlungern.

NEUNTES KAPITEL

Der Nebel lag noch über dem Fluss, als am frühen Morgen des 12. Juli ein ziemlich ramponierter Dreißig-Fuß-Segler langsam die Südspitze der Insel Nonnenwerth passierte, um gleich darauf unauffällig die Oberwinterer Rheinbucht mit dem gleichnamigen Yachthafen anzusteuern. Er bewegte sich nicht direkt auf den Pier zu, wo die anderen Sportboote angedockt waren, sondern hielt für einen Augenblick inmitten des Hafenbeckens an, um dann in der hintersten Ecke der Steganlagen vor Anker zu gehen. Spätestens jetzt wäre jedem Bootsfreund folgende Unregelmäßigkeiten aufgefallen:
Erstens, das Boot trug keinen Namen, und zweitens, es zeigte keine Hafenbezeichnung am Rumpf.

Am Nachmittag des gleichen Tages bekam Kommissar Kurt Laubach in Daun einen seltsamen Anruf von der Wasserschutzpolizei in Oberwinter. Eigentlich war er nur kurz in sein Büro gegangen, um Notizen zu holen, die für seinen Mordfall relevant waren.
Warum muss gerade jetzt dieses verdammte Telefon klingeln?
„Kommissar Laubach? Hier spricht Valentin von der Wasserschutzpolizei Oberwinter. Bei uns im Hafen ist heute ein

als vermisst gemeldetes Segelboot aufgetaucht und ich dachte ..."

„Und damit belästigen Sie mich?", fauchte Laubach in den Hörer. Wütend legte er auf.

Wasserschutzpolizei, na die haben vielleicht Nerven!

Er wollte gerade zur Tür hinausgehen, da fing das Telefon wieder an zu klingeln. Diesmal war sein Kollege Röder aus Remagen am Apparat.

„Moin Kurt." Er sagte Moin zu jeder Tageszeit. Ganz so, als ob er aus Hamburg oder Bremen stammen würde, was aber nicht der Fall war.

„In Oberwinter liegt wahrscheinlich ein Boot vor Anker, das bei uns seit über einem Monat auf der Liste steht. Dazu hab ich eine Anzeige vorliegen. Eine Frau Dr. Kalenberg aus Frankfurt hat seinerzeit das Boot plus Besatzung als vermisst gemeldet. Registriert ist das Boot auf die Namen Melanie und Adrian Ackermann aus Ulmen in der Eifel, und das führt mich geradewegs zu dir. Die Registrierungsnummer des Kahns lautet: 25436. Das Boot liegt jetzt zwar unten im Yachthafen, aber allem Anschein nach sind die Eigentümer nicht an Bord."

„Sind vielleicht einkaufen gegangen", erwiderte Laubach ohne Interesse

„Und dann sieht es noch so aus, als wären die Bootsflanken überstrichen worden."

Kurt Laubach dachte daran, dass in der Eifel ein Mörder frei herumlief.

„Nun, vielleicht mochte jemand die alte Farbe nicht mehr, mal ehrlich, Heinz, was soll ich denn deiner Meinung nach unternehmen?"

Verlorengegangene Boote fielen absolut nicht in seinen Aufgabenbereich, die waren eindeutig Sache der Wasserschutzpolizei. Aber da Röder nicht nachgab und sehr deutlich die Möglichkeit eines Verbrechens in Betracht zog, ließ er sich, wenn auch zähneknirschend, dazu überreden, an den Rhein zu fahren. Seine Fallakten mussten halt warten.

Die A61 war voll wie immer. Kurz vor Mendig gab es noch einen Stau.

Scheiße.

Als Laubach in Oberwinter eintraf, waren seit Röders Anruf bereits zwei Stunden vergangen. Im Yachtclub traf er auf seinen Kollegen, der einen aufgeregten Mann im Schlepptau hatte. Dessen Name war Konrad Hendges und er war, wie sich sofort herausstellte, derjenige, der Stunden zuvor die Behörden über die Ankunft der *Milagros* informiert hatte.

„Moin, Kurt", begrüßte ihn Röder. „Herr Hendges hier will beobachtet haben, wie ein einzelner Mann vom Boot auf die Landzunge geklettert ist, eilig die stählerne Brücke passiert hat, um dann über den Fahrradweg in Richtung Remagen zu verschwinden. Der Figur nach könnte es sich um Adrian Ackermann handeln."

Kommissar Laubach war immer noch nicht überzeugt, dass es hier um irgendein Verbrechen ging, noch dass er überhaupt zuständig war.

„Dumme Sache", sagte er laut nachdenkend. „Was, wenn die Eigentümer wirklich nur einkaufen oder einen Kaffee trinken gegangen sind? Da machen wir hier solch einen Aufstand. Aber da ich schon mal hier bin, können wir uns das

Boot auch gleich aus der Nähe ansehen. Gibt es hier einen Hafenmeister?"

„Nein, der Hafen ist öffentliches Gelände."

Daraufhin kletterten die drei Männer auf den kleinen Steg hinter dem *Pfannkuchenschiff* und gingen zu dem Boot.

Konrad deutete auf einige Streifen blauer Farbe unterhalb von frisch gestrichenem Weiß. Er sagte, er wisse sicher, dass vor ihnen die *Milagros* läge. Schließlich habe er lange genug an dem Kahn herumgebastelt.

„Jemand muss sie gestohlen und überlackiert haben!" Er schien jetzt noch aufgeregter als vorher.

„Und der Mann, der von Bord ging, hat sich seltsam verhalten. Ich hab das Gefühl, dass hier irgendetwas passiert ist. Sonst hätte ich Sie ja nicht angerufen. Sie müssen den Mann suchen und einsperren."

Laubach platzte der Kragen.

„Es gibt absolut nicht den geringsten Grund dafür, jemanden festzunehmen oder einzusperren", sagte er energisch.

„Nicht?" Konrad schien überrascht. „Also, was werden Sie dann unternehmen?"

„Ich? Gar nichts."

Laubach blickte zu seinem Kollegen. Der nickte verständnisvoll und meinte:„Wir werden das Boot überwachen, und wenn der Typ zurückkommt, werden wir ihm einige Fragen stellen."

„Aber ... Verstehen Sie denn nicht? Und wenn hier irgendetwas Schlimmes passiert ist?"

„Nun lassen Sie's mal gut sein, Herr ...?"

„Hendges ist mein Name. Konrad Hendges."

„Herr Hendges, wir werden uns um die Sache kümmern. Aber das ist jetzt ausschließlich Aufgabe der Polizei, nicht Ihre."

Kommissar Laubach wusste, dass es hier für ihn nichts mehr zu tun gab. Er verabschiedete sich auf seine Weise von dem Kollegen aus Remagen und kehrte zurück in die Eifel. Der Tag war völlig für die Katz. Eines jedoch wusste er ganz genau: Sein Büro würde überquellen mit Besuchern, wenn er weiterhin Spinnern wie diesem Konrad Hendges Gehör schenkte. Ja, glaubte denn wirklich jeder, er könne Sherlock Holmes spielen? Er beschloss, den Reinfall mit dem Boot möglichst schnell aus seinem Gedächtnis zu streichen. Er hatte verflucht noch mal sehr viel Wichtigeres zu tun.

Der Rummel in Oberwinter begann am nächsten Morgen. Bereits in aller Herrgottsfrühe lief die Gerüchteküche des Yachthafens auf Hochtouren. Dem gewaltigen Polizeiaufmarsch nach zu urteilen, war wohl eine große Sache im Gange. In der Tat lag ein Patrouillenboot der Wasserschutzpolizei vor Anker, und ein paar uniformierte Beamte waren im Hafenbereich unterwegs. Wie man genüsslich vermutete, wahrscheinlich auf der Suche nach einer Gruppe von Drogenkurieren.

Konrad Hendges war bis spät in der Nacht im Yachtclub geblieben und hatte zielstrebig an der Gerüchteküche gearbeitet, während er nebenbei das Boot im Auge behielt.

Kurz nach Sonnenaufgang stand er bereits wieder bei den uniformierten Beamten, um sie mit Hilfsangeboten zu nerven. So würde ihm auch nicht entgehen, was immer es auf der *Milagros* zu sehen gab.

Um kurz nach Acht traf ein eiliger Anruf von der Wasserschutzpolizei bei Kommissar Röder ein. Passanten hatten einen Mann, auf den die Beschreibung Ackermanns passte, bei *Da Franco* auf der Terrasse an der Remagener Promenade sitzen sehen.

Das Patrouillenboot benötigte nur wenige Minuten vom Hafen in Oberwinter bis zur Anlegestelle in Remagen. Herrn Hendges hatte man zwecks sicherer Identifizierung kurzerhand mitgenommen.

„Das ist er", schrie der sofort aufgeregt, als sie die Terrasse erreichten. „Das ist Adrian Ackermann, wir haben ihn."

Adrian Ackermann las die Morgenzeitung und schlürfte seinen Kaffee. Es versprach, ein prächtiger Tag zu werden, und die Sitzplätze auf der Promenade füllten sich langsam mit Besuchern. Als die Polizeibeamten zielstrebig auf ihn zu kamen, legte er irritiert die Zeitung zusammen und runzelte die Stirn. „Wollen Sie zu mir?", fragte er

„Moin. Mein Name ist Röder, Kommissar Röder. Wenn Sie Herr Ackermann sind, dann möchte ich sie in der Tat gerne sprechen. Ich möchte Sie bitten, mit uns zu kommen."

Adrian stand auf und steckte sich eine Zigarette an.

„Soso, die Polizei hat Fragen an mich", sagte er mit einem breiten Lächeln. „Und das schon so früh am Tag!"

Er folgte ihnen auffällig gutwillig und ohne den Anschein eines schlechten Gewissens.

Im Hafen bei der Milagros kam Kommissar Röder ohne Umschweife zur Sache.

„Sie sind augenscheinlich ohne Ihre Frau zurückgekehrt.

Was ist mit ihr geschehen? Wo ist sie?"

„Ach, Sie werden mir nicht glauben, was geschehen ist. Gestritten haben wir uns. Fast während der ganzen Reise. In Teneriffa ist sie dann von Bord gegangen. Sie wolle die verschiedenen kanarischen Inseln kennenlernen, hatte sie gesagt, und dann mit dem Flugzeug zurück nach Deutschland fliegen. Eigentlich müsste sie schon längst hier sein. Ich habe jedenfalls nichts mehr von ihr gehört."

Röder, der nicht recht wusste, ob er dem Gehörten Glauben schenken sollte, fragte: „Dürfen wir uns mal an Bord Ihres Schiffes umschauen? Auf freiwilliger Basis selbstverständlich. Ich meine, weil ich ..."

„...keine Durchsuchungserlaubnis habe, wollten Sie sagen, nicht wahr? Aber warum denn nicht, meine Herren? Schauen Sie sich ruhig um und verzeihen Sie die Unordnung. Ich bin noch nicht zum Aufräumen gekommen."

Die Beamten bestiegen das Deck der *Milagros* und kletterten die kleine Leiter hinunter. Hier drinnen sah es aus wie nach einem Sturm. Alles lag kreuz und quer durcheinander. Während sie den Bootsrumpf systematisch durchsuchten, wurde Ackermann weiter befragt. Er redete sehr offen und erzählte dem Kommissar ausführlich von der Reise und von den Streitigkeiten mit seiner Frau. Später, als Melanie auf und davon sei, und ihn im Stich gelassen hatte, habe er aus Wut darüber den Namen des Schiffes überstrichen.

„Wunder gibt es doch nicht wirklich", sagte er. Und da das Boot überall geleckt habe, seien Ausbesserungsarbeiten sowie ein neuer Anstrich unvermeidlich gewesen. An diesem Punkt beschloss Kommissar Röder, die Sache lieber auf sich beruhen zu lassen. Er wusste, dass er sich auf ganz dünnem Eis bewegte. Seine Kollegen hatten an Bord der *Milagros* absolut nichts Verdächtiges gefunden. Davon abgesehen waren die Ackermans erwachsene Menschen und konnten schließlich tun und lassen, was sie wollten. *Verdammt peinliche Situation.*

Er entschuldigte sich für den Vorfall und bot Ackermann noch an, ihn wieder zurück zur Promenade zu bringen, doch der winkte lachend ab.

„Wenn, dann gehe ich zu Fuß. Bei diesem schönen Wetter!"

Nachdem die Beamten sein Segelboot verlassen hatten, griff Ackermann nach seinem Handy und wählte eine spezielle Nummer. Sie gehörte seinem Literaturagenten.

„Hallo, Mike!"

...

„Danke gut. Und dir?"

...

„Prima. Ja, ich bin wieder im Lande."

...

„Hör' zu, ich hab' da was für dich ..."

...

„Doch, ich denke schon."

...

„Ja, ein komplett fertiges Manuskript. Es wird dir gefallen. Aber ich erwarte einen entsprechenden Vorschuss ..."

ZEHNTES KAPITEL

Konrad war mit sich und der Welt zufrieden, hatte er sich doch in den vergangenen Tagen bestens amüsiert. Was er den beiden Kommissaren für einen Bären aufgebunden hatte! Wegen der Ackermanns, und dass etwas Schlimmes passiert sei, und so weiter. Das würde die Polizei erst einmal eine Zeitlang beschäftigen. Aber warum war der Schriftsteller allein zurückgekehrt, ohne Melanie? Und dann dieser neue Bootsanstrich? Da schien wirklich etwas nicht ganz koscher zu sein. Ihm konnte man nichts vormachen. Mit Booten kannte er sich schließlich aus. Anscheinend hatte es ihm Ackermann auch gar nicht übel genommen, dass er ihn bei den Bullen angeschwärzt hat. Ganz im Gegenteil. Er hatte ihn sogar beauftragt, nach dem Boot zu schauen. Der Kahn sah ja auch schlimm genug aus. Jetzt hockte Konrad in seinem Appartement und rauchte. Ein alter Kassettenrekorder leierte „When a blind man cries" von Deep Purple. Die Kassette hatte er in dem Sideboard des Alten gefunden. Die Musik war genau nach seinem Geschmack, Classic Rock aus den 70ern. Die Schreie von Ian Gillen erinnerten ihn an sein letztes Opfer. Nicht dass ihr das Schreien irgendetwas genützt hätte. Da hatte er seine Prinzipien. So schwache Weiber wie die letzte konnte er nicht ausstehen. Sie würden niemals eine Chance haben. Warum mussten sich die Frauen auch immer so gehen lassen? Hätte sie sich doch bloß richtig gewehrt! Dann hätte ihm das Ganze noch mehr Spaß gemacht. Er zog an seiner Zigarette und grinste. Der nächste Song auf der Kassette war Radar Love von Golden Earring. Da kam man so richtig in Schwung. Besonders bei: „No more Speed I'm almost there ..."

Ich könnte mir auch mal wieder so etwas gönnen, dachte er.

Bei der nächsten Frau würde er nicht so früh Schluss machen. *Und wenn es einen Kampf gibt? So ein richtiges sich wehrendes Rasseweib?* Das war genau das, was er wollte. Erst ein bisschen mit ihr spielen, und dann ... Erneut grinste er. Aber es musste wieder in der Eifel sein. Dort war es am Besten.

Und überhaupt, schließlich war ihm die Eifel noch etwas schuldig.

Er stellte sich vor, wie er es machen würde und zog ein letztes Mal an seiner Zigarette. Dann drückte er sie aus.

Bei dem sonnigen Wetter war es in dem kleinen Appartement ganz schön warm und stickig geworden. Wenn er sich clever verhielt, nun ja, vielleicht würde er dann schon bald bei Andrea einziehen können. Sorgsam überlegte er sich den nächsten Schritt. Immerhin besaß er jetzt ein wunderschönes Geschenk für sie. Die Kette mit dem kleinen, goldenen Anhänger, die er der Schlampe abgenommen hatte. Sie wirkte wie ein Erbstück und war wahrscheinlich aus echtem Gold. Na, Andrea wird vielleicht Augen machen! So viel hatte er noch niemals in eine Frau investiert. *Aber ich habe die Kette ja nicht wirklich gekauft.* Mit einem sardonischen Lächeln vergewisserte er sich, dass das gute Stück noch oben auf dem Fernseher lag.

Sie steckte in dem hellen Etui, dass er zusammen mit einer Omega Uhr in den Sachen des Alten gefunden hatte. Die Uhr hatte er behalten und das Etui passte bestens zu dem Schmuckstück. Wieder musste er an dessen frühere Besitzerin denken. *Na ja, eigentlich Schade, dass sie nicht ein bisschen lebhafter gewesen ist, obwohl ...* In Erinnerungen versunken krempelte er sich die Hemdsärmel nach oben. Das Pflaster in der Nähe des Ellbogens spannte ein wenig. Irgendwie musste sie ihn dort erwischt haben, oder hatte er sich einfach nur geschnitten? Er erinnerte sich nicht mehr, wie es passiert war, es spielte auch keine Rolle. Die Tat war zu lange her, um irgendwo verwertbare Blutflecke zu finden. Und wer kannte schon Konrad Hendges? Vielleicht würde jemand den Namen irgendwann einmal mit einem freundlichen älteren Herrn aus Bad Neuenahr in Verbindung bringen. Na und! Niemand hatte ihn gesehen und niemand würde ihn verdächtigen. Er hatte sogar seine Klamotten verbrannt, denn irgendwie hatte er von vorneherein geahnt, dass er eine ziemliche Schweinerei anstellen würde. *Tzz, als ob sie auch nur die geringste Chance gehabt hätte, mir zu entkommen.*

Ganz am Anfang hatte er sie einfach erwürgen wollen. Doch das hätte nie und nimmer so viel Spaß gemacht. Also hatte er noch ein bisschen an ihr herum geschnitten, bis sie bewusstlos wurde, dann einen netten, glatten Schnitt durch die Kehle folgen lassen, und es war vorbei. Aus war die Maus.

Sie verblutete so schnell, dass sie alles besudelte, als er sie in den Jutesack steckte. Wozu sich also noch sonderlich abmühen. Beim nächsten Mal würde ihm sicher noch etwas Besseres einfallen. Er dachte an die Möglichkeiten, die er hatte, und darüber nickte er ein.

Die Bewohner der Vulkaneifel gingen wieder zur Tagesordnung über. Sicher gab es Diskussionen und auch ein paar unpassende Kommentare wegen der erhöhten Polizeipräsenz. Einige spekulierten sogar öffentlich über die Identität der toten Frau, jedoch war der Mord für die meisten Leute das Werk eines Verrückten, mit dem sie nicht das Geringste zu tun hatten. Der allgemeine Tenor war, dass es sich bei der unbekannten Toten um eine nicht Ortsansässige handelte. Um eine Frau von außerhalb, die bedauerlicherweise zur falschen Zeit am falschen Ort war, und dann im Mosbrucher Weiher entsorgt wurde. Nichts, was eine längere Aufregung wert war.

Aber das sollte sich schon recht bald ändern.

Kommissar Laubach hatte sich notgedrungen dazu entschlossen, die Medien mit einzubinden. Immerhin hatten seine Leute die Tote immer noch nicht identifiziert können. Eine geschlagene Stunde hatte er vorher darauf verwendet, für sich selbst eine Zusammenfassung der Ereignisse aufzuschreiben. Das Resultat war allerdings mehr als dürftig ausgefallen. Er hatte einfach zu wenig Fakten. Gerade war er fertig geworden, als die ersten Journalisten eintrafen. Und es dauerte nicht lang, da platzte das Polizeigebäude aus allen Nähten. Blitzlichter flackerten bei seinem Eintritt.

Zum Glück war das Treffen mit den Presseleuten improvisiert und kurz. Laubach berichtete, was passiert war, und gab karge Antworten auf die Fragen der Journalisten. Das Spektakel war in einer guten halben Stunde vorbei. Die Fakten waren:

1) Für die Identität der Frau gab es derzeit keinen Anhaltspunkt.
2) Sie war gefoltert worden.
2) Sie hatte noch gelebt, als ihr der Mörder die Kehle durchschnitt.
3) Sie war aber mit absoluter Sicherheit tot, als er sie in den See warf.
5) Die Tatwaffe war ein Jagdmesser mit langer Klinge.
6) Der Fundort war nicht der Tatort.

Die Journalisten waren enttäuscht. Sie hatten sich von der Pressekonferenz sichtlich mehr versprochen. Trotzdem waren sie für eine Weile still als er ihnen ein Bild gezeigt hatte. Eines der harmloseren. Es reichte. Dann flatterte wieder ein Blitzlichtgewitter auf und es war vorbei.

In Kelberg selbst ließen sich nur wenige Leute zu einem Interview bewegen. Die Tat war zu neu und zu schockierend. In den großen Städten mochte es solch ein Verbrechen geben, in einem kleinen Eifeldorf dagegen war so etwas eigentlich undenkbar. Daher begegnete man den neugierigen Fragen der Journalisten mit Skepsis und undurchsichtigen Mienen. Kelberg kehrte der Außenwelt geschlossen den Rücken zu. Von ein paar Ausnahmen einmal abgesehen. Eine davon war Hussenmacher, der Bürgermeister. Ganz offensichtlich genoss er das Gefühl, im Mittelpunkt des Interesses zu stehen. Er gab Interviews, wo immer sich die Gelegenheit dazu bot, und lies seinen Spekulationen freien Lauf. Handelte es sich bei dem Täter vielleicht doch um einen Einheimischen, der die Gegend genau kannte? Vielleicht sogar aus seinem Dorf?

Doch wehe, wenn er nicht aus dem Dorf stammen sollte. Zugereiste waren immer verdächtig. Laubach war sich über eine Tatsache vollständig im Klaren: Sollten die Ermittlungen noch nicht schnell Erfolge zeigen, so würden hier bald Beschuldigungen die Runde machen. Routinemäßig hatte Frau Hübscher die Namen der Ackermanns durch den Computer gejagt, allerdings ohne brauchbare Hinweise zu finden. Melanie Ackermann war nur einmal als Jugendliche mit einer kleinen Menge Marihuana erwischt worden und ein anderes Mal hatte man sie bei einer nicht genehmigten Demonstration aufgegriffen. Das riss wirklich niemanden vom Hocker. Adrian Ackermanns Weste war schneeweiß. Vermutlich hatte er noch nie etwas Verboteneres getan als falsch parken.

Laubach hakte die Ackermanns endgültig ab.

Das Bild der toten Frau aus dem Weiher ließ ihm aber keine Ruhe. Immer wieder tauchte ihr grausam verstümmelter Körper vor seinem inneren Auge auf. Warum hatte der Täter gerade sie ausgewählt? So, wie sie zugerichtet war, konnte das nur das Werk eines komplett Verrückten sein, eines Psychopathen. Aber trotzdem, warum gerade sie?

ELFTES KAPITEL

Im Autoradio lief „Baker Street" von Gerry Rafferty. Konrad kannte den Song in und auswendig. Seine Finger klopften im Takt auf das Lenkrad, während er den Verkehr beobachtete und auf Andrea wartete. Wie gut, dass ihm der Wohnungseigentümer auch noch sein Auto überlassen hatte. Wenn auch nicht ganz freiwillig. Konrad grinste hämisch bei dem Gedanken, dass der dort, wo er sich jetzt befand, mit Sicherheit keinen Wagen mehr benötigen würde.

„Hoffentlich macht sie heute pünktlich Feierabend!" Er dachte an die Überraschung, die er für sie hatte. Eine Ladentür öffnete sich, und da war sie auch schon. Er stieg aus und ging über die kleine Rasenfläche direkt auf sie zu.

„Hallo", begrüßte er sie in liebevollem Tonfall.

„Konrad! Na, das nenne ich wirklich Gedankenübertragung! Gerade noch habe ich an dich gedacht. Was machst du denn hier?"

„Ach, eigentlich nichts Besonderes. Ich bin nur ein wenig in der Gegend herumgefahren und habe zufällig auf die Uhr gesehen und mir gedacht, dass du gleich Feierabend machen würdest, und ... nun ja, da habe ich mich gefragt, ob du vielleicht Lust hättest, mit mir auf eine Stunde in 'nen Biergarten zu fahren?"

„Gern. Das ist eine großartige Idee. Ich muss mich nur noch eben umziehen."

„Aber du siehst doch toll aus, Andrea. Bleib einfach so, wie du bist."

Er küsste sie gespielt sanft auf die Wange. Auch das hatte er einmal in einem Film gesehen, und es kam gut an, fand er. Sie errötete leicht und strahlte.

Ihre Wohnung lag in einen Vierparteienhaus, unweit der Boutique, in der sie arbeitete. Vor der Eingangstür blieb sie kurz stehen und kramte nach dem Schlüssel in ihrer Handtasche. Sie zögerte zunächst, fragte aber dann doch: „Möchtest du vielleicht mit raufkommen? Ich werde einen Moment brauchen, bis ich ...

„Klar, das wäre nett." Konrad lächelte betont freundlich. Es war das erste Mal, dass sie ihn mit zu sich hinauf nahm. Sie gingen nach oben. Andreas Wohnung passte zu ihr. Ordentlich, schnörkellos, aufgeräumt und praktisch. Hier und da standen ein paar Porzellantassen, Kristallschalen und Kerzenleuchter, auf den Fensterbänken Blumentöpfe mit irgendwelchem Grünzeug drin. Alles sehr hübsch, aber nichts Aufregendes. Genauso wie Andrea selbst.

„Mach' es dir irgendwo bequem, ich spring' nur mal schnell unter die Dusche", sagte sie und verschwand hinter einer Tür, von der er geglaubt hatte, dass sie in die Küche führe. Das tat sie aber nicht. Die Küche befand sich genau gegenüber, auf der anderen Seite des Raumes. Vom Wohnzimmer führte eine Tür hinaus auf den Balkon und er nutzte gleich die Gelegenheit, um sich das Schloss anzusehen. Schließlich wusste man ja nie, wozu das mal gut sein konnte.

Er spielte ein wenig daran herum und lauschte auf das feine Klicken des Verschlusses. Es wäre ein Leichtes, hier reinzukommen.

„Konrad?"

„Wow, das ist aber schnell gegangen."

„Was machst du gerade?"

„Och, ich habe nur mal das Schloss der Balkontür überprüft. Ist so etwas wie eine Gewohnheit von mir. Man hört doch so viel von Einbrüchen. Im Fernsehen berichten sie fast täglich davon." Er versuchte, sie beruhigend anzulächeln.

„Und genau aus diesem Grund sehe ich mir keine Nachrichten an." Sie schüttelte ihren Kopf, wobei sich die mit Spray gefestigten Haare kaum bewegten. „Ist mit viel zu deprimierend. Raubüberfälle, Vergewaltigungen und Mord. Ich weiß, dass solche Dinge jeden Tag passieren, aber ich schalte dann einfach ab, wenn die Nachrichten so etwas bringen. Ich will davon nichts wissen."

„Recht hast du, Andrea, und du bist verdammt klug. Hast dir hier deine eigene Welt geschaffen. Ehrlich, ich finde es toll, dass du diese Wohnung hast. Ich meine, wie viele Frauen können das mit dreißig schon von sich behaupten?"

Andrea lachte laut auf. „Du bist ein Schmeichler, Konrad. Ich bin achtunddreißig, keine dreißig mehr."

„Was? Das glaube ich jetzt nicht. Du siehst aber viel jünger aus."

Jetzt strahlte sie wieder.

„Du bist einzigartig, Konrad."

Er wechselte schnell das Thema. „Also was ist, wollen wir nach Bad Honnef fahren? Da gibt es doch diesen wunderschönen Biergarten auf einer kleinen Insel ..."

„Meinst du die Insel Grafenwerth? Das ist wirklich eine gute Idee", gurrte sie und hakte sich bei ihm unter.

„Wir können meinen Wagen nehmen", schlug er vor und führte sie zu seinem Fahrzeug, ohne eine Antwort abzuwarten. Sie sah sich das Auto interessiert an. „Hast du den schon lange?"

„Nee, den Audi habe ich gekauft, kurz bevor ich dich kennenlernte. Es war fast so, als hätte ich das gewusst." Er blinzelte ihr mit einem Auge zu. „Im Ernst. War ein echtes Schnäppchen, ein Rentnerfahrzeug. Da habe ich natürlich sofort zugegriffen." *Im wahrsten Sinne des Wortes*, dachte er und musste grinsen. „Na ja, war halt Glück. Genau wie bei dem Appartement. Ich konnte direkt einziehen, auch wenn ich zu diesem Zeitpunkt noch gar nicht wusste, wie lange ich bleiben würde, als ich nach Bad Neuenahr gekommen bin. Aber jetzt ..."

„Was ist jetzt?"

Frauen waren nun mal sehr neugierig. Ganz besonders alleinstehende mittleren Alters.

„Jetzt möchte ich eigentlich schon länger bleiben." Er drückte sanft ihren Arm. Sie verstand sofort.

Der weitere Abend verlief sehr erfreulich. Sie saßen im Biergarten auf der Insel Grafenwerth, tranken Kaffee und aßen Eis. Alexander von Humboldt hatte recht gehabt, als er vor mehr als zweihundert Jahren vom Nizza des Rheins gesprochen hatte. Und Konrads Köder war gelegt. Jetzt musste sie nur noch anbeißen. Später auf der Rückfahrt streichelte er sanft ihr Knie und küsste sie zärtlich, als sie vor ihrem Haus angekommen waren. Er stieg sogar aus, um ihr die Tür aufzuhalten.

„Du bist so ein feiner Kerl, Konrad", gurrte sie. „Und du weißt, wie man eine Dame behandelt." An der Haustür blieb sie stehen und zögerte einen kleinen Augenblick. Nachdem sie Mut gefasst hatte, fragte sie vorsichtig: „Möchtest du noch auf ein Glas mit rauf kommen?"

„Ja, gerne." Er tat überrascht und erfreut zugleich. „Wenn das für dich o.k. ist?"

Es war o.k. Sie schloss die Tür auf und ging direkt in die Küche. Kurz darauf kam sie mit zwei gefüllten Likörgläsern zurück.

„Auf uns!", sagte er. „Und auf viele weitere Abende wie diesen."

Unsicher stieß Andrea mit ihm an. Er bemerkte ihr kurzes Zögern und fragte: „Es hat dir doch gefallen, oder?"

„Oh ja, natürlich Konrad. Es war ein wunderschöner Abend."

„Das fand ich auch ... und deshalb möchte ich dir etwas schenken."

Sie nippte schnell an ihrem Likör und tat verlegen, wie es Frauen in solch einer Situation nun einmal zu tun pflegen. Er griff in die Tasche und kramte ein kleines Etui hervor.

„Was in aller Welt ..."

„Nun mach' schon auf!"

Ihre Hände zitterten, als sie das Etui öffnete.

„Oh, Konrad! Wie wunderschön!"

Vorsichtig nahm sie die Kette heraus und begutachtete sie

wie einen gefundenen Schatz. Die Kette war alt. Wahrscheinlich Jugendstil. An ihrem Ende baumelte ein hübscher Anhänger, den man öffnen und mit einem Foto versehen konnte. Und alles war aus Gold.

„Aber ... die kann ich doch gar nicht annehmen", stammelte sie.

„Natürlich kannst du. Sie ist für die wunderbarste Frau auf der Welt." Konrad war jetzt voll in seinem Element. „Versprich mir nur, dass du sie trägst."

„Sicher werde ich sie tragen! Oh, Konrad", seufzte sie und ließ sich neben ihm auf die Couch fallen. Ihre rechte Hand hielt das teure Schmuckstück, während sie ihn mit der anderen zu sich hinunterzog.

Spät in der Nacht wurde er wach, griff nach der Zigarettenschachtel auf der Nachtkonsole und zündete sich eine Camel an. Den Plastikaschenbecher stellte er auf seinen Bauch, während er rauchte und über Frauen nachdachte. Andrea schlummerte friedlich neben ihm. Nachdem sie sich geliebt hatten, hatte er ihr die Kette um den Hals gelegt. Dort befand sie sich immer noch. Der Anhänger hing glänzend zwischen ihren Brüsten.

Nur gut, dass Schmuckstücke nichts erzählen können, dachte Konrad und erinnerte sich, wie die Frau geschrien hatte. Nicht, dass es ihr etwas genutzt hätte. Sie hätte sich früher wehren sollen. Nach dem Blutverlust war sie viel zu schwach gewesen. Trotzdem hatte sie bis fast zuletzt gezappelt, und er hatte sich gewundert, wie viel Kraft jemand aufbringt, dem man die Kehle durchschneiden will. *Sei's drum. Spaß gemacht hatte es allemal und beim nächsten Mal wird es noch besser.*

Er grinste im Dunkeln und schnippte die Asche von seiner Zigarette. Dann stellte er sich vor, wie er es machen würde. Aber in der Eifel musste es sein. Er bräuchte nur am späten Abend die Landstraßen abzufahren. Da würde es jede Menge Weiber geben, die von der Disco nach Hause wollten. Ein geradezu ideales Jagdrevier für ihn. Er genoss die Vorstellung und zog ein letztes Mal an seiner Zigarette, bevor er sie ausdrückte. Dann stellte er den Aschenbecher auf die Nachtkonsole neben dem Bett und drehte sich zum Fenster, von wo eine leichte Brise kam. Er war dankbar dafür, denn im Schlafzimmer war es stickig und es roch nach Sex und Qualm. Aber trotzdem, Andreas Wohnung war schöner als das kleine Apartment, dass er sich ... äh ... geborgt hatte. Schade, dass er sich nicht auf Dauer hier einnisten konnte.

ZWÖLFTES KAPITEL

Sonntag, 24. Juli 2011, 20 Uhr

Adrian Ackermanns Zuhause hatte sich verändert. Die vorher schlichte Einrichtung war durch teure Designermöbel ersetzt und der Anbau um ein Gästezimmer erweitert worden. Im Vorgarten standen jetzt ein paar außerordentlich gut frisierte Sträucher, und neben dem Eingang hatte er ein Blumenbeet angelegt. Der gepflasterte Pfad zur Tür wurde von einer Reihe Solarlämpchen beleuchtet.

Susana war, bevor Melanie in Adrians Leben getreten war, schon einmal hier gewesen. Das war jetzt genau ein Jahr her. Damals hatte der Schriftsteller aus irgendeinem Grund beschlossen, mitten im August ein Kostümfest zu feiern. Sie war als Peter Pan gegangen und Adrian Ackermann als Zorro. Er hatte sie zu einem Springbrunnen mit eindeutigem Inhalt geführt, Fruchtbowle. Sie hatte einen Schluck getrunken und sofort beschlossen, doch lieber bei Mineralwasser zu bleiben. Im Hintergrund war ohne Unterbrechung Discomusik aus den Siebzigern gelaufen, in einer Lautstärke, die einem Open Air Konzert gleichkam. Später war die Party immer lauter und ausgelassener geworden.

Soweit ihr bekannt war, hatte Adrian seitdem kein Fest mehr gegeben, zumindest nicht in dieser Größenordnung. Doch es blieb in bester Erinnerung, und Adrian hatte keine Mühe gehabt, eine begeisterte Menge aufzutreiben, die seine Rückkehr gebührend feiern wollte. Die Menschen in der Eifel wussten sehr wohl, wie man sich amüsierte.

Diesmal liefen auf überall im Haus aufgestellten Bildschirmen schmutzige Filme, selbst draußen auf der Terrasse. Und selbstverständlich war auch der Fruchtbowlen-Springbrunnen wieder im Einsatz. Es dauerte nicht lange, und die Party hatte ein Stadium erreicht, das die Teilnehmer noch sehr, sehr lange beschäftigen sollte. Gegen 22.30 Uhr war Susana die einzige, die noch ohne fremde Hilfe aufrecht stehen konnte.

Klaus, ein junger Mann aus der Nachbarschaft, mit dem sie hier her gekommen war, lag mit einem seligen Lächeln schlafend unter dem Bistro-Tisch. Seine Hose war verschwunden und jemand hatte ihm quer über den Kopf einen Streifen Haare abrasiert.

Ja, ja, die Eifeler, wenn man sie einmal loslässt ...

So wie die Dinge jetzt lagen, wurde es höchste Zeit, sich unbeobachtet aus dem Haus zu schleichen. Susana erinnerte sich an die beiden schmalen Türen, die dicht nebeneinander lagen und zu Adrians Arbeitszimmer beziehungsweise hinaus auf die Terrasse führten. Sie hatte schon die Hand auf der Türklinke, als eine breite Pranke sich um ihre Taille schlang und sich von hinten jemand an sie presste. Als sie sich umdrehte, sah sie einen übergewichtigen, deutlich alkoholisierten Burschen vor sich.

„Hi", sagte er mit einem strahlenden und irgendwie verschwommenen Lächeln.

„Isch bin de Dieter."

„Hallo Dieter", erwiderte sie munter. „Kann ich dir etwas zu trinken holen?"

„Isch will nischs su drinken. Nur ma Hallo sagen. Du bisssu süß. D... das wollte ich dir imma scho ma sagen."

„Vielen Dank", entgegnete Susana, während sie versuchte, sich seinem Klammergriff zu entwinden. Was ziemlich schwierig war, weil seine Hände mittlerweile an ihrem Hals gelandet waren.

„Ich glaube, du brauchst etwas frische Luft, Dieter", krächzte sie, in der Hoffnung, dass er verstand und dahin verschwand, woher er gekommen war. Tat er aber nicht, sondern klammerte sich noch fester an sie, während sie inzwischen fast panisch versuchte, nach hinten auszubrechen. Er verzog seinen Mund zu einer Kussschnute und schob sie rückwärts auf die Veranda. Ein eng umschlungenes Paar, das sich dort in einer Ecke des schmiedeeisernen Geländers recht eindeutig vergnügte, verschwand nach einem Blick auf sie kichernd in der Dunkelheit des anliegenden Gartens. Dort verstummte der Klang des Kicherns allmählich.

„Willst du dich nicht setzen?", presste Susana hoffnungsvoll durch ihre gequetschte Kehle.

„Nein", nuschelte Dieter. „Ich will mit dir bumsen."

„Äh, nun ...", wollte sie gerade angesichts seiner geballten Unverschämtheit erwidern, da sackte er plötzlich in sich zusammen, und seine Arme rutschten von ihrem Hals. Der Alkohol hatte ihm den Rest verpasst.

Susana versuchte erst gar nicht, ihn aufzufangen und vor einem Sturz zu bewahren. Erleichtert lehnte sie sich gegen das Geländer und atmete die frische Luft ein. Der Abend war immer noch warm, und hier war es allemal angenehmer als in der gerammelt vollen Bude mit dem Gestank nach Zigaretten, Schweiß und Alkohol. Ganz abgesehen davon, dass die Lautsprecher jede normale Unterhaltung unmöglich machten und die meisten Gäste den eindeutigen Anregungen auf den Bildschirmen nur zu begierig Folge leisteten.

Und dafür habe ich mich extra in Schale geworfen, dachte sie, streichelte über die Rundungen des Geländers und überlegte, wie sie jetzt am besten nach Hause kam. Zu Fuß wohl nicht. Ihre Füße schmerzten bereits in den neuen Schuhen mit den hohen Keilabsätzen. Sie brauchte ein Taxi. Ihr Handy funktionierte nicht, Funkloch. Blieb nur der Festnetzapparat im Haus. Sie überließ Dieter seinem süßen Schlaf mit den taufeuchten Träumen von Liebe und ging wieder ins Haus.

„Juuhuu, die Stripperinnen sind da!", tönte es ihr entgegen.

Auch das noch. Ihr blieb wirklich gar nichts erspart.

Die erste Tänzerin, eine resolut wirkende Rothaarige, begann sich hin und her zu schlängeln, während sie sich einiger unnötiger Kleidungsstücke entledigte. Als sie fast nackt war, setzte sie sich auf den Schoß eines männlichen Gastes und leckte an seinem Ohr. Während sie mit dem Po wackelte, zwang sie den Kopf des nicht mehr ganz so nüchternen Herrn zwischen ihre Brüste, bog ihren Rücken durch und sprang nach hinten weg. Eine vollbusige Blondine wiederholte den gesamten Vorgang, beugte sich allerdings dabei soweit vor, dass ihre Brüste über sein Gesicht strichen. An dieser Stelle brachte Ackermann jeder von ihnen ein Glas Fruchtbowle, die sie rhythmisch wackelnd tranken.

Großer Gott, dachte Susana. *Brauchen Männer wirklich so etwas?*

An der Show vorbei zum Telefon zu kommen war aussichtslos. Vielleicht hatte sie ja vor dem Haus Empfang. Vorsichtig drängte sie sich an der Meute vorbei, in Richtung Haustür und wurde wieder aufgehalten. Diesmal vom Hausherrn persönlich, der an ihrem Oberarm zerrte und sie zurück ins Haus bugsierte.

„Sie wollen doch nicht etwa schon gehen, Susana?", fragte er, ohne eine Spur betrunken zu klingen.

„Ihre Party ist wunderbar, Adrian, aber ich muss wirklich jetzt ... "

„... etwas trinken", sagte er, hielt einen Becher in den Springbrunnen und stieß ihn ihr entgegen, sodass etwas von der Flüssigkeit auf ihre Bluse schwappte. Er hielt seine eigene Tasse hoch, prostete ihr zu und trank sie dann in einem Zug aus. Zum Glück bescherte ihm das Getränk einen Hustenanfall, und es gelang Susana, sich abzusetzen, als er sich zusammenkrümmte und nach Luft schnappte.

Dieses Mal schaffte sie es zur Straße. Sie wollte lieber erst ein Stück von Ackermanns Haus weg sein, bevor sie sich ein Taxi rief. Der ganze Abend war nichts als eine einzige Katastrophe gewesen. Erst als sie sich etwas entfernt hatte und die Musik zu einem leisen Surren verklungen war, wurde ihr bewusst, wie spät es bereits war. Ob sie überhaupt noch ein

Taxi kriegen würde? Empfang hatte sie hier immer noch nicht. Sie blickte sich um, aber no way! Eine Rückkehr kam für sie nicht infrage.

Also spazierte sie weiter die Zufahrtsstraße entlang in Richtung Schönbach. Plötzlich flatterte etwas über ihren Kopf hinweg. Sie blickte hoch und sah die dunkle Silhouette eines großen Vogels in den nächtlichen Himmel steigen. „*Brr ..., gruselig*", dachte sie.

Ihre Schritte klangen ungewöhnlich laut auf dem Asphalt. Die hohen Absätze waren auf der vielfach geflickten Straße auch nicht gerade von Vorteil. Endlich kam die erste Häuserreihe von Schönbach in ihr Blickfeld. Die Häuser standen ein Stück zurückgesetzt von der Straße. Nur hier und da brannte Licht.

Ein Wagen kam mit quietschenden Reifen auf sie zu. Susana zuckte zusammen. Sie konnte sich gerade noch an einem Laternenmast festhalten. Die jungen Typen in dem vollbesetzten Wagen grölten ihr durch die geöffnete Fensterscheibe etwas zu. Dann spurtete der Wagen davon.

Und wieder schallte nur das Klacken ihrer Absätze durch die Nacht. Ihr Handy streikte noch immer. Sie hatte noch eine kleine Strecke bis zur Ortsmitte vor sich, wo hoffentlich eine öffentliche Telefonzelle stand. Das Geräusch eines weiteren, deutlich langsamer fahrenden Wagens klag hinter ihr auf und näherte sich. Im Scheinwerferlicht sah sie ihren Schatten lang, fast unheimlich vor sich. Sie wusste nicht warum, aber dieses Auto machte ihr mehr Angst als die betrunkenen Jugendlichen vorhin. *Ich gehe einfach weiter*, dachte sie, beschleunigte ihre Schritte und ignorierte den

Schmerz ihrer Füße in den neuen Schuhen.

Eine dunkle Limousine fuhr langsam an ihr vorbei. Sie versuchte möglichst unauffällig hineinzuschauen, konnte jedoch den Fahrer nicht erkennen. Jetzt bremste er an dem Stoppschild weiter vorne. Susana konnte die Bremslichter sehen, doch der Wagen blieb stehen.

Verdammt! Warum biegt er nicht ab? Sie spürte, wie sich ihre Muskeln vor Angst verkrampften.

Nun fahr schon endlich weiter, du Idiot! Ob der Fahrer sie beobachtete?

Wo war bloß ihr Handy?

Als sie es aus ihrer Handtasche hervorzerrte, wurde das Motorengeräusch lauter. Der Wagen bog um die Kurve und verschwand.

Susana blickte hinter ihm her und kam sich irgendwie selten dämlich vor. „Jetzt leide ich schon unter Halluzinationen", murmelte sie zu sich selbst, versuchte aber trotzdem sofort, zu telefonieren. Immer noch kein Signal. Dieses Mal behielt sie das kleine Telefon fest in ihrer Hand.

Sie ging schneller und überquerte die Straße dort, wo der Wagen zuvor angehalten hatte. Ihre Füße brannten, doch sie drosselte das Tempo nicht. Am Ortseingang lag ein neues Einkaufszentrum mit Filialen von Lidl und Aldi. Tagsüber tummelte sich hier das wahre Leben, jetzt jedoch lag alles verlassen da. Ihr fröstelte. Erneut wählte sie die Nummer der Taxizentrale. Nichts rührte sich.

Sie steckte immer noch im Funkloch, so ein Mist. Sie musste noch etwas weiter gehen. Jetzt beschlich sie wieder das Gefühl, beobachtet zu werden. Sie ging noch schneller.

Am Rande des Parkplatzes stand ein Wagen. *Komisch, der ist mir zuvor noch gar nicht aufgefallen. Großer Gott, ist das etwa derselbe Wagen wie von vorhin?*

Die Scheinwerfer des Wagens gingen an. Susana rannte los. Der Wagen kam näher. Panisch wählte sie mit der linken Hand den Notruf und hielt sich das Handy ans Ohr. Immer noch nichts. Da war kein Freizeichen. Das Display zeigte an, dass der kleine Apparat nach einem Netz suchte.

Jetzt war der Wagen auf ihrer Höhe und fuhr langsam neben ihr her. Der Fahrer spielte ganz offensichtlich mit ihrer Angst. Sie hielt ihr Handy vor den Mund und tat so, als ob sie telefonieren würde. Da beschleunigte der Wagen und verschwand in der Dunkelheit vor ihr. Noch ein kleines Stück weiter. Hinter dem Einkaufszentrum standen mehrere halbfertige Bauten. Wenn sie daran vorbei war, hatte sie bestimmt auch wieder eine Verbindung. Das Licht der Straßenlaterne flackerte. Sie wollte schreien vor Angst, aber wer würde sie hören? Die nächsten bewohnten Häuser standen noch ein gutes Stück entfernt, und die Bewohner lagen vermutlich im Tiefschlaf.

Als sie an der Baustelle vorbei war, piepste ihr Handy. Endlich hatte das kleine Ding wieder ein Netz gefunden.

Erleichtert wollte sie gerade wählen, als sich eine Hand wie aus dem Nichts um ihr Handgelenk schloss. Es schmerzte, sie öffnete unwillkürlich ihre Hand und das Handy fiel zu Boden. Sie kam nicht einmal zu einem einzigen Schrei, da sich die andere Hand des Unbekannten bereits auf ihren Mund gepresst hatte.

DREIZEHNTES KAPITEL

Montag, 25. Juli 2011, 11 Uhr

Dieses kleine Biest hatte gekratzt wie eine Katze. Konrad lag im Bett und drückte sich ein paar Eiswürfeln gegen seine rechte Gesichtshälfte. Heute musste der gemütliche Abend bei Andrea leider ausfallen, daran gab es nichts zu rütteln. Er würde ihr eine Nachricht auf der Mailbox hinterlassen, sobald es ihm besser ging. Er wollte auf keinen Fall, dass sie nach ihm suchte und in sein kleines Appartement kam. Hoffentlich glaubte sie nur nicht, er habe nach der ersten gemeinsamen Nacht kein Interesse mehr an ihr. Sie war wirklich nicht schlecht gewesen. Das hatte er gar nicht für möglich gehalten, aber stille Wasser waren ja bekanntlich tief.

Völlig leergepumpt hatte sie ihn. Aber genau das liebte er bei einer Frau. Und die Kette, die er ihr geschenkt hatte, war der zündende Funke gewesen. Damit hatte er ihre Zurückhaltung weggefegt. Er hatte mal wieder richtig gelegen. Und es gab noch einen weiteren positiven Aspekt. Er konnte sich die Kette jederzeit anschauen, wenn Andrea sie trug. Und jedes Mal würde sie ihn an sein Vergnügen erinnern ...

Rückblickend war es eine unerwartet gelungene Erfahrung gewesen, die Frau zu töten. Er erinnerte sich, wie er mit dem Messer zugestochen hatte. Immer wieder hinein in das weiche Fleisch. Fast in gleichem Rhythmus hatte er in Andrea hineingestoßen, und es war der beste Sex gewesen, den er je gehabt hatte. Im Grunde war es genauso gewesen, wie er es sich gedacht hatte. Andrea gab alles, wenn sie glaubte, dass ein Mann es ehrlich mit ihr meinte. Und so abwegig war der Gedanke ja auch gar nicht. Immerhin behandelte er sie wie eine Heilige. Seine Heilige. Konrad grinste spöttisch.

Immerhin gab die Frau ihm die beste Tarnung, die er sich denken konnte. Dazu gefiel ihm die hiesige Umgebung an der Ahr und es gefiel ihm auch, wie sich die Dinge für ihn entwickelten. Vielleicht würde er sogar für länger bleiben. Er durfte sich nur keinen Fehler erlauben. Dass er sich die Opfer für seine Spielchen ausnahmslos in der Eifel suchte, hielt er für einen gerissenen Schachzug. Auch bei seinem zweiten weiblichen Opfer, jener Susana, hatte es ja bestens geklappt. Nur das mit seiner Ex-Freundin ganz am Anfang war ein Fehler gewesen. Er hatte einfach die Kontrolle über sich verloren. Aber hatte nicht ein Mann das Recht, sich eine Frau gefügig zu machen?

Letztendlich hatte er dafür bezahlt und seine Strafe bekommen. Schluss, Ende und aus. Jetzt war er frei und würde alles anders machen. Die Trümpfe lagen eindeutig in seiner Hand.

Sein Gesicht brannte immer noch, als er den Kopf drehte und zur Uhr schaute. Es war jetzt halb acht. Andrea müsste eigentlich zu Hause sein. Gestern hatte sie zu ihm gesagt, dass sie gegen sieben Uhr Schluss machen und danach direkt ins Nachtcafé *Apfelbaum* gehen würde. Dort wollten sie sich treffen, aber daraus wurde jetzt ja wohl nichts.

Am besten, er würde ihr einfach erklären, dass er überraschend für ein paar Tage weg musste. Der Zeitpunkt war zwar denkbar ungünstig, aber Geschäft war nun mal Geschäft. Wieder dachte er an die beiden Frauen. Die zweite war verdammt schnell gewesen. Damit hatte er nicht gerechnet. Susana sei ihr Name, hatte sie zu ihm gesagt. Das war ganz am Anfang gewesen, als er sie sich geschnappt hatte. Da hatte sie noch an einen bösen Scherz geglaubt. Besser gesagt, sie hatte krampfhaft versucht, daran zu glauben. In den kommenden Tagen würde sie ihn gut unterhalten. Trotz der Schmerzen musste er lächeln. Die Vorstellung, was er alles mit ihr tun würde, erregte ihn. Und wenn er noch eine dritte Frau dazu nahm? Würde das nicht noch mehr Spaß machen? Zwei Frauen gleichzeitig, von denen immer eine bewundern konnte, was er gerade mit der anderen anstellte?

Das kommt ganz auf einen Versuch an, dachte er, und ein breites Grinsen lief über sein ganzes Gesicht.

Montag, 25. Juli 2011, 13 Uhr

Adrian Ackermann wurde durch die vertraute Stimme auf seinem Anrufbeantworter abgelenkt, als er kurz nach Mittag sein Haus betrat. Melanie und er hatten damals jenen Text, den das Band jetzt brav herunterleierte, zusammen aufgenommen. Er erinnerte sich gut, wie Melanie dabei herumgealbert und gegibbelt hatte, so wie es ihre Art war. Erst nach etlichen Versuchen war es ihr gelungen, einen vernünftigen Text aufzusprechen. Das war noch vor dem Kauf der *Milagros* gewesen.

Aus purer Gewohnheit hörte er das Band sofort ab. Es war Mike, sein Literaturagent, der um einen Rückruf bat. Mike gehörte zu den Leuten, die immer erreichbar waren, auch am Wochenende, und das von jedem anderen auch annahmen. Adrian drückte zweimal die fünf und löschte damit die Nachricht. Er würde Mike wenn überhaupt erst am Montag zurückrufen. Eigentlich war die Sache mit dem neuen Buch für ihn erledigt. Es verkaufte sich wie von selbst. Er überlegte sogar, einen Folgeband zu veröffentlichen. Das passende Manuskript dazu hatte er jedenfalls bereits in Arbeit.

Ohne sich die Jacke auszuziehen, ging er mit der Post unterm Arm und einer Tüte Brötchen in der Hand in sein Wohnzimmer. Als er die Halogenbeleuchtung anknipste, erschrak er. Der Raum, sah aus, als wäre jemand mit einer Dampfwalze hindurch gefahren. Die wertvollen Möbelstücke waren zur Seite geschoben worden, und überall darauf und darunter standen halbvolle Gläser und Becher mit Fruchtbowle herum. Reste von Gebäck und Schnittchen schmückten sich mit Konfetti und Luftschlangen. In den Salatschüsseln schwamm alles Mögliche, nur kein Salat. Es sah mehr nach flüssiger Pizza aus. Und wie das stank!

Angesichts der allgegenwärtigen Überbleibsel seiner feucht-fröhlichen Feier verharrte Adrian einen Augenblick bewegungslos, so als wolle er den gestrigen Abend noch einmal

Revue passieren lassen, dann löschte er das unbarmherzig alles offenbarende Licht. Der Anblick seines verwahrlosten Zuhauses war etwas, das er nur im Halbdunkeln ertragen konnte. Unter seinen Schuhsohlen knirschte es verdächtig wie zersprungenem Glas. Alfred Hitchcock grinste ihn unverschämt von der Wand aus an.

Auf dem Weg zur Couch registrierte er noch einen umgekippten Sessel, die Zigarettenstummel in den Töpfen seiner Zimmerpflanzen, den an einer Seite aufgerollten Teppich und die Damenslips an den Regalen. Die vergoldete Stehlampe stand kopfüber in einer Ecke. Eines der flachen Fernsehgeräte, die er neu angeschafft hatte, stand direkt vor dem leeren Kamin auf dem Fußboden. Adrian setzte sich auf die Couch, griff zur Fernbedienung und schloss die Augen. Nichts tat sich. Ein weißes Rauschen, das war alles.

Ein halbes Jahr, dachte er und ließ seine Hand über die leere Fläche neben sich gleiten. *Soviel Arbeit – für das hier?* Er streichelte das aufgeraute Leder. Die Couch hatte ihn ein kleines Vermögen gekostet und war die erste Anschaffung gewesen, die er nach Erhalt seiner neusten Vorschusszahlung getätigt hatte. Seine Finger ertasteten einen Brandfleck, den einer der Partygäste mit einer Wunderkerze in das Leder gebrannt hatte.

Schöne Scheiße! Wütend zog er den Korken aus dem Hals einer angefangenen Rotweinflasche und nahm einen kräftigen Schluck. Bordeaux oder nicht, das Getränk schmeckte scheußlich, erfüllte jedoch seinen Zweck. Er wollte einfach nur abschalten und vergessen. Sich selbst am besten gleich mit.

Sofort nach den Neuanschaffungen hatte er eine Sicherheitsfirma damit beauftragt, Türen und Fenster seines Hauses mit neuester Sicherheitstechnik auszustatten. Dabei waren es nicht in erster Linie Einbrecher, vor denen er sich fürchtete. Er hatte Angst, entdeckt zu werden. Entdeckt von Menschen, die hinter seiner sorgfältig aufgebauten Fassade als erfolgreicher Schriftsteller blicken würden und dort das wahre Innenleben des Adrian Ackermann erkannten. *Schon komisch,* dachte er. *Wenn ich eine meiner Figuren wäre, würde ich mich selbst nicht leiden können.* Er gönnte sich einen weiteren Schluck aus der Flasche und verschüttete dabei ungeschickt etwas Rotwein, der sich auf sein helles Oberhemd ergoss. Wie er müde an sich heruntersah, musste er unwillkürlich an Melanie denken. Er stellte die Weinflasche ab, biss in ein nicht mehr ganz so frisches Brötchen und ging, da er ohnehin nichts Besseres zu tun hatte, seine Post durch. Kontoauszüge, Werbebriefe, Einladungen, das Übliche. Ein kleiner Pappumschlag war dabei, ohne Absender. Er öffnete ihn, ohne weiter nachzudenken und hielt eine CD in den Händen. Zumindest dachte er das, bis er die vermeintliche CD in den Recorder legte und ihm das Standbild einer DVD angezeigt wurde. Ein Film? Wer sollte ihm einen Film schicken, und warum?

Er zog seine Jacke aus und warf sie achtlos zu Boden, bevor er sich in die Polster zurückfallen ließ und wieder auf den Bildschirm starrte. Er war hundemüde und würde sowieso gleich auf dem Sofa einschlafen. Nichts tat sich. Natürlich nicht, er hatte vergessen, auf *Play* zu drücken. Das Bild wackelte am Anfang, wie bei einem selbstgedrehten Urlaubsfilm. Plötzlich erkannte er die gefilmte Umgebung, und diese Tatsache riss ihn unvermittelt aus seinem Halbschlaf. Die Kamera schwenkte langsam über den Hafen von Oberwinter, zoomte dann in das Bild hinein. Da war seine *Milagros*. Da waren Melanie und er, wie sie ausgelassen an Bord gingen. Wer zum Teufel hatte das gefilmt?

VIERZEHNTES KAPITEL

Dienstag, 26. Juli 2011

Eine leichte Brise wehte durch seine blonden Haare. Roger Peters stand auf einem Mauervorsprung und blickte auf ein Grundstück, das an einer Seite an eine Pferdekoppel, an der anderen an brachliegendes Ackerland grenzte. Wenn er die Augen zusammenkniff, verwandelte sich das Bild in eine einzige grün-braune Fläche. Dahinter lag Susanas Bauernhaus. *Hier ist es*, dachte er. *Schöne Gegend, nur ein wenig einsam.*

Er ging zu Ediths Corsa zurück, den er am Straßenrand geparkt hatte, stieg ein und bog auf den Feldweg in Richtung Bauernhaus ab. Kleine Steinchen und Staub wirbelten auf, als der Wagen über die ausgefahrene Piste ratterte. Roger parkte auf dem geräumigen Innenhof und stieg aus. Das alte Fachwerkhaus hatte bereits bessere Tage gesehen. Es war irgendwann einmal weiß gestrichen worden, aber die Farbe blätterte mittlerweile bereits an mehreren Stellen wieder ab. Rote Blumenkästen vor den Fenstern bildeten einen gelungenen Kontrast zu dem ausgeblichenen Weiß.

Edith hatte ihn vorgewarnt. Wenn Susana zu Hause war,

bellte ihr Schäferhund meist schon los, bevor man aussteigen und klingeln konnte. Doch hier bellte überhaupt niemand. Alles war ruhig. Roger ging zur Tür und schaute sich vorsichtig um. Bei einem großen Hund konnte man schließlich nie wissen. Vielleicht kam der gerade im nächsten Augenblick um die Ecke geschossen. Nichts passierte. Er klopfte an die Tür und überlegte dabei, was er sagen wollte. Aber es tat sich immer noch nichts. Anscheinend war sie unterwegs.

Das war ja nun durchaus nichts Ungewöhnliches, dass jemand mal wegfuhr. Nur dass Edith aus irgendeinem ihm unerfindlichen Grund beunruhigt zu sein schien. Sie hatte ihn gebeten, einmal bei ihrer Freundin vorbeizuschauen. Seit dem gemeinsamen Grillabend hatte Susana nichts mehr von sich hören lassen, und das sei so ganz und gar nicht ihre Art. Klar, nach dem Leichenfund am Mosbrucher Weiher war es im Dorf verständlicherweise etwas unruhig geworden, aber musste Edith gleich solch einen Aufstand machen? Die Phantasie schien mit ihr durchzugehen.

Er war schon wieder bei dem Corsa und wollte gerade einsteigen, als ihm etwas stutzig machte.

Die Blumen! Natürlich, Susana liebte Blumen, aber ihre Pflanzen waren trocken und zum Teil schon verwelkt. Mit Sicherheit hätte sie niemals vergessen, sie zu gießen. Und wenn sie für einige Tage weggefahren wäre, hätte sie den Nachbarn Bescheid gegeben, dass die nach dem Rechten sahen.

Er ging zurück, klopfte abermals an die Tür. Wieder nichts. Dann untersuchte er die Pflanzen. Sie waren tatsächlich seit längerem nicht gegossen worden. Er ging noch einmal zur Tür, öffnete die Luke für den Briefkasten und blickte hinein. Ein Haufen Briefe steckte ineinander.

Sie könnte natürlich trotzdem nur verreist sein, dachte er. Sicher gab es eine Reihe weiterer möglicher Erklärungen, aber – *Wo war der Hund? Hatte sie ihn mitgenommen?*

Vorsichtig ging er um das Haus herum. In einiger Entfernung stand ein alter Schuppen. Ein Wasserkübel befand sich auf halber Strecke. Er war ausgetrocknet. Roger spürte, wie sich seine Nackenhaare aufstellten. Ein merkwürdiger, unangenehmer Geruch lag in der Luft. Vorsichtig ging er weiter. Neben dem Schuppen stand ein Stapel mit Kaminholz. Einige Scheite lagen gespalten auf dem Boden. Die Axt hing darin, als sei sie gerade erst benutzt worden. Und an der Schneide klebte Blut. Es war zwar getrocknet, aber er erkannte es sofort. Und an dem Blut klebten Reste von Haaren.

Einen Moment lang verspürte Roger den Drang, einfach wieder in den Opel zu steigen und davonzufahren. Stattdessen schaute er sich vorsichtig um. Dann sah er es. Hinter einem Stapel verrosteter Werkzeuge lag ein dunkles Etwas. Der Größe nach musste es ein Tier sein. Mit dem seltsam sicheren Gefühl zu wissen, was es sein würde, ging er darauf zu.

Der Kadaver des Schäferhundes lag unter einer Decke von Fliegen und sonstigem Gewimmel auf dem Boden, besser gesagt, was noch davon übrig geblieben war. Rasch wandte er sich ab, aber nicht ohne erkannt zu haben, dass der Kopf des Hundes gute zwei Meter entfernt lag. Mit zitternden Fingern griff er nach seinem Handy. Das blöde Ding hatte keinen Empfang. Rund um Köttelbach gab es viel zu viele Funklöcher. Er entfernte sich von dem Schuppen und ging wieder zurück zum Haus. Das Funksignal baute sich langsam auf.

Kommissar Laubach kam um zwanzig nach Elf in sein Büro. Er sah zerknittert aus, als sei er erst vor fünf Minuten aus dem Bett und in seine Hose gesprungen. Gerade wollte er sich hinsetzen, als das Telefon klingelte. Er blieb stehen und griff nach dem Hörer.

„Hübscher hier, Herr Kommissar. Ich hatte gerade einen Anruf wegen eines toten Hundes."

Jetzt setzte er sich doch. „Wegen was?"

„Jemand hat einen Schäferhund mit abgeschlagenem Kopf gefunden."

„Vielen Dank, mir ist schon schlecht. Wo denn?"

Sie gab ihm die Adresse. Laubach legte auf und blickte hinüber zu Schwarzenegger. Der saß wieder vor seiner Schreibmaschine und haute kräftig in die Tasten.

„Na, wie weit sind Sie mit Ihrem Buch?"

„Nix Buch, ich schreibe an dem Bericht über die Tote am Mosbrucher Weiher. Aber habe ich Ihnen schon die Story von dem toten Priester erzählt, Jefe?"

„Hören Sie mir bloß auf mit Ihren Fantasiegeschichten. Wir haben einen echten Mordfall. Lassen Sie den Kram liegen und kommen Sie."

„Wieder eine Frau, Jefe?"

„Nee, ein Hund!"

Roger Peters wartete am Wagen, während Laubach und ein Muskelpaket von einem Mann in einem viel zu engen T-Shirt losgingen, um sich den Hund anzuschauen. Sie schienen es nicht eilig zu haben und wirkten beinahe unbekümmert, als sie zum Schuppen hinüber schlenderten. Tote Tiere waren in der Eifel nichts Besonderes.

Gut, vielleicht doch nicht so. Als die beiden zurückkamen, wirkten sie etwas blass um die Nasen. Das Muskelpaket putzte eine spiegelnde Sonnenbrille, ehe er in einem dunkelblauen Zivilfahrzeug verschwand und telefonierte.

Kommissar Laubach kam zu Roger herüber. „Also, Herr Peters, dann erzählen Sie mir bitte einmal genau, wie das war. Warum sind sie hergekommen?" Er roch nach Schweiß und kaute Kaugummi.

„Nun ja. Ich war gerade in der Nähe und dachte, ich schaue mal vorbei."

„Hm ... ", sagte der Kommissar, knetete seine Unterlippe und fragte dann: „Einfach so? Wann haben Sie Frau Kessler denn zum letzten Mal gesehen?"

„Das kann ich Ihnen sagen. Vor vier Wochen. Sie war bei uns zu Gast. Wir haben gegrillt."

„Allein?"

„Sicher. Sie kam ohne Begleitung."

„Aha. Und da haben Sie beschlossen, einfach nur mal so bei ihr vorbeizuschauen?"

„Natürlich. Sie ist eine Freundin meiner Lebensgefährtin Edith Bender, und seit man hier in der Nähe die Frauenleiche gefunden hat ..."

Laubach starrte ihn an, ohne etwas zu sagen. Nach einem Augenblick zog er eine Packung Kaugummis aus seiner Tasche, zog einen Streifen heraus, öffnete das Silberpapier und steckte sich den Streifen in den Mund.

„Sehen Sie ..." Roger versuchte das Gespräch wieder aufzunehmen. „Susana lebt ganz allein hier draußen, und selbst für Eifeler Verhältnisse liegt ihr Haus ziemlich einsam."

„Sie hätten doch anrufen können."

„Stimmt. Aber bedenken Sie die Funklöcher. Außerdem hat Edith mehrere Male versucht, ihre Freundin auf dem Festnetz zu erreichen. Leider ohne Erfolg."

„Ah ja?", der Kommissar setzte eine Miene auf, die erkennen ließ, dass er nicht so richtig wusste, was er davon halten sollte.

„Wissen Sie, ob die Frau Familie hat?", fragte er weiter. „Ich meine jemanden, der weiß, wo sie sein könnte?"

„Nun, so gut kenne ich sie auch wieder nicht. Da müsste ich Edith fragen. Sicher kennen die Leute im Dorf Susana. Aber ich weiß nicht, ob sie mit noch jemandem näher befreundet war."

Laubach nickte, blickte kurz auf seine Uhr und musterte dann wieder sein Gegenüber.

„Sie sind nicht von hier, oder?"

„Nein, ich komme aus dem Bergischen."

„Oh, was für ein Zufall." Laubachs Miene erhellte sich ein wenig. „Ich auch, aus Remscheid."

Für einen Moment lang herrschte Stille. Sie sahen sich an. Laubachs Gesichtsausdruck zeigte, dass er nachdachte. Dann schien ihm ein Licht aufzugehen.

„Ich bin mal mit einem Roger Peters zur Schule gegangen", sagte er leicht amüsiert. „Aber das ist verdammt lange her. Wir nannten ihn Rock, auch wenn er eher klein und dünn war ..."

Roger fühlte förmlich, wie sein Gehirn klickte. Ein breites Lächeln lief über sein Gesicht.

„Kurt Laubach? Kurt *Kloppe* Laubach?", brach es förmlich aus ihm heraus.

Eine Zeitlang schauten sie sich nur an, sprachlos. Dann umarmten sie sich.

„Ich kann es nicht glauben", sagte Laubach. Er war sichtlich gerührt. „Nach all den Jahren treffen wir uns ausgerechnet hier in der Eifel wieder. Ich hätte dich wirklich nicht wiedererkannt."

Rogers Grinsen wurde noch breiter. „Mensch Kloppe, das muss gefeiert werden."

„Sicher, Rock, das müssen wir unbedingt. Aber im Moment ist mir nicht richtig nach Feiern zu Mute, bei all dem Schlamassel um mich herum. Ich würde sehr gerne zuerst die Sache hier zu Ende bringen." Laubachs Stimme wurde wieder ernst. „Also, wie war das nun mit dem Hund?"

„Vielleicht ist er von einem anderen Tier getötet worden?"

Jetzt lachte Laubach laut auf. „Na, selbstverständlich, mit einer Axt! Am Ende hat Frau Kessler das Tier noch selbst getötet!"

Diesmal war es Roger, der wieder grinsen musste. „Das glaubst du nicht wirklich, oder?"

Laubach schien etwas erwidern zu wollen, überlegte es sich dann aber anders.

„Nein, nein, das glaube ich natürlich nicht, aber wir müssen trotzdem alle Möglichkeiten durchspielen. In Ordnung Roger, das ist alles im Moment. Vielen Dank für deine Hilfe. Ich schicke dann später jemanden vorbei, der deine Aussage aufnimmt. Und bitte, ich erwarte von dir absolutes Stillschweigen. Ich möchte nicht, dass noch mehr Staub aufgewirbelt wird. Die Leute im Dorf spielen eh schon verrückt, wenn du verstehst, was ich meine."

Verstand er sofort.

„Selbstverständlich kannst du auf meine Verschwiegenheit zählen", sagte er, griff in seine Jackentasche und überreichte Laubach eine seiner Visitenkarten, nachdem er sie noch schnell handschriftlich um Ediths Adresse und Telefonnummer ergänzt hatte.

„Ruf mich an, wenn es dir passt. Um der alten Zeiten willen. Du findest mich bei Edith."

Laubach nickte zustimmend, blickte ungläubig auf die Visitenkarte mit der Aufschrift *Schriftsteller*, machte große Augen und bewegte sich kopfschüttelnd auf den dunkelblauen Passat zu, in dem sein Kollege noch immer telefonierte.

Roger fuhr in Gedanken versunken zurück ins Dorf. Trotz des Mordes machte Kelberg im Sonnenschein einen fröhlichen und unbeschwerten Eindruck. Die Menschen verhielten sich nicht anders als in den vergangenen Wochen. Roger kannte sie inzwischen lange genug, um das zu wissen. Vor einem Zebrastreifen sah er die alte Boespfennig mit ihrem Sohn warten. Sie war Witwe und lebte mit ihrem erwachsenen Sohn Dieter zusammen, einem übergewichtigen Klotz, der immer zwei Schritte hinter seiner Mutter her trottete. Roger hob seine Hand zum Gruß, doch sie tat so, als hätte sie ihn nicht gesehen und überquerte rasch den Zebrastreifen.

Er fuhr auf dem kürzesten Weg durch das Dorf zu Ediths

Hof und parkte ihren Corsa neben seinem MG. Als feststand, dass er vorerst in der Eifel bleiben würde, war er in der zweiten Juniwoche zurück nach Remscheid gefahren und hatte seinen über alles geliebten Sportwagen hierher in die Einöde überführt. Nur schade, dass er den hier in der Eifel kaum ausfahren konnte.

Mit einem kleinen Seufzer ging er ins Haus. Drinnen war es stickig. Er öffnete die Fenster so weit wie möglich und nahm sich ein Bier aus dem Kühlschrank. Edith war im Garten. Durch die offenen Fenster hörte er sie harken. Er blickte hinaus auf die Felder und dachte daran, was er ein paar Kilometer entfernt vorgefunden hatte. Und er versuchte, sich Susana irgendwo gesund und munter vorzustellen, und dachte an Kloppe Laubach und die alten Zeiten. Ausgerechnet hier mussten sie sich wiedertreffen. Er hoffte, Edith würde noch recht lange im Garten bleiben, weil er sich ihre Reaktion nur zu gut vorstellen konnte, wenn er ihr die Geschichte von dem toten Schäferhund erzählte.

FÜNFZEHNTES KAPITEL

Roger Peters fragte sich, ob Laubach seine Bitte, er möge Susanas Verschwinden für sich behalten, ernst gemeint hatte. Falls ja, dann hätte er sie sich sparen können. In einem kleinen Dorf wie Kelberg blieb ein solches Ereignis nicht lange geheim. Als er am nächsten Morgen ins Dorf ging, um Brötchen zu holen, hatten sich bereits die ersten Gerüchte verbreitet.

Die aktuellen Nachrichten schürten die Gerüchteküche noch zusätzlich. Im Radio hieß es, bei der Polizei habe sich eine Zeugin gemeldet, die behauptete, die ermordete Frau erkannt zu haben. Demnach handele es sich bei dem Opfer um eine gewisse Sandra M. aus Mehren. Angeblich lebte sie nach ihrer Scheidung sehr zurückgezogen und das war auch der Grund dafür, warum sie keiner als vermisst gemeldet hatte.

Innerhalb weniger Stunden befand sich ganz Kelberg in einem Ausnahmezustand, auch wenn sich die meisten Bewohner an die Hoffnung klammerten, dass die beiden Ereignisse nichts miteinander zu tun hatten und Susana Kessler gesund und munter wieder auftauchen würde. Aber es war eine Hoffnung, die mit jeder Stunde schwächer wurde.

Am 27. Juli um kurz nach 7 Uhr morgens war der Notruf bei der Polizei in Daun eingegangen.

Flora Rodriguez, so hieß die ecuadorianische Putzhilfe von Sandra Meyer, war nach dreimonatiger Abstinenz kurz nach halb sieben eingetroffen, um mit ihrer allmorgendlichen Schicht zu beginnen. Sie stellte ihr Fahrrad vor dem Tor ab und überlegte sogar kurz, die Fahrradkette anzubringen. *Ach, was, hier draußen klaut doch niemand ein Fahrrad.*

Sie schwitzte, als sie den richtigen Haustürschlüssel heraussuchte. Es war schon recht warm in den frühen Morgenstunden. Sie öffnete, trat ein und stutzte sofort. Was war denn hier passiert? Der Fußboden war schmutzig und mit dunklen Flecken übersät. Das Licht im Flur funktionierte nicht und der Briefkasten quoll über. Diverse Zeitungen der vergangenen Wochen lagen auf dem Fußboden verteilt. Flora war sofort klar: Hier war seit langer Zeit niemand mehr gewesen. Von Frau Meyer war nirgendwo eine Spur zu sehen, keine Nachricht, kein Zettel, nichts ... Ihr musste etwas passiert sein.

Flora hatte schon so ein ungutes Gefühl gehabt, als sie ihre Arbeitgeberin nicht telefonisch erreichen konnte. Normalerweise kam sie wöchentlich zum Putzen hierher, aber dann war sie Anfang Mai wegen einer Familienangelegenheit zurück in ihr Heimatland gereist und leider hatte sich ihr Aufenthalt dort um einige Wochen verlängert, so dass sie erst jetzt vor ein paar Tagen zurück nach Deutschland gekommen war. Sie hatte Bescheid geben wollen, aber bei Frau Meyer hatte niemand das Telefon abgenommen. Da hatte sie noch befürchtet, Frau Meyer könnte sich eine andere Putzkraft genommen haben und wolle nun einfach nicht mehr mit ihr sprechen, aber nun das hier ...

Noch nie hatte es in dem Haus so ausgesehen wie jetzt.

Und dann sah sie beim Zusammenräumen der Zeitungen das Foto. Das Foto von der unbekannten Frauenleiche. Flora starrte ein paar Augenblicke fast ungläubig auf die Zeitung. Dann ging sie schwerfällig zum Telefon und rief die Polizei an.

Es war Renate Hübscher, die den Anruf angenommen hatte und Laubach anstelle einer Begrüßung davon erzählte, als er sein Büro betrat. Wie so oft, sah er übernächtigt aus. Diesmal war es aber nicht der Alkohol, sondern ein abgebrochener Zahn gewesen, der ihn um den Schlaf gebracht hatte. Die ganze Nacht hatte ihn der frisch abgebrochene Zahn geplagt und erst, nachdem er gegen vier Uhr aufgestanden war und Schmerztabletten genommen hatte, war es ihm gelungen, etwas Schlaf zu finden. Dementsprechend war auch seine Laune, während seine Sekretärin von ihrem Stuhl aufsprang und mit einer Anzahl Zetteln vor seinen Augen herum wedelte.

Kurz vor sieben sei der Notruf gekommen. Ein Streifenwagen sei bereits unterwegs, um eine Zeugin aufs Polizeirevier zu bringen.

Das kann ja heiter werden, dachte Laubach und rieb sich die schmerzende Wange. In seinem Büro griff er nach einem kleinen Taschenspiegel, den er immer in der Schublade seines Schreibtisches liegen hatte, und begutachtete seinen Zahn. Wie oft er das bereits in der vergangenen Nacht schon getan hatte, wusste er nicht mehr. Und jedes Mal hatte er gehofft, dass der Zahn im rechten Oberkiefer wieder heil wäre. Aber im Spiegelbild war nur zu deutlich sichtbar, dass der halbe Zahn weg war. Vorsichtig fuhr er mit der Zunge über die Stelle und spürte einen jähen Schmerz.

Kurz vor acht betrat Flora Rodriguez in Begleitung von Rainer Sigismund das Dienstzimmer.

„Sieht mir ganz und gar nicht nach einem Einbruch aus, Jefe", sagte er.

Der und seine ewigen Weisheiten, dachte Laubach und ärgerte sich, dass er Schwarzenegger bereits so früh am Morgen ertragen musste. Er bat Frau Rodriguez, Platz zu nehmen und zu erzählen, was sie gesehen hatte. Sie war klein und dunkelhäutig und hatte ihr langes, schwarzes Haar zu einem Zopf zusammengebunden. In ihren großen, dunklen Augen lag Furcht. „Ich habe bei Frau Meyer geputzt", erzählte sie. „Einmal pro Woche."

Sie sprach sehr leise und Laubach musste sich vorbeugen, um sie verstehen zu können.

„Und warum kommen Sie erst jetzt?"

„Ich war drei Monate in Ecuador. Eine Familienangelegenheit, wissen Sie. Meine Mutter ..."

Laubach winkte ab. Das wollte er nicht hören. „Wann sind Sie heute Morgen bei Frau Meyer eingetroffen?", fragte er stattdessen routinemäßig.

„Um kurz nach halb sieben. Frau Meyer war immer die erste auf meiner Runde."

„Ich nehme an, Sie haben einen eigenen Schlüssel?"

Sie sah ihn erstaunt an.

„Selbstverständlich. Wie soll ich denn sonst ins Haus kommen?"

Laubach nickte. „Hätte ja sein könne, das sie ihn vor ihrer Reise abgegeben haben?"

„Nein, ich habe ihn behalten."

„Na schön. Sie sind also von der Straße aus in das Haus gegangen?"

„Ja, natürlich. Es gibt keinen anderen Eingang."

Laubach notierte sich das.

„Und die Tür war verschlossen?"

„Nicht abgeschlossen, aber zugedrückt, wenn Sie verstehen, was ich meine?"

Laubach verstand.

„Das Schloss war nicht etwa aufgebrochen oder beschädigt?"

„Nein."

„Und was geschah dann?"

„Nun, ich bin durchs Haus gelaufen, aber Frau Meyer war nicht da. Dafür lagen aber ihre Post und ihre Zeitungen quer durcheinander auf dem Fußboden, der übrigens im Eingangsbereich fürchterlich schmutzig war."

„Hm ... und da haben Sie gemerkt, dass ihr etwas passiert sein könnte?"

Flora Rodriguez nickte und schluchzte leise auf. „Ja, denn ich habe ihr Bild in der Zeitung erkannt. Diese tote Frau ..."

„Hm. Können sie sich erklären, warum jemand Frau Meyer umbringen wollte? Hatte sie Streit? Vielleicht mit einem Mann? Hatte sie Feinde?"

Frau Rodriguez schluchzte noch einmal kurz auf. „Nicht dass ich wüsste. Ich habe jedenfalls niemals jemanden bei ihr angetroffen. Obwohl, sie war eine attraktive Frau. Und sie hat mich immer korrekt behandelt." Wieder schluchzte sie.

„Haben Sie etwas im Haus bemerkt? Irgendetwas, das sich verändert hat, oder Sachen, die fehlen?"

„Nein, nichts."

„In Ordnung, Frau Rodriguez, das ist erst einmal alles. Vielen Dank, dass sie uns benachrichtig haben." Er wollte gerade seinen Kollegen anweisen, sie wieder nach Hause zu bringen, als ihm noch etwas einfiel.

„Eine Frage habe ich doch noch, Frau Rodriguez. Besaß Frau Meyer ein bestimmtes Schmuckstück? Vielleicht eine Kette, die sie immer trug?"

Ohne zu zögern bejahte sie seine Frage und erzählte dem Kommissar von einer Goldkette mit Jugendstilanhänger, die Frau Meyer sich mit Vorliebe umlegte. Die Kette sei ein Erbstück.

Damit hatte Laubach einen Volltreffer gelandet. Selbst sein Zahn hörte in diesem Moment auf zu schmerzen. Er wollte sofort einen Zeichner herbeirufen, um die Kette so authentisch wie möglich darstellen zu lassen, aber Frau Rodriguez erzählte etwas von Fotos und Unterlagen für die Versicherung, die allesamt im Haus liegen mussten. Jetzt kam Laubach in Fahrt.

„Sigismund! Das ist genau der richtige Job für Sie. Bitte begleiten Sie die Dame nach Mehren, und bringen Sie mir so schnell wie möglich die Fotos! Die werde ich dann sofort an die Presse weiterleiten! Es eilt, Sigismund!"

Endlich würde er etwas vorzuweisen haben. Die Sache kam ins Rollen. Und das mit seinen Zahnschmerzen würde er auch noch regeln. Er wusste, der Zahn würde nach dem ersten Adrenalinschub wieder wehtun. Das bedeutete, er würde sich einen Zahnarzttermin holen müssen, ob es ihm passte oder nicht. Denn mit heftigen Zahnschmerzen würde selbst ein erfahrener Polizist wie er nicht klar genug denken können, um effektiv zu arbeiten. Er stand auf und vergaß nicht, seinem Stuhl einen Tritt zu verpassen, als er zur Tür ging und sie von innen zu drückte.

SECHSZEHNTES KAPITEL

Donnerstag, 28. Juli 2011, 11 Uhr

Edith liebte es, sich von Roger durch den Mischwald jagen zu lassen. Irgendwann an einem herrlich sonnigen Tag hatten sie damit angefangen, fast wie ein dummer Kinderstreich. Im Schatten der Bäume war es angenehm kühl gewesen. Viel kühler als in dem Opel Corsa, den sie auf dem kleinen Waldweg geparkt hatten.

„Nun los, so fang' mich doch!", hatte sie plötzlich gerufen und war einfach davongerannt. Roger Peters hatte brav gewartet, hatte ihr einen extra großen Vorsprung gelassen, um ihr Spiel noch spannender zu machen. Erst dann, als sie gänzlich aus seinem Blickfeld verschwunden war, hatte er sich auf den Weg gemacht, um sie irgendwann wieder einzuholen. Sie war durch das Dickicht gekrochen, so wie jetzt, hatte Haken geschlagen, damit er nicht sogleich die Richtung erraten konnte, die sie eingeschlagen hatte. Lange Grashalme, noch feucht vom Tau, schlugen ihr gegen die Beine. Sie holte tief Luft und genoss das Gefühl. *Wie gut das tat.*

Eigentlich hätte sie sich albern vorkommen müssen. Sie rannten hier im Wald herum, wie Kinder, die Verstecken spielten. Bei dem Gedanken an das, was er nachher mit ihr tun würde, fühlte sie eine prickelnde Wärme in sich aufsteigen. Genau darin bestand die Besonderheit ihres Spiels, seit jenem ersten Mal, als sie ihm direkt in die Arme gelaufen war, völlig überrascht, wie er sie so schnell hatte finden können. Damals hatte er sie ausgetrickst, war plötzlich an der Weggabelung erschienen, von wo aus sie eigentlich wieder zurücklaufen wollte. Dann hatten sie sich auf einer kleinen Lichtung geliebt, inmitten von Farnen und Grashalmen. Niemand, der sie kannte, hätte sich vorstellen können, dass sie zu solch einer Verrücktheit fähig wäre. Eigentlich war sie eher konservativ erzogen worden und wohlbehütet, kam aus gutem Hause, nur manchmal eben ...

Und genauso ein Tag war heute.

Edith machte einen Satz über eine tiefe Furche im Waldboden, ohne ihren Lauf zu unterbrechen. Bereits nach wenigen hundert Metern hatte sie ihn hinter sich gelassen, konnte ihn nirgendwo sehen oder hören. Sie blieb kurz stehen, wischte sich den Schweiß von der Stirn und lauschte.

Nichts.

Da waren keine Schritte, kein Rascheln. Hatte sie ihn tatsächlich abgehängt? Sie kannte seine Vorgehensweise. Sicher wartete er abseits des Waldweges auf eine günstige Gelegenheit, um hervorzuspringen und sie zu erschrecken.

Trotzdem war ihr auf einmal eigenartig flau im Magen. Der Wald, der ihr sonst immer wie ein altbekannter Freund erschienen war, hatte nach den Ereignissen der letzten Tage eine düstere, bedrohliche Note angenommen. Er erschien ihr heute unnatürlich ruhig zu sein. Fast schon bedrückend.

Sie versuchte, das Gefühl zu ignorieren, doch es verging nicht. Nie zuvor hatte sie sich wirklich gefürchtet, auch wenn es gruselig war, wenn Roger plötzlich aus dem Nichts auftauchte, aber eher angenehm gruselig.

Plötzlich fuhr sie erschrocken zusammen. Aus dem Gestrüpp hinter ihr erklang ein schrilles Kreischen, das zu einem gellenden Schrei anschwoll. Sie wirbelte herum, konnte aber niemanden erkennen. Ihr Herz hämmerte wie wild unter dem verschwitzten Oberteil. Auf einmal fühlte sie sich beobachtet. Doch nach wie vor war niemand zu sehen. Sie atmete heftig ein und aus. Das Geräusch, das sie dabei verursachte, klang übermäßig laut in ihren Ohren. Erneut ertönte dieser schauderhafte Schrei. Er kam ihr jetzt viel näher vor. *Ich muss so schnell wie möglich weg von hier*, dachte sie und begann wieder zu laufen. Hinter ihr krachten Zweige. Jemand verfolgte sie. Noch im Laufen versuchte sie sich umzudrehen, konnte aber niemanden sehen. Sie brach nun förmlich durch das Unterholz, versuchte erst gar nicht mehr leise zu sein. Der nächste Schrei kam ganz aus ihrer Nähe und versetzte sie in Panik. Zitternd vor Angst zwang sie sich weiterzulaufen, während sie sich bemühte, ihr Gesicht mit den Händen vor herunterhängenden Ästen und Zweigen zu schützen. Trotzdem war ihr Gesicht schon zerkratzt. Blut tropfte auf ihr weißes Oberteil. Beim nächsten Aufheulen schrie sie laut auf. Es klang, als befände sich jetzt jemand direkt hinter ihr. Ein massiger, dunkler Körper brach aus dem Unterholz. Mit einer reflexartigen Bewegung sprang sie zur Seite, stolperte und landete mitten im Brombeergestrüpp. Ohne sie zu beachten preschten eine Wildschweinbache und ein Keiler fast auf Tuchfühlung an ihr vorbei Die beiden Schweine verschwanden im Dickicht, und damit brachen auch die Brunftschreie jäh ab. Edith konnte förmlich fühlen, wie ihr vor Erleichterung ein Stein vom Herzen fiel.

Die wenigen Sonnenstrahlen, die durch die Gipfel der Bäume fielen, erwärmten sie nicht mehr. Nachdem sie wieder zu Atem gekommen war, arbeitete sie sich aus den Brombeeren heraus und ging in die Richtung, in der sie das Auto vermutete.

Sie rief erneut Rogers Namen, bekam aber immer noch keine Antwort.

Macht er sich einen Spaß daraus, mir nicht zu antworten?

Trotz des weichen Waldbodens klangen ihre Schritte überlaut. Es kribbelte in ihrem Nacken. *Es ist nichts. Nur deine Phantasie.*

Wieder dieses Gefühl, beobachtet zu werden. Edith fühlte, dass ihre Hände schweißnass waren. Nervös begann sie, wieder zu laufen. Ah! Endlich! Diese Stelle kannte sie. Es war nicht mehr weit bis zu dem Waldparkplatz.

Da hinten steht der Wagen. Zum Glück. Sie lief darauf zu, rief erneut Rogers Namen, bekam wieder keine Antwort. Er musste doch merken, dass es ihr die Situation jetzt zu viel wurde. In ihr ungutes Gefühl mischte sich Zorn. Das Spiel war vorbei.

Als die Gestalt kaum drei Schritte vor ihr plötzlich neben das Auto trat, begriff sie nicht sofort, was sie sah. Sie blieb wie angewurzelt stehen und starrte mit weit aufgerissenen Augen auf das Messer. Das gab es nicht. Das konnte einfach nicht wahr sein. Einen Moment schoss ihr der Gedanke durch den Kopf. *Ich wusste doch, dass jemand in der Nähe ist!*

Als das Messer näher kam, öffnete sie den Mund zu einem Schrei, doch er kam nicht. Stattdessen presste sich seine andere Hand mit einem Lappen auf ihr Gesicht und zwang sie, etwas Übelriechendes einzuatmen. Einen Moment fühlte sie ein Würgen, dann gaben ihre Beine nach, um sie herum schien es dunkel zu werden und sie fiel.

Obwohl es später als sonst war, als Roger Peters den kleinen Parkplatz im Wald erreichte, konnte er Edith nirgendwo sehen. Stattdessen lag der Picknickkorb auf dem Boden und Käse, Brot, Salami und Marmelade verstreut in der Gegend. Ob ein Tier ihren Korb geplündert hatte? Die Vorstellung, wieder in den Wald zu laufen, um Edith zu suchen, war ihm seltsam unangenehm. Er suchte den Parkplatz ab, lehnte sich dann gegen den Corsa und rief ihren Namen.

Nichts rührte sich.

Sorgfältig überprüfte er Türen und Kofferraum. Sie waren verschlossen. Also musste er doch wieder zurück in den Wald.

Der Pfad auf dem er hergekommen war, war leer. Er redete sich ein, dass noch kein Grund zur Sorge bestand. Es war helllichter Tag, was sollte da schon passieren?

Vielleicht hat sie nur eine andere Strecke ausprobiert und sich verlaufen.

Doch schon bald ließ die Angst sich nicht mehr verdrängen. Sie wurde stärker, genährt von seinen Rufen, die unbeantwortet zurückhallten. Und wenn sie ihrerseits jetzt auf ihn wartete? Roger hielt inne, drehte dann um und lief zum Auto zurück. Aber da stand immer noch keine Edith. Und wenn sie zu Fuß zurückgelaufen war? Wäre doch möglich. Sicher würde sie bereits zu Hause auf ihn warten. Dann fiel ihm etwas Merkwürdiges auf. Ein dreckiger Lappen. Er lag neben der Beifahrertür auf dem Boden. Der war ziemlich sicher bei ihrer Ankunft noch nicht dagewesen, Er ob ihn auf und roch daran. Der Geruch war seltsam, ein wenig beißend. Er konnte ihn nicht richtig zuordnen. Er nahm ihn an sich und suchte nach weiteren Auffälligkeiten, aber da war nichts. Und von Edith selbst fehlte jede Spur.

SIEBZEHNTES KAPITEL

28. Juli 2011

Ediths Haus lag dunkel und verlassen da, als Roger Peters eintrat, aber die Wärme der vergangenen Tage hing noch immer zwischen den Wänden und es war angenehm warm in den Räumen. Er stellte den Picknickkorb mit den Lebensmitteln, die er wieder aufgesammelt hatte, gleich im Flur ab und sah in das Wohnzimmer, die Küche und das Esszimmer. Überall herrschte Stille. „Edith", rief er halblaut in jeden Raum hinein, obwohl er sich mittlerweile fast sicher war, dass sie nicht da war, vielleicht sogar niemals wieder da sein würde. Es war halb acht, an einem Sonntagabend. Normalerweise ging er an diesem Tag mit Klaus Wichmann von der Tankstelle unten in Müllenbach zum Squash spielen. Normalerweise. Heute war nichts mehr normal.

Er lief die Treppe hinauf. Da war nichts. Dieselbe vollkommene Stille wie unten empfing ihn. Er schaute ins Schlafzimmer, knipste das Licht an. Wieder nichts. Alles schien wie immer. Er öffnete sogar die Türen ihres Kleiderschranks. Ediths Wäsche, Blusen, Röcke und Jeans lagen geordnet nebeneinander. Er lief wieder nach unten. Im Wohnzimmer griff er zum Hörer und rief bei der Polizei an. Ein höflicher Polizist erklärte ihm, dass für eine Vermisstenanzeige noch etwas sehr wenig Zeit verstrichen sei, und er solle doch erst einmal abwarten, ob besagte Dame nicht von alleine wieder auftauchte. Rogers legte den Hörer wieder auf, schenkte sich einen doppelten Whiskey ein und kippte das Zeug in einem Zug hinunter. Daraufhin genehmigte er sich gleich noch einen zweiten. Ihm wurde schwindlig. Die antike Standuhr an der Frontseite des Raumes schwankte ein wenig. Er ließ sich auf einen der gepolsterten Stühle fallen und stützte seinen Kopf mit den Händen ab. Er versuchte zu verstehen, was geschehen war, aber das Unfassbare der letzten Stunden vermischte sich zu einem Chaos in seinem Gehirn. Die Zusammenhänge – sie waren einfach nicht mehr da. In ihm hämmerte nur immerzu die Frage, warum Edith so plötzlich verschwunden war. Seine heile Welt war von einem Moment zum anderen in sich zusammengestürzt. Warum hatte er sich bloß von ihr dazu überreden lassen, hier in dieses Eifelnest zu ziehen? Wäre sie nicht viel besser bei ihm aufgehoben gewesen? Sicher, das Bergische Land war auch nicht gerade der Nabel der Welt, aber immerhin doch wesentlich munterer als Kelberg.

Der nächste Tag sah Kurt Laubach beim Zahnarzt. Die Schmerzen waren wieder aufgetreten und er hatte beschlossen, nicht mehr länger zu warten. Früher, als Kind hatte Laubach noch Angst vor den Zahnarztbesuchen gehabt. Besonders schlimm war ein Besuch bei der Schulzahnärztin gewesen. Sie war eine alte Schachtel, die meistens missmutig mit einem spitzen Ding in seinem Mund herumgestochert und ihn dann wegen Karies zum Zahnarzt geschickt hatte. Heute, als Erwachsener, wusste er, wen oder was er wirklich zu fürchten hatte. Einen Zahnarzt jedenfalls nicht. Laubach wollte nur möglichst bald seine Schmerzen loswerden.

Der Zahnarzt war jung und arbeitete schnell. Nach einer guten halben Stunde war Laubach fertig. Der Schmerz war in ein dumpfes Pochen übergegangen. Vorsichtshalber setzte der Zahnarzt noch eine Nachkontrolle an. Also machte Laubach einen Termin in zwei Wochen aus und ging zurück zum Polizeipräsidium.

Er war kaum die Treppe zu seiner Abteilung hinaufgestiegen, da lugte seine Sekretärin bereits aus dem Vorzimmer. Sie schien sehr aufgeregt.

„Chef, da hat ein Herr Peters für sie angerufen. Er meinte, es sei äußerst wichtig. Hat irgendwie sehr besorgt geklungen. Soll ich ..."

„Ist nicht nötig, Fräulein Hübscher. Das erledige ich selbst, aber trotzdem vielen Dank."

Er beschloss, das lieber gleich zu erledigen, zog die Visitenkarte hervor, die ihm Peters neulich bei ihrem Wiedersehen gegeben hatte, und wählte die Nummer.

„Laubach hier. Du hattest angerufen, Roger?"

„Edith ist weg", sagte Peters. Er sprach hastig und klang verunsichert.

„Bin schon so gut wie unterwegs zu dir", sagte Laubach, gab Renate Hübscher ein Zeichen und war mit zwei Sätzen an der Treppe. Der alte Daimler parkte wie immer genau vor dem Polizeigebäude. Laubach riss die Tür auf, schwang sich hinters Lenkrad und fuhr los. Er holte aus dem Diesel heraus, was möglich war und benötigte keine zwanzig Minuten, um nach Kelberg zu gelangen.

Hier war das ganze Dorf in Aufruhr. Anscheinend wollte sich jeder irgendwie an der Suche nach der vermissten Edith beteiligen. Erst eine Leiche im Weiher, dann ein toter Hund und eine verschwundene Frau im Nachbarort, das gab Ediths Verschwinden eine verdammt düstere Dimension. Dabei hatte Laubach zu dem Verschwinden von Susana Kessler überhaupt noch nichts Offizielles raus gelassen. Aber die Eifel wäre eben nicht die Eifel, wenn so etwas nicht sofort die Runde machen würde. Natürlich musste Roger Peters seinem Schulkameraden Laubach von ihren Spielchen im Wald erzählen. Selbstverständlich nur die jugendfreie Version, wie Edith vorausgelaufen war, um etwas aus dem Wagen zu holen, den sie auf dem kleinen Waldweg abgestellt hatten. Später habe er gewartet und keine Spur mehr von ihr gefunden. Nur der Picknickkorb mit seinem köstlichen Inhalt habe auf dem Boden gelegen. Erst nach längerem Suchen habe er dann den alten Lappen auf dem Boden entdeckt und nicht mehr an einen Zufall geglaubt.

„Und damit kommst du jetzt erst an?" fragte Laubach mürrisch. „Das Ding muss sofort zu den Technikern. Ich nehme es gleich mit. Vielleicht finden die noch etwas. So eine verdammte Dummheit!"

Peters schien verschnupft. „Ich habe ja schon gestern angerufen", sagte er in fast wütendem Tonfall. „Nur dass man mich vertröstet hat, es sein noch zu früh für eine Vermisstenanzeige." Etwas leiser fügte er hinzu: „Na ja, und ich habe ja auch selbst irgendwie noch immer gehofft, sie würde einfach wieder auftauchen."

„Das kannst du knicken, Roger. Du hast doch mitgekriegt, dass hier jemand herumläuft, der für Frauen extrem gefährlich ist. Und der Aggressor stammt mit an Sicherheit grenzender Wahrscheinlichkeit aus der Umgebung hier. Schließlich kann es kaum Zufall sein, dass die beiden Frauen, die jetzt verschwunden sind, aus dem gleichen Dorf stammen und auch noch miteinander befreundet sind. Sicher besteht noch die Möglichkeit, dass es jemand aus einem der anliegenden Dörfer ist, jedoch stellt sich dann die Frage, warum schlägt der Unbekannte ausgerechnet in Kelberg zu?"

Darauf wusste auch Peters keine Antwort.

„Ich muss zurück ins Büro", sagte Laubach. „Wir sprechen uns noch, Roger!" Er verstaute den alten Lappen für die Spurensicherung in einem Plastikbeutel, stieg in seinen Mercedes und röhrte davon.

Roger Peters stapfte eine Zeitlang hinter einer Gruppe, zu der auch Dieter Boespfennig gehörte, über Wiesen und Ackerland. Das ganze Dorf schien zur Suche unterwegs zu sein. Laubach hatte das koordiniert, und die Kelberger waren nur zu froh, dass ihnen jemand das Gefühl gab, dass tatsächlich etwas getan wurde. Vielleicht waren sie aber auch nur froh über die Ablenkung. Roger hatte den unbestimmten Eindruck, dass der Generalverdacht, unter dem das ganze Dorf sich fühlte, langsam die Solidarität der Dorfgemeinschaft zerfraß. Die Journalisten, die jetzt praktisch Dauergäste waren, machten die Sache auch nicht besser. Boespfennig dagegen schien regelrecht froh zu sein, dass hier endlich mal etwas los war. Mit voller Kraft wälzte er sich durch das Gebüsch. Sein Körperbau machte es ihm nicht gerade leicht, den anderen zu folgen, doch er ließ nicht locker. Einmal rutschte er aus, stolperte und legte sich lang. „Scheiße", rief er, bevor er sich schwitzend wieder aufrappelte. Ansonsten hörte man kaum ein Wort. Fast jeder machte sich seine eigenen Gedanken, die umso düsterer wurden, je weiter sie in den Wald eindrangen. Als es langsam dämmerte, stellten die Helfer ihre Suche ein und trafen sich noch auf ein Glas Bier im *Geuerich*. Roger schloss sich ihnen an, auch wenn ihm nicht wirklich nach Gesellschaft zumute war. Immerhin hatten sie ihm helfen wollen. Aber nach ein paar Bierchen hatte er endgültig keine Nerven mehr und setzte sich ab. Er wollte einfach nur nach Hause und allein sein, auch wenn er in dieser Nacht sowieso kein Auge zutun würde. Was um Himmels willen war bloß mit Edith passiert?

Am kommenden Vormittag suchte ihn sein Freund Kurt Laubach zusammen mit einem Kollegen auf.

„Hallo Roger! Es gibt da etwas Wichtiges, was ich dringend mit deiner Hilfe klären muss. Das ist übrigens mein Kollege Sigismund. Ich glaube, ich habe euch noch gar nicht miteinander bekannt gemacht. Hast du gestern an der Suche teilgenommen?", wollte er wissen.

Roger nickte und bat die beiden Beamten ins Wohnzimmer.

„Schlimme Sache", meinte Laubach. „Zuerst verschwindet Susana Kessler und jetzt auch noch deine Frau."

„Sie ist nicht meine Frau", widersprach Roger ihm, doch Laubach winkte nur ab. Die Art der Beziehung schien ihn nicht zu interessieren. Wer in der Eifel mit einer Frau zusammenlebte, galt automatisch als verheiratet. Diese Ansicht hatte der Kommissar wohl schon von den Eifelern übernommen.

„Zwei verschwundene Frauen, die in benachbarten Orten leben", sagte Laubach. „Als wäre zweimal der Blitz eingeschlagen. Hattet ihr Streit, Edith du?"

Roger sah ihn befremdet an. Sein Freund würde doch wohl nicht ihn verdächtigen?

„Nein, überhaupt nicht. Edith war gut drauf und völlig unbekümmert. Ich hoffe immer noch, dass sie nur abgehauen ist. Aber danach sieht es nicht aus, oder?"

„Nein, danach sieht es ganz und gar nicht aus."

Kloppe Laubach blickte hinüber zu seinem Kollegen, der zurückglotzte und mit seiner Sonnenbrille spielte.

„Deshalb sind wir auch hergekommen, Roger. Im Wald sind Frauenkleider gefunden worden und ich möchte dich bitten, mit uns zu kommen, um sie zu identifizieren."

Und so fuhr Roger Peters mit den beiden Polizisten nach Trier. Gewaltverbrechen landeten immer irgendwann bei der Gerichtsmedizin in Trier. Hier befand sich die Polizeihauptstelle mir sämtlichen technischen Einheiten.

Im Wagen verlief die Konversation sehr einseitig. Roger schaute aus dem Fenster und betrachtete die grüne Landschaft der Eifel. Nur ab und zu unterbrach Laubach die Stille mit einem kurzen Kommentar zu längst vergangenen

Zeiten: „Erinnerst du dich noch an Kiki, unseren Schlagzeuger?"

Roger nickte, ohne etwas zu antworten. Er wusste, dass sein alter Freund einfach irgendetwas sagen wollte, um ihn aus der Lethargie zu reißen.

„Und Uwe, unser Bassist, weißt du noch? Der war schon zugedröhnt, bevor wir überhaupt angefangen haben zu spielen."

„Hör schon auf, Kloppe. Ist gut gemeint von dir, aber mir ist jetzt einfach nicht danach."

Roger verzog das Gesicht. Daraufhin sagte Laubach nichts mehr. Sein Kollege Sigismund schaute starr aus seinem Seitenfenster und sagte sowieso kein Wort.

Auf den Straßen von Trier herrschte Chaos und Lärm. Es kam Roger Peters gleichzeitig vertraut und fremd vor. Er versuchte sich zu erinnern, wann er das letzte Mal in einer Stadt gewesen war, und er stellte erschrocken fest, dass er sich seit dem Vormittag, als er in Lissendorf angekommen war, nun zum ersten Mal außerhalb von Kelberg befand. Wie hatte er es bloß so lange in einem Eifeldorf ausgehalten?

Das Gerichtslabor befand sich im Keller des Polizeipräsidiums. Der Ort an sich war schon schlimm genug. Es roch förmlich nach Verbrechen und Tod.

Roger konnte die Kleidungsstücke eindeutig als die von Edith identifizieren. Die Angst, sie würde niemals mehr wiederkommen, schnürte ihm die Luft ab.

Laubach sah ihn mitleidsvoll an.

„Außer ihrer Kleidung haben wir nichts Weiteres gefunden. Ich meine, keine Papiere oder etwas, das eindeutig auf ihre Identität schließen ließe."

Wie sollen sie auch, dachte Roger. *Für das, wofür wir in den Wald gegangen sind, benötigt man nun wirklich keine Papiere.*

„Glaubst du, dass Edith noch am Leben ist?", fragte er und sein Ton war fast ein Flüstern.

„Ich weiß es nicht."

Vermutlich war das die ehrlichste Antwort, die ihm Laubach geben konnte.

„Aber wenn es sich wirklich um einen Serientäter handelt, können wir hoffen, dass er nach einem Schema vorgeht", setzte Laubach hinzu. „Es könnte dann sein, dass er Edith noch eine Weile gefangen hält, bevor er sie umbringt. Und das ist unsere einzige Chance. Die Zeit bis dahin müssen wir unbedingt nutzen."

ACHTZEHNTES KAPITEL

Edith träumte, in einem Fluss gefangen zu sein. Ihr Körper wurde in die Tiefe gezogen, und als sie flüchten wollte, drückten kräftige Hände sie nieder.

„Es ist deine Schuld", sagte der Besitzer der Hände, und als sie aufblickte, sah sie ihn über sich. Der Mann war maskiert und presste eine Hand gegen ihren Kopf. Sie sank tiefer und tiefer und vermochte nicht zu atmen.

Schweißgebadet wachte sie auf und hatte keine Ahnung, wo sie war. Der Raum war kalt und dunkel, und als sie sich bewegte, klirrte die Kette an ihrem Bein. *Angekettet wie ein wildes Tier,* schoss es ihr durch den Kopf. Sie versuchte zum wiederholten Mal verzweifelt, ob sie nicht doch die Kette abstreifen konnte. Ihr Knöchel war schon ganz wundgerieben. Sie sackte zurück. Jetzt traten andere Beschwerden in den Vordergrund. Hunger und Durst. Er gab ihr Wasser in einer Art Hundeschüssel, die er auf den Boden gestellt hatte und beobachtete sie dabei, wie sie sich vorbeugte und trank. Es war immer nur wenig Wasser, viel zu wenig, und er erlaubte ihr nicht, die Schüssel anzuheben und das Wasser etwas würdevoller zu trinken. Sie wusste nicht, wie lange er sie schon gefangen hielt, glaubte nur zu wissen, dass er sie in einen Kellerraum gesperrt hatte und das auch nur, weil sie seine

Schritte von oben hatte herunterkommen hören, so wie jetzt. Eine Glühbirne ging an, und ihre Augen schmerzen von dem plötzlichen Licht. Sie kniff die Lider zusammen.

„Steh auf", brummte eine tiefe Stimme. Sie war viel zu durcheinander, um sagen zu können, ob sie die Stimme kannte oder nicht.

„Steh auf."

Es gab eine plötzliche Bewegung, als sie nicht sofort reagierte. Ihr folgte ein heftiger Schmerz. Edith schrie auf und umklammerte ihren Arm. Ungläubig sah sie das Blut aus dem Schnitt rinnen. Es war ihr Blut. Mit weitaufgerissenen Augen starrte sie auf seine Hand, die den Schaft eines großen Messers festhielt. Die Klinge zeigte direkt auf sie. *Oh Gott, nein ...*

„Zieh deine Unterwäsche aus", forderte die gleiche Stimme. Da erst wurde ihr bewusst, dass sie fast gar nichts mehr an hatte. Richtig, dieses Schwein hatte ihr ja bereits im Wald die Kleider vom Leib gerissen.

„Lassen Sie mich gehen", schrie sie auf. Er lachte. Es war ein tiefes, böses Lachen.

Sie hatte keine Zeit zu reagieren, als das Messer wieder auf sie losschnellte. Ein heißes Brennen lief über ihren Oberschenkel. Dann wieder Blut. Fassungslos legte sie ihre Hand auf die Wunde.

„Los, zieh dich aus."

Sie konzentrierte sich auf den Schmerz in ihrem Oberschenkel, als sie aufstand. Sie schwankte, aber sie fiel nicht hin. Sie konnte das heftige Atmen des Mannes hören, als er wieder das Messer hob.

„Nein ... nein ..."

Mit einer schnellen Bewegung durchtrennte er die die Träger ihres Büstenhalters. Der Stoff fiel nach unten. Fast reflexartig hob sie ihre Arme vor die Brust. Der Arm mit der Schnittwunde brannte teuflisch. Jetzt schlug das Messer mit der flachen Seite auf ihre Arme. Automatisch glitten sie nach unten und gaben den Blick auf ihre Brüste frei. Einen Moment lang geschah nichts. Er schien sie nur anzustarren. Dann hob er wieder das Messer.

„Alles", sagte er. Seine Stimme war rauer geworden.

„Was haben Sie mit mir vor?", flüsterte Edith und verfluchte sich selbst, weil ihre Stimme so schwach und ängstlich klang. Statt eine Antwort zu geben, schlitzte er ihr den Slip auf und warf ihn auf den Boden. Edith zitterte und konnte nur mit Mühe einen Schrei unterdrücken, als er langsam eine Hand ausstreckte und ihre Brust berührte. Ohne nachzudenken, schlug sie seine Hand weg. Einen Augenblick lang geschah nichts. Es herrschte eine lähmende Stille. Dann schlug er sie mit der Hand ins Gesicht, sodass sie gegen die Wand knallte und zu Boden rutschte.

Es waren schon vier Tage vergangen. Roger Peters kam selbst nachts kaum zur Ruhe. Ediths Verschwinden hielt seine Gedanken in einer endlosen Schleife gefangen. Und während sich Angst und Hoffnung bei Tag die Waage hielten, gewann die Verzweiflung im Dunkeln die Überhand.

War sie tatsächlich einem verrückten Killer in die Finger geraten? Hier in der verschlafenen Eifel? Noch immer spukten ihm die Bilder aus dem Wald im Kopf herum. Sicher, hätte man ihre Leiche entdeckt, wäre vielleicht vieles leichter gewesen, aber eben auch endgültig. So befand er sich zwischen Hoffen und Bangen und ertappte sich immer wieder dabei, wie er auf die Eingangstür starrte, als würde er Edith jeden Augenblick zurück erwarten. Luna schien es nicht anders zu ergehen. Manchmal stand sie winselnd vor der Tür. Dann schien es, als würde sie sagen: *Wird Zeit, das meine Herrin endlich nach Hause kommt.*

Er sehnte sich nach Erlösung, eine Bezeichnung, die er immer für ein Klischee gehalten hatte, aber jetzt verstand er zum ersten Mal in seinem Leben wirklich, was dieses Wort bedeutete.

Ediths Verschwinden hatte hohe Wellen geschlagen. Auch wenn er nur ein Zugezogener war, hatte sich fast das ganze Dorf um ihn gekümmert. Morgens standen Milch und frische Brötchen vor seiner Haustür, ohne dass er diese ausdrücklich bestellt hätte. Jeden Tag sprachen mindestens drei, vier Leute bei ihm vor und boten ihm jede Art von Unterstützung an, und wenn es nur ein paar Worte bei einer Tasse Kaffee waren. Die Eifeler halfen ihm auf ihre Weise.

Auch die Medien beschäftigten sich mit dem Verschwinden von Edith und Susana. Die entsprechende Meldung kam am Ende der Morgennachrichten. Roger Peters hörte sie im Bad. Abrupt ließ er die Rasierklinge fallen und drehte den Radiowecker lauter. Völlig verblüfft betrachtete er sich in dem großen Badezimmerspiegel, während er der Stimme des Sprechers lauschte. Der Mann sprach in typisch rheinischem Dialekt und rasselte seinen Text ungeheuer schnell herunter.

„Wieder ist eine Frau in der Vulkan-Eifel verschwunden. Aus verlässlichen Quellen haben wir erfahren, dass es sich

bei der seit Kurzem vermissten jungen Frau um Susana Kessler aus Kelberg handelt. Sie ist seit dem Besuch einer privaten Feier im Hause des Schriftstellers Ackermann nicht mehr gesehen worden. Die Polizei lehnt jegliche Stellungnahme ab. Parallelen zu einer vergangenen Mordserie, die vor einigen Jahren die Eifel erschütterte, seien reine Spekulationen, heißt es seitens der Polizei."

Bewegungslos stand Roger Peters vor dem Spiegel und blickte in ein paar überrötete Augen. Hatte er wirklich richtig gehört? Sollte etwa ...

Entschlossen ging er ins Esszimmer. Auf einem kleinen Tischchen stand bereits sein Frühstückstablett mit Eiern und Schinken, Toast, Orangensaft und Kaffee. Selbst die neuste Ausgabe der Eifelzeitung hatte Ediths Zugehfrau, die gute Elzbieta, nicht vergessen. Der Artikel, den er suchte, stand auf der zweiten Seite. Diesmal hatte er es schwarz auf weiß vor sich: *Wieder eine Frau in der Eifel verschwunden*, lautete die Schlagzeile.

Gab es neben Susana Kessler und seiner Edith etwa noch weitere Frauen, die vermisst wurden?

Gleich nachdem Roger gefrühstückt hatte, fuhr er ins Archiv der Eifelzeitung. Dort verglich er sämtliche Artikel miteinander, die von kürzlich verschwundenen Frauen handelten.

Die Artikel wiesen erschreckende Ähnlichkeiten auf. Drei Frauen etwa gleichen Alters waren zunächst verschwunden und dann ermordet aufgefunden worden. Wie auch seine Edith hatten sie langes blondes Haar und leuchtend blaue Augen besessen. Bei soviel Übereinstimmung klingelte bei ihm sofort ein Glöckchen, und etwas in seinem Verstand flüsterte: *„Aber hallo!"*

Die erste Frau war bereits vor mehr als einem Jahr verschwunden, doch hatte zunächst niemand an ein Verbrechen gedacht. Angeblich war sie nach Südamerika ausgewandert. Dorthin hatte sie jedenfalls, nach Angaben von Nachbarn, Freunden und Verwandten gewollt. Und man hatte nie wieder etwas von ihr gehört. Noch nicht einmal eine Postkarte oder etwas Ähnliches hatte sie geschickt. Bis man an der Auffahrt zur A1 ihre Leiche fand.

Roger registrierte, dass die lokalen Zeitungen den Schmerz der Familien nicht ausschlachteten. Geschah dies aufgrund von echtem Mitleid, oder aus Mangel an Sensationswert?

Gemäß des ersten Zeitungsartikels war damals in der Vulkaneifel mächtig was los gewesen. Der Fremdenverkehr hatte Hochkonjunktur, und die Hotels in Daun und Umgebung hatten volle Buchungen gemeldet. Der hiesigen Polizei konnte man nur schwerlich einen Vorwurf machen, zumindest in dem ersten Fall nicht. Wenn eine junge Frau plant, nach Südamerika auszuwandern, kommt wohl niemand auf die Idee, dass sie in Wahrheit einem Verbrechen zum Opfer gefallen sein könnte.

Im Fall der beiden anderen Frauen, die zunächst vermisst und dann ermordet aufgefunden worden waren, lag die Sache schon etwas anders. Hatte hier die Polizei vielleicht schlampige Arbeit geleistet?

Zunächst schien es außer der Haar- und Augenfarbe tatsächlich nichts zu geben, was die getöteten Frauen miteinander verband. Die fraglichen Familien lebten in unterschiedlichen Landkreisen, was sofort eine Reihe von Möglichkeiten ausschloss. Sie besuchten verschiedene Kirchen, verschiedene Restaurants und gingen verschiedenen Beschäftigungen nach. Aber Roger ließ sich nicht beirren und wühlte immer mehr in der Vergangenheit der vermissten Frauen. Und er musste verdammt tief graben, um etwas zu finden. Das war eine jeder Eigenschaften, die ihn zu einem verdammt guten Autoren machten. Er leistete erstklassige Recherchen. Wenn er sich erst einmal in etwas verbissen hatte, dann tat sich für gewöhnlich etwas auf. Und so war es auch dieses Mal. Ihm fiel auf, dass man die Wohnungen der ermordeten Frauen bereits kurz nach ihrem Verschwinden auf dem freien Markt als Mietobjekte angeboten hatte. Die Betreuung der Wohnungen wurde von ein und derselben Immobilienfirma durchgeführt. Dabei handelte es sich um ein kleines Makler-Büro in Daun, dass von Vater und Tochter Stephani betrieben wurde.

Roger Peters grub noch tiefer und studierte die Angebote der Firma Stephani. Sein Herz machte einen Satz, als er die aktuellste Immobilie, die das Maklerbüro annoncierte, in Augenschein nahm. Dabei handelte es sich um eine als Wohnhaus umgebaute Scheune, die dem inzwischen recht bekannten Schriftstellerkollegen Adrian Ackermann gehörte. Hatte nicht der Bericht über die ebenfalls verschwundene Susanna Kessler erwähnt, dass eben dieser Ackermann einen Dreißig-Fuß-Segler besaß, der im Yachthafen von Oberwinter vor Anker lag?

Um Ackermanns Person gab es bereits die wildesten Gerüchte und Spekulationen, seit er von einem Trip zu den Kanaren mit eben diesem Segler ohne seine Frau zurückgekehrt war. Roger Peters blätterte in den Zeitungen des vergangenen Monats. *Hier! Ein Foto des Ehepaars Ackermann mit ihrem restaurierten Boot.* Er sah sich das Foto genauer an. Melanie Ackermann war blond. Genauso wie Edith und all die anderen vermissten Frauen. Konnte das nur Zufall sein? Und war es dann auch nur Zufall, dass Susana Kessler ausgerechnet nach dem Besuch einer Feier in Ackermanns Haus verschwunden war?

Allerdings hatte man Ackermann bislang keine einzige Straftat nachweisen können.

Kloppe mochte zwar ein guter Polizist sein, aber für inoffizielle Untersuchungen hier in der Eifel war er schon aufgrund seiner Position nicht der richtige Mann. Roger beschloss, dass es Zeit für ihn wurde, die Dinge selbst in die Hand zu nehmen, Abgesehen davon war so ziemlich alles besser, als weiter zu Hause zu sitzen und zu grübeln.

Die niedrig stehende Sonne hüllte die Felder in ein kräftiges Rot. Die Straße machte eine Kurve und führte dann hinab ins Dorf. Mit zusammengekniffenen Augen griff Roger Peters nach seiner Sonnenbrille und setzte sie auf. Die wenigen Menschen, auf die er traf, blickten noch nicht einmal auf, als er mit seinem MG an ihnen vorbei röhrte. Es war genau der richtige Abend, um sich noch ein Bier in der Dorfkneipe zu gönnen. Er parkte den Roadster auf dem Parkplatz mit dem Schild „Nur für Gäste" und überlegte, ob er sich nicht lieber gleich in den Biergarten setzen sollte. Dann ging er aber doch erst einmal hinein, an die Bar. Die wenigen Gäste schauten kurz zu ihm herüber und grüßten freundlich. Trotzdem wirkte die Stimmung etwas gedrückt, was allerdings auch kein Wunder war.

Roger Peters bestellte sich ein Eifelpils. Günnie, der Wirt im *Geuerich*, zapfte das Bier und beobachtete aufmerksam, wie die gelbe Flüssigkeit den Schaum verdrängte. Aus einer anderen Ecke der Bar brummte jemand etwas in Rogers Richtung.

„Bischen viel unterwechs gewesen, was?"

Es war Herbert, der Bauer, der ihn einmal mit seinem Trecker mitgenommen hatte. Roger verstand nicht sofort, was er meinte.

„Isch habe gehört, Sie sinn auf dem Polizeipräsidium in Trier gewesen?"

„Stimmt genau", antwortete Roger Peters. Langsam dämmerte es ihm.

„Wie komms?"

„Nun, ich hatte dort etwas zu erledigen."

„Isch frach ja nur. Hab da so was läuten hören." Seine Augen funkelten. Gläsern und zornig. Im Lokal wurde es totenstill.

„Und was wollten die?" Der Tonfall war jetzt eindeutig aggressiv.

„Ich sollte etwas identifizieren."

„Identifizieren, Sie?" Es war offensichtlich, dass er ihm keinen Glauben schenkte.

„Was denn?"

„Da fragen Sie am besten den Kommissar."

„Isch frage aber Sie."

Roger Peters wandte sich wortlos ab und blickte in die Runde. Einige der Gäste unterhielten sich, andere starrten zu ihm herüber. Herbert trank das Glas in einem Zug leer und knallte es auf den Tresen. „Isch denke, Sie sind ..."

Günnie griff ein. „So, nun ist aber Schluss, Herbert. Geh' nach Hause und lass' meine Gäste in Ruhe!"

„Ach, halt' disch da raus", knurrte Herbert. „Ihr denkt doch genau das Gleiche wie isch."

„Jetzt halt' schon dein verdammtes Schandmaul und geh nach Hause, sonst mache ich dir Beine!"

Herbert, der einsah, dass er gegen den Wirt keine Chance hatte, torkelte aus der Kneipe, allerdings nicht ohne noch ein paar unverständliche Flüche auszusprechen. Als er draußen war, erhellte sich augenblicklich die Stimmung in der Kneipe. Man konnte meinen, jemand hätte frische Luft hineingeblasen. Die Gäste nahmen ihre Gespräche wieder auf.

„Trinkst du einen Schnaps mit Roger? Kannst sicher einen vertragen."

„Nein danke, Günnie. Ich bin mit dem Wagen hier. Aber wenn du einen Kaffee hättest?"

„Ist schon so gut wie unterwegs, und nimm dir das Geschwafel von dem Alten bloß nicht zu Herzen. Hat selber genug Dreck am Stecken. Ich sage nur ein Wort: *Wilderei.* So, hier kommt der Kaffee."

Roger nippte vorsichtig an der Tasse und seufzte dankbar.

„Also, was hast du denn nun wirklich in Trier gemacht? Nicht, dass ich neugierig bin, aber die Gerüchteküche im Dorf läuft auf Hochtouren. Kann ich den Leuten noch nicht einmal verübeln. Sie haben Angst und glauben, dass der Täter hier aus der Nähe stammen muss ..."

Roger Peters zögerte zunächst, aber Günnie hatte wirklich eine Erklärung verdient. Also erzählte er ihm von den Kleidungsstücken.

„Großer Gott", sagte der Wirt. „Glaubst du, glaubt die Polizei, dass sie noch lebt?"

„Sie wissen es nicht." Das flaue Gefühl im Magen meldete sich wieder.

„Hoffentlich schnappen sie ihn bald", meinte Günnie. Es sollte wahrscheinlich irgendwie tröstlich klingen, tat es aber nicht. Roger beschloss, lieber doch wieder nach Hause zu fahren. Der Kaffee schmeckte ihm nicht mehr, und fast schon bereute er es, überhaupt hierhergekommen zu sein. Die Leute im Dorf verdächtigten ihn, unfassbar! Natürlich, sie hätten halt am liebsten einen Fremden als Täter. Als er vom *Geuerich* wegfuhr, sah er Herbert die Straße hinauf wanken. Er konnte im Rückspiegel sehen, dass Herbert ihm nachschaute. Komisch nur, dass Roger auch lange, nachdem er an ihm vorbeigefahren war, das Gefühl nicht los wurde, beobachtet zu werden.

NEUNZEHNTES KAPITEL

Dienstag, 02. August 2011

Auf der Bundesstraße 421 war die Hölle los. Auf dem Nürnburgring gab es eine Veranstaltung, also rollte sie an, die Blechlawine aus dem Ruhrgebiet. In Stadtkyll traf sie auf die Karawanen aus Holland und Belgien. Roger Peters war auf dem Weg zum Bahnhof in Lissendorf. Er lenkte seinen wendigen MG ohne Anstrengung durch die kurvenreiche Strecke. Die Sonne stand schräg über den hohen Tannen, die sich auf der gegenüberliegenden Seite des Kyll-Tals wie in Öl gemalt aneinanderreihten, ein Bild, das der Schriftsteller in ihm zu genießen wusste. Das beruhigende Grün der Landschaft bildete einen reizvollen Kontrast zu dem intensiven Farbenspiel des Himmels. Weiße Fassaden und rote Ziegeldächer alteingesessener Landhäuser mischten sich wie bunte Farbkleckse darunter und belebten ihre Umgebung, die bereits von den ersten Schatten überdeckt wurden. Seit er sich den klassischen Sportwagen gegönnt hatte, war für ihn diese Strecke schon längst zu einer privaten Rennstrecke geworden. Der Frosch, wie er den Wagen wegen seiner dunkelgrünen Lackierung liebevoll nannte, war bereits ein echter Oldtimer und schon durch viele Hände gegangen. Dennoch konnte man seinen Zustand als neuwertig bezeichnen, dank der sorgsamen Pflege, die Roger Peters ihm zukommen ließ. Cabrio fahren bedeutete für ihn normalerweise einen besonderen Genuss und er spürte jedes Mal eine innere Erregung, wie beim Zusammensein mit einer schönen Frau, wenn er die Kurven eng an der steilen Böschung oder knapp am Abhang nahm, beziehungsweise den Wagen auf der Ideallinie manövrierte. Wegen des Wochenendverkehrs kam er heute allerdings nur im Schneckentempo voran. Wahrscheinlich würde Diana am kleinen Bahnhof von Lissendorf bereits auf ihn warten. An den Wochentagen kamen die Züge aus Köln stündlich an.

Diana war Ediths jüngere Schwester. Roger hatte sie bisher noch nicht persönlich kennengelernt, nur telefoniert hatten sie miteinander, nachdem er ihre Nummer in Ediths Adressbuch gefunden hatte. Sie war sehr besorgt gewesen, als sie von Ediths Verschwinden hörte.

Diana war sechsundzwanzig, fast zehn Jahre jünger als ihre Schwester. Am Telefon hatte sie für ein Kölsches Mädel eher besonnen, zurückhaltend und auf sympathische Art sogar etwas schwerfällig und unbeholfen gewirkt, ganz anders als die lebhafte Edith. Aber vielleicht war das auch nur der Schock, den Ediths Verschwinden auslöste.

Sie stand bereits vor dem Bahnhof, als er eintraf. Ihre Ähnlichkeit mit Edith war nicht zu übersehen,

„Hallo Diana", grüßte er und hielt ihr die Beifahrertür auf.

„Danke, dass du so schnell gekommen bist. Schmeiß deine Tasche einfach nach hinten auf den Notsitz."

Roger überlegte, welche Kassette er einlegen sollte, während er den Motor startete. Die Rolling Stones, The Sweet, Slade oder T. Rex kamen sicher nicht infrage, also entschied er sich für Barry White. Sie schien die Musik zu mögen. Er bemerkte, wie sie sich entspannte und sich in den Ledersitz drückte, während ihr der Fahrwind die langen Haare zerzauste. Die Vorzüge eines klassischen Sportwagens konnten also sehr wohl noch eine junge Dame beeindrucken. Da Diana offensichtlich nicht gleich reden wollte, blieb auch Roger erst einmal still. Das Schweigen dauerte an, bis sie Ediths Bauernhaus erreicht hatten. Erst jetzt mochte Roger reden.

„Komm erst mal ins Haus. Ich erzähl dir dann erst mal genau, was los ist. Ich bin sicher, du bist, genauso wie ich, fast verrückt vor Sorge. Ganz ehrlich, Diana, wenn ich an deine Schwester denke, wird mir hundeelend. Verschwunden, einfach so. Kannst du dir das vorstellen?"

Konnte sie nicht wirklich, und als ihr Roger Peters von den anderen Frauen berichtete, wurde sie ganz still und nachdenklich. Ganz allmählich schien sie die Situation zu begreifen. In die gedankenschwere Stille zwischen ihnen kam Luna angetappt und verlangte ihre Streicheleinheiten.

„Bist ein braves Mädchen", sagte Diana und streichelte Kuna über den Kopf. „Was würde ich darum geben, wenn du uns sagen könntest, was mit Edith passiert ist." Sie schaute sich in der Wohnung um. Ein Schauder überlief sie. „Mein Gott, Roger, dass du es hier aushältst! Muss dich nicht jede Kleinigkeit hier unaufhörlich an Edith erinnern? Ich glaube, ich an deiner Stelle hätte es hier nicht ausgehalten und wäre nach Hause gefahren."

Roger zuckte mit den Achseln. „Ich fühle einfach, dass ich es ihr schuldig bin, verstehst du? Ich kann doch jetzt nicht so einfach von hier weggehen und das war's dann. Fest steht, hier in der schönen Eifel stimmt etwas ganz und gar nicht. Ein grauenhafter Mord ist bereits geschehen, und überhaupt verschwinden Frauen wie Edith und Susana doch nicht einfach so mir nichts, dir nichts. Außerdem, die Nachbarn hier sind einfach rührend. Ob du es glaubst oder nicht, seitdem deine Schwester verschwunden ist, stellen sie mir täglich Milch und frische Brötchen vor die Tür."

„Was sagt eigentlich die Polizei zu Ediths Verschwinden?", wollte Diana jetzt wissen.

„Reichlich wenig, wenn du mich fragst. Zuständig für diese Gegend ist ein Kommissar Laubach, und du wirst es mir nicht glauben, aber der stammt wie ich aus dem Bergischen und ist sogar ein alter Schulkamerad von mir. Kloppe haben wir ihn immer genannt, Kloppe Laubach. Und das ist vielleicht eine Type! Ich erzähl dir die Einzelheiten später. Komm, setz dich endlich. Magst du etwas trinken? Ein Eifelpils vielleicht?"

„Gerne. Ich kann's gebrauchen. Und dann erzählt mir erst mal alles genau. "

Und er erzählte Diana die ganze Misere. Angefangen vom ersten Tag an, als er hier angekommen war, bis zu dem Verschwinden ihrer Schwester, und dass er sich nun entschlossen habe, diesbezüglich selbst etwas zu unternehmen.

„Und was genau hast du vor?", fragte sie, nachdem er seinen Bericht beendet hatte.

„Hör zu, ich bin da beim Durchforsten der Zeitungsarchive vielleicht auf etwas gestoßen. Die Immobilien der Frauen, die vor Edith verschwunden sind, wurden allesamt zur Vermietung angeboten."

Diana sah ihn verständnislos an und zuckte mit den Schultern.

„Ja, und?"

„Nun, die Vermittlungen laufen alle über den gleichen Immobilienmakler."

„Das kann doch purer Zufall sein."

„So, glaubst du? Dasselbe Maklerbüro hat aber im Moment eine umgebaute Scheune im Angebot."

„Roger, du spinnst wirklich! Das ist doch nichts Verdächtiges! Gerade hier in der Eifel gibt es doch sicher umgebaute Scheunen wie Sand am Meer."

„Aber die Scheune, die ich meine, gehört sozusagen einem Kollegen von mir. Adrian Ackermann ist sein Name. Seines Zeichens ebenfalls Schriftsteller."

„Na und?"

„Nun warte doch erst mal ab und lass mich weiter erzählen. Besagter Adrian Ackermann hat einen Segeltörn zu den kanarischen Inseln unternommen."

„Wie schön für ihn."

„Hörst du mir jetzt vielleicht mal zu! Ackermann befand sich in Begleitung seiner Frau Melanie, ist aber allein zurückgekehrt. Ich habe recherchiert. Angeblich haben sich die beiden gestritten und Melanie hat ihren Mann auf Teneriffa verlassen."

„Soll schon mal vorgekommen sein", meinte Diana, die immer noch keinen Zusammenhang sah.

„Pass auf, jetzt kommt der Hammer. Melanie hat langes, blondes Haar und hellblaue Augen. Genau wie Susana Kessler, die übrigens seit dem Besuch einer Party bei Ackermann als vermisst gilt, Edith, und ...", er zögerte, „du."

Diana schluckte. Sie griff nach der zweiten Flasche Eifelpils. Tiefe Falten markierten ihre Stirn. Jetzt sah sie Edith noch ähnlicher. Es gab ihm einen Stich im Herzen.

„Mm ...", meinte sie, mehr nicht.

„Also gut, dann noch ein Schmankerl, zum Abschluss sozusagen. Adrian Ackermann hat gerade einen Bestseller veröffentlicht. *Wiege des Bösen*, lautet der Titel. Darin geht es um Frauenmorde und einen sadistischen Serientäter. Geht dir nun ein Licht auf?"

Das tat es tatsächlich. „Ich denke, dass du deinem Kollegen so schnell wie möglich auf den Zahn fühlen solltest", sagte sie mit Nachdruck.

„Na, endlich hast du`s kapiert. Am besten, wir fangen mit seinem Boot an. Das liegt im Yachthafen von Oberwinter, unten am Rhein."

„Wir?", fragte Diana ungläubig.

„Natürlich wir! Jetzt wo du schon einmal hier bist, kommst du selbstverständlich mit. Ich kann dich für meine Untersuchungen bestens gebrauchen."

„Äh ... Wenn du das wirklich meinst ... Für meine Schwester tute ich gerne alles, was ich kann. Allerdings, ich habe mir nur wenige Tage frei nehmen können. Wir werden uns beeilen müssen, wenn ich dir helfen soll."

ZWANZIGSTES KAPITEL

Mittwoch, 03. August 2011, 9.Uhr.

Zu ihrem Glück war dieser Tag regnerisch. Es war genau das Wetter, das sich Roger Peters gewünscht hatte. Der MG musste Ediths Corsa weichen. In strömendem Regen fuhr er mit Diana über die A1 und A 61 bis zur Ausfahrt Bad Neuenahr/Ahrweiler. Dort bogen sie rechts auf die B266 in Richtung Remagen/Sinzig ab und fuhren dann die B9 hinauf bis nach Oberwinter. Wie sie gehofft hatten, war der Parkplatz am Yachthafen vollkommen verlassen. Trotzdem wartete in einer hölzernen Bude jemand auf eventuelle Besucher, um ihnen für das Betreten des Hafens zwei Euro abzuknöpfen. Roger schien es keine gute Idee, an dem Wachhäuschen in Erscheinung zu treten. Linker Hand vom Parkplatz befanden sich eine Tankstelle und ein Autohändler mit seinem Fuhrpark. Dort stellten sie Ediths Corsa ab und streiften sich gelbe Öljacken über. Es war trotz des Regens immer noch warm genug, dass Roger sich unter dem Plastik vorkam wie eingeschweißt. Er musterte Diana, die unter der gelben Kapuze etwas blass aussah. *Genau die richtige Bekleidung, um in das Boot eines möglichen Serienmörders einzubrechen,* dachte er spöttisch. Zwar waren sie darin höchst auffällig, aber deswegen machte er sich keine Sorgen. Sie würden den Radweg nehmen, der parallel zur B9 verlief. Sollte sie auf dem Weg jemand bemerken, so würde er nur leuchtend gelbe Flecke vorbeijoggen sehen. Unerschrockene Läufer auf ihrer Runde, die, bei welchem Wetter auch immer, unterwegs waren.

Sie trabten ungefähr zehn Minuten den Weg hinunter und joggten auf die Anlegestege direkt am Wasser zu. Die letzten Molen ganz rechts beheimateten hinter den Motorbooten ein Grüppchen von Segelbooten. Ackermanns *Milagros* lag fast am Ende.

Der Yachthafen lag verlassen da, und die Boote schaukelten heftig in dem aufschäumenden Wasser, als Diana und er scheinbar unbekümmert durch das kleine Tor im Maschendrahtzaun traten. Dem Schild mit der Aufschrift *Unbefugtes Betreten verboten* schenkten sie keine weitere Beachtung. Ein zweites Schild mit der Aufschrift *Angeln verboten* war übermalt worden.

„Siehst du", meinte Diana sarkastisch, „jetzt kannst du deine Fischfangutensilien gleich wieder einpacken, Roger."

Das Boot war vorn und achtern mit Festmachern belegt. Alles ganz normal.

Deck und Reling der *Milagros* waren sauber geschrubbt worden. Sie achteten darauf, beim Betreten des Bootes keine Schmutzspuren zu hinterlassen, falls das aufgrund der Wetterbedingungen überhaupt möglich war. Den Rest würde der Regen wegwaschen müssen. Das Schloss war nicht sonderlich kompliziert. Waren Seeleute ehrlicher als die Menschen an Land?

Wie auch immer, sie brauchten nur wenige Sekunden, um das Türschloss mit einem einfachen Drahthaken zu öffnen und in das Innere der *Milagros* zu gelangen. Der sonst so übliche modrige Geruch fehlte. Stattdessen roch es nach frischem Kiefernduft, ganz so als hätte jemand vor kurzem das ganze Innenleben gründlich gereinigt. In der Kombüse standen ein kleiner Tisch, ein Kurzwellenempfänger und ein batteriebetriebener Kühlschrank.

Roger begann die Schubladen in der Kombüse zu öffnen. Da war nichts Außergewöhnliches zu sehen. Außer vielleicht ... Paketband?

„Schau mal, Diana!"

Paketband war schon eine nützliche Sache. Man konnte es für viele Dinge verwenden. Aber zehn Rollen in einer Schublade auf einem Boot vorrätig zu halten, das schien doch ein wenig übertrieben. Es sei denn, man benutzte es für einen besonderen Zweck. Einen Zweck, von dem Roger annahm, dass es ihn auf einem Boot nicht gab.

Diana kletterte die Stufen hinunter in den engen, vorderen Bereich, der vermutlich das Schlafzimmer darstellte. Es war kein elegantes Doppelbett, nur eine Schaumstoffmatratze auf einem relativ instabil wirkenden Untergestell.

„Hey Roger, sieh dir das mal an! Damit wollen sie bis zu den Kanaren geschippert sein?"

In einer Schublade rechts neben der Koje lagen Fotos. Sie zeigten eine strahlende blonde Frau und einen sonnengebräunten, etwas älteren Mann – Melanie und Adrian in ihren besten Tagen.

Roger Peters, der sich mittlerweile ebenfalls in den engen

Raum gequetscht hatte, zog die Lade ganz heraus, und siehe da: Am hinteren Ende der Schublade befand sich ein Geheimfach. Und in dem Geheimfach lagen ...

Er spürte, wie es ihm kalt über den Rücken lief. Ein schwarzes Notizbuch, ein paar lose beschriebene DIN-A4-Seiten, sowie Nacktfotos einer offensichtlich mit Klebeband an ein Bett gefesselten blonden Frau. Auf manchen Fotos lag sie mit gespreizten Beinen auf einem Bett. Eine andere Aufnahme zeigte sie bis zum Kopf in Plastikfolie gehüllt. Man konnte meinen, sie stecke in einem grauen Kokon, nur gewisse Bereiche ihres Körpers waren freigeblieben.

Bei genauerer Durchsicht aber waren etliche der Fotos deutlich harmloser. Jetzt sah er auch das Gesicht der Frau. Es war eindeutig Melanie Ackermann. Die präsentierte sich in verschiedenen Stellungen, ganz so, als sei Ackermann noch auf der Suche nach einer eindeutigen Pose gewesen, und ihr Gesichtsausdruck zeigte sehr deutlich, dass sie das alles freiwillig und durchaus nicht unwillig tat.

Während Roger Peters die Aufnahmen betrachtete, kamen ihm zwei interessante Gedanken. Der erste war : *Aha! Es besteht also nun keinen Zweifel mehr daran, dass Adrian Ackermann eine gewisse Vorliebe für bestimmte Praktiken hegt.* Und der zweite Gedanke, fast schon ein wenig enttäuscht, bezog sich auf Fotos der vermissten Frauen. Da waren nämlich keine. Somit waren die Fotos von Melanie für seine Nachforschungen völlig wertlos. Sie bewiesen rein gar nichts. Adrian Ackermann mochte blonde Frauen und stand auf nicht gerade alltägliche Sexspiele. Na und? Das machte ihn noch lange nicht zu einem Serienmörder. Die Fotos waren sicher so etwas wie Trophäen, die Ackermann an ein paar verdammt gute Tage mit seiner Frau erinnern sollten. *Vollkommen normal, sich eine Art Souvenir zurückzulegen.*

Danach nahm sich Peters die beschriebenen Seiten vor, überflog die Texte und vertiefte sich in einen Absatz. Das was er las, offenbarte eine ziemlich abartige sexuelle Fantasie. Angewidert legte er den Text auf die Seite.

„Das hilft uns auch nicht richtig weiter", sagte er zu Diana. „Scheinen bloß irgendwelche schmierigen Aufzeichnungen zu sein, die sein Buch betreffen. Hoffentlich gibt das Notizbuch etwas her."

Im Inneren der *Milagros* war es stickig, und ihre schicke Schlechtwetterkleidung hatte inzwischen den Effekt einer Sauna. Roger beschloss, seine weiteren Recherchen an einen anderen Ort zu verlagern, Er nahm das Notizbuch und eine der Aufnahmen an sich und steckte beides in die Innentasche seines Overalls. Die restlichen Fotos und die beschriebenen Seiten legte er in das Fach zurück. Dann räumten sie alle sichtbaren Spuren ihrer Aktion weg und gingen wieder hoch in die Hauptkajüte. Das Deck schwankte unter ihren Füßen, doch soweit sie das mit einem Blick nach draußen feststellen konnten, gab es dort niemand, der sie beobachtete.

Sie schlüpften aus der Tür, vergewisserten sich, dass die hinter ihnen einrastete, und schlenderten durch den nicht aufhören wollenden Regen davon. Sie hatten zwar etwas gefunden, wussten allerdings nicht richtig, was sie damit anfangen sollten. Mit gemischten Gefühlen und jeder für sich in Gedanken vertieft, registrierten sie ihre Umgebung kaum, während sie zu Ediths Wagen zurückmarschierten. Jeder war mit seinen Gedanken beschäftigt, keiner redete.

Ihr besinnlicher Zustand hielt nur bis zu jenem Kreisel an, der die B266 von der B9 trennte. Genau an dieser Stelle ließ ein Blick in den Rückspiegel Roger das Blut in seinen Adern gefrieren.

Hinter ihnen, quasi mit dem Kühler an ihrer Stoßstange, klebte ein dunkelblauer VW Passat. Er sah ganz genauso aus wie die Fahrzeuge, die die Polizei für ihre Zivilfahnder bereitstellte. Und daran konnte Roger beim besten Willen nichts Positives finden. Ein Streifenwagen mochte einem ja vielleicht noch ohne besonderen Grund folgen, aber bei einem Zivilfahrzeug sah die Sache ganz anders aus. Jemand schien es darauf angelegt zu haben, ihnen bewusst zu machen, dass sie beschattet wurden. Wer auch immer in dem Wagen saß, hatte sie bereits einige Zeit beobachtet, und das konnte nur Ärger bedeuten. Er musste schnellstens in Erfahrung bringen, was genau der andere Fahrer gesehen hatte.

Ohne Diana eine Erklärung abzugeben, bog er in eine schmale Nebenstraße ab, fuhr an den Straßenrand und hielt an. Der dunkelblaue VW Passat folgte und parkte direkt hinter ihnen.

Dann geschah erst einmal nichts. Diana und Roger saßen in Ediths Auto und warteten. Würde man sie jetzt verhaften? Wegen unbefugten Betretens des Hafengeländes und Einbruch in eines der Boote?

Aber in den anderen Wagen rührte sich nichts. Die getönten Scheiben verhinderten wirkungsvoll jeden Blickkontakt. Roger beschloss zu handeln, setzte sein Keiner-kann-mir-widerstehen-Lächeln auf, stieg aus dem Corsa und ging zügig auf den VW Passat zu. Die Scheibe wurde heruntergelassen, und eine verspiegelte Sonnenbrille starrte ihn aus einem gebräunten Gesicht entgegen.

„Na, bei diesem Sauwetter unterwegs?", fragte ihn eine fast ausdruckslose Stimme.

„Oh, Herr Schwarz ... äh ... Sigismund, nicht wahr?" fragte Roger, der den Mann gleich erkannt hatte. „Was für ein Zufall. Hatten Sie in Remagen zu tun?"

„Hatten Sie denn hier etwas zu tun?", fragte der Angesprochene mit einer Gegenfrage und klang dabei völlig desinteressiert.

„Eine sehr persönliche Angelegenheit", erklärte Roger vorsichtig. Die Sonnenbrille starrte ihn ein paar endlose Sekunden lang an, so wie ein Löwe seine Beute anstarrte, bevor er sie verschlang.

„So, so, persönliche Angelegenheiten", sagte Sigismund ohne jede Spur von Zynismus.

„Genauso ist es", bestätigte Roger.

„Mm, mal sehen. Sie wohnen doch draußen in der Eifel, stimmt's? Dort befindet sich ihr Bäcker, ihr Zahnarzt, ihre Dorfkneipe. Gibt es noch etwas Persönliches, das ich vergessen habe?"

„Eigentlich, äh ... nein ...", stotterte Roger Peters und war selbst erstaunt, dass er stotterte. Es folgte eine längere Pause, in der sich die beiden wie Hase und Fuchs beobachteten.

„Seltsam", sagte Sigismund schließlich. „Ich habe hier draußen ebenfalls eine persönliche Angelegenheit zu erledigen."

„Wirklich?", fragte Roger, froh, wieder einigermaßen normale Laute formen zu können. „Darf man auch wissen, um welche Angelegenheit es sich handelt?"

Es war das erste Mal, dass er das gebräunte Gesicht lächeln sah.

„Ich beobachte Sie", sagte Laubachs Kollege gelassen und gönnte ihm einen Moment, um das Gesagte zu verarbeiten. Dann glitt die Scheibe wieder nach oben und die gebräunte Visage verschwand mitsamt der gespiegelten Sonnenbrille hinter dem getönten Glas.

Roger war sich sicher, dass es Schlimmeres gab, als von Laubachs Kollegen beschattet zu werden. Nur dass ihm im Moment partout nichts Passendes einfallen wollte. Vermutlich stand ihm das sprichwörtliche schlechte Gewissen ins Gesicht geschrieben. Er ging zurück zu Ediths Corsa, stieg wortlos ein, ließ den Motor an und fuhr durch den Regen in Richtung Eifel. Normalerweise hätte ihn der Anblick einer jungen Dame neben ihm getröstet, ihm sogar das Gefühl von Lebendigkeit gegeben, aber der dunkelblaue Passat, der beharrlich auf seiner Fährte blieb, nahm dieser kleinen Freude ihren Glanz.

EINUNDZWANZIGSTES KAPITEL

Mittwoch, 03. August 2011, 17 Uhr

Luna begrüßte sie mit einem freundlichen Knurren, vollführte gekonnt eine Pirouette auf dem Laminatboden, verschwand dann in Richtung Küche, um kurz darauf mit ihrem Fressnapf in der Schnauze zurückzukehren. Diesen legte sie Roger Peters direkt vor die Füße und blickte ihn erwartungsvoll an. „Herrjeh, wir haben Luna ganz vergessen! Der arme Hund hat Hunger!" Roger kramte im Schrank. „Mist, kein Hundefutter mehr da. Elzbieta muss vergessen haben, welches einzukaufen. Hör zu, Diana, ich fahr mal kurz los und hol schnell was. Kannst es dir ja in der Zwischenzeit schon mal gemütlich machen und einen Blick in das Notizbuch werfen. Wenn du Durst hast, im Kühlschrank steht auch noch Bier, nimm dir ruhig was. Bis gleich."

Diana saß auf dem Sofa und betrachtete die Bierdose in ihrer Hand. Sie war keine Biertrinkerin und kannte nicht alle einheimischen Marken. Sie trank einen Schluck. Das Bier schmeckte bitter und dünn. Sie trank einen weiteren Schluck. Auch wenn sie sich mit Bier kaum auskannte, konnte sie schmecken, dass dieses hier komisch war. Jetzt drehte sie das Gefäß um und schaute sich das Etikett an. *Bah...zum Teufel, alkoholfreies Bier. Dass Roger so etwas im Haus hat*, wunderte sie sich. *Aber was soll's, zu meiner Schwester würde das schon wieder passen.*

Sie nahm einen großen Schluck. Es war doch gar nicht so übel, wenn man sich erst einmal daran gewöhnt hatte. Dann besann sie sich endlich auf das schwarze Notizbuch, welches nach wie vor unbeachtet neben ihr auf dem kleinen Beistelltischchen lag. Sie kuschelte sich tiefer in die Sofakissen und schlug es auf. Ihr kleiner Pferdeschwanz wippte auf und ab, als sie an ihren Lippen kaute und zu lesen begann.

„*UNSER SEGELTÖRN ZU DEN KANAREN*" stand da als Überschrift in großen Lettern geschrieben. Darunter folgten ein Datum und der Eintrag:

28. April 2011: *Heute ist unser großer Tag. Die Reise hat endlich begonnen. Wir fahren rheinabwärts Richtung Köln, Düsseldorf, Emmerich und dann zur holländischen Grenze. Fühlen uns herrlich befreit, gut und unendlich glücklich.*

Wofür da wohl so viel Platz freigeblieben war? Vielleicht für Fotos?

Auf der zweiten Seite stand zu lesen:

29. April 2011: *Haben die erste Nacht an Bord der Milagros verbracht. Ankern im Yachthafen von Emmerich. Das Wetter ist sonnig und warm, aber leider bläst kein Wind. Werden wohl mit Motorbetrieb weiter flussaufwärts fahren müssen. Es geht in Richtung Rotterdam.*

Diana blätterte die nächsten Seiten durch. Es folgte eine chronologische Aufzählung von Daten, Uhrzeiten und Positionsangaben. Melanie Ackermann, deren ganz persönliches Reisetagebuch dies offensichtlich war, liebte es anscheinend, die Erfahrungen ihrer Seereise in eigene Worte zu fassen und aufzuzeichnen.

Am 01. Mai 2011 hatte die *Milagros* bei Hoek van Holland die offene See erreicht. Danach war ihre angenehme Schipperei zunächst zu einem Stillstand gekommen. Die *Milagros* hatte fast bewegungslos in einer Flaute gelegen. Melanie schrieb:

Wir diskutierten darüber, den Außenborder anzuwerfen, haben uns aber letztendlich dagegen entschieden. Der Kraftstoff, den wir in Hoek gekauft haben, muss bis zum Ende der Reise reichen. Wir werden einfach abwarten und es aussitzen.

Diese Entscheidung war wohl richtig gewesen. Im nächsten Eintrag stand:

Am Nachmittag zog tatsächlich eine kleine Brise auf und Adrian setzte zum ersten Mal das Hauptsegel. Als sich der Wind gegen Abend schon wieder abschwächte, löste er das große Segel wieder und hisste stattdessen das kleinere Vorsegel. Die Milagros bewegt sich nun mit etwa 2 Knoten südwärts.

„Mm", sagte Diana vor sich hin und strich sich gedankenversunken eine Haarsträhne aus der Stirn. *Sie hat wirkliche jedes Detail genau aufgeführt Hoffentlich kommt da auch noch mal was Interessanteres.* Sie las weiter.

03. Mai 2011: *Der Seegang wird zunehmend zu einem Problem. Adrian fühlt sich nicht wohl. Er hat sich in die Koje gelegt und döst dort vor sich hin. Hoffe nur, dass sich*

sein Zustand in dem engen Raum nicht noch verschlimmert.

Melanie selbst schien die See viel weniger Probleme zu bereiten, als sie vorher angenommen hatte. In der folgenden Nacht stand sie allein am Ruder. Ihr Eintrag dazu lautete: *Die Nacht war völlig geräuschlos, mit Ausnahme eines sanften Knarrens von Planken und Balken. Ich genoss die Ruhe und den Frieden. Adrian kam gegen zwei Uhr an Deck, schwankend. Er wollte mich für ein paar Stunden ablösen. Jetzt, wo ich auf meiner Koje sitze, merke ich, dass ich in der Tat eine Ablösung dringend brauchte. Ich bin hundemüde. Hoffentlich ist Adrian morgen besser in Form.*

Roger kam zurück, zwei gefüllte Plastiktüten unter seinem Arm. „Jemand zu Hause?", rief er auf seinem Weg in die Küche. Keine Antwort. Diana war offensichtlich mit irgend etwas so beschäftigt, dass sie nicht einmal den Motor seines Autos gehört hatte. Dafür kam keine zwei Sekunden später Luna angesaust und schaute ihn an wie ein Kind, das auf den Weihnachtsmann wartet.

„Ist ja gut, mein Mädchen." Mitfühlend tätschelte er das Tier. „Du bekommst sofort etwas zu fressen." Er öffnete eine Dose Hundefutter und kippte den klebrigen Inhalt in ihren Fressnapf Luna stürzte sich unter enthusiastischem Schwanzwedeln darauf.

Komisch, aus dem Wohnzimmer ertönt kein Muckser. Ist Diana überhaupt noch im Haus?

Er fand sie über das schwarze Notizbuch gebeugt und mit einer Dose alkoholfreiem Bier in der Hand auf dem Sofa sitzend vor. Sie hatte ihn immer noch nicht bemerkt.

„Liest du da eine Seifenoper oder so etwas?"

Diana schrak zusammen und ließ fast ihre Bierdose fallen. „Mensch, Roger! Ich hab dich überhaupt nicht hereinkommen hören."

„Darf ich fragen, was an deiner Lektüre so interessant ist?" Roger beugte sich über die Sofalehne.

„Roger, das musst du dir unbedingt selbst mal anschauen. Du wirst es nicht glauben. Hier liegt nicht nur Melanie Ackermanns komplette Reisebeschreibung vor unserer Nase, sondern gleichzeitig ein überaus interessanter Einblick in ihr Eheleben. Hör dir das mal an:

06. Mai 2011: *Adrian war kurz runtergekommen in die Kabine, um nach dem Wetterbericht zu fragen. Ich konnte ihm leider keine guten Nachrichten geben. Das Wetter draußen wird immer schlechter, ganz wie vorhergesagt, und die Wände der Milagros vibrieren regelrecht zu den Klängen des im Rigg orgelnden Windes. Adrian sagte, dass er dann lieber gleich wieder an das Ruder gehen wollte. Der Wind fauchte herein, als er die Luke öffnete und nach oben kletterte. Ich hatte Kopfschmerzen von der stickigen Luft hier unten. Also zog ich die Kapuze über und stolperte hinter ihm her. Als ich den Kopf durch die Luke steckte, konnte ich nur tiefschwarze See erkennen. Dann peitschte mir der Wind den Regen so heftig in die Augen, dass sie vor Schmerz anfingen zu tränen. Die Bizcaya ist schon eine Sache für sich. Von Westen her kamen schmutziggraue Wellen anmarschiert, die mit einem kurzen Grollen gegen den Rumpf des Schiffes prallten. Mir schwappte Wasser ins Gesicht, durch die Kapuze und den Pullover über meine Brust. Adrians einziger Kommen-*

tar war ein ‚Was hast du denn erwartet?'

So habe ich mir unseren Segeltörn beim besten Willen nicht vorgestellt. Jetzt bin ich durchgefroren und hundemüde."

„Also von wegen alles eitler Sonnenschein, oder was meinst du?" Roger Peters stand auf, ging zum Kühlschrank und kam mit einer Dose Bier und seinem restlichen Einkauf zurück. „Hier, ich habe uns unterwegs Brathähnchen eingekauft, wir müssen schließlich irgendwann auch mal etwas essen."

„Ich glaube, dass die Situation an Bord der *Milagros* langsam immer unerträglicher wurde und der gute Adrian Ackermann vielleicht wirklich einen Grund hatte, um dieses Notizbuch in einem Geheimfach zu verstecken."

„Du meinst ... er hat ..."

„Ich meine gar nichts. Pack erst mal unser Hähnchen aus, und dann lesen wir weiter."

Nachdem nur noch die Knöchelchen auf den Tellern lagen, wandten sich die beiden wieder Melanie Ackermanns Tagebuch zu.

15. Juni: Adrian versucht, seine Übelkeit mit Essen zu bekämpfen. Morgens mischt er sich eine Überdosis Zucker in seinen Milchkaffee. Dazu isst er Plätzchen mit Honig. Der Zucker gibt ihm Kraft, sagt er. Trotzdem steht er kurz darauf an der Reling und füttert die Fische. Er flucht auf alles und jeden, stampft zurück in seine Koje und taucht nach zwei Stunden wieder auf, um eine neue Mahlzeit zu sich zunehmen.

Seitdem sie den Golf von Bizcaya passiert hatten, war Melanie nur mit dem kleinen Vorsegel gefahren. Sie achtete akribisch darauf, das Boot auf einem südwestlichen Kurs zu halten, während Adrian die meiste Zeit unter Deck verbrachte, etwas aß und zu seiner eigenen Ablenkung versuchte, einige Zeilen zu Papier zu bringen.

Einmal hatte sie ihm gesagt, er möge doch besser an Deck kommen. Die frische Luft würde ihm gut tun und ihn vielleicht auf andere Gedanken bringen. Doch Adrian hatte wieder nur geflucht und schroff gesagt, er sei seekrank und fühle sich erschöpft. Sie möge ihn gefälligst in Ruhe lassen. Melanie fragte sich langsam, was sie hier tat und ob seine vermeintliche Seekrankheit nicht eher ein Anzeichen von Alkohol und Bequemlichkeit war.

09. Mai 2011: *Die Seereise beginnt langsam, meine Kondition anzugreifen. Mein Gesicht und meine Schultern sind von der Sonne verbrannt. Meine Haare lassen sich dank des vielen Salzes kaum noch frisieren. Meine Hände sind rau, die Fingernägel abgebrochen. Dazu spüre ich jeden Muskel einzeln, dank des ewigen Hissens und Wiedereinholens der Segel.*

10. Mai 2011: *Und jetzt auch noch das! Die Milagros leckt wie ein Sieb. Ob das was mit den Fiberglasmatten zu tun hat, die Adrian auf die maroden Planken gesetzt hat? Im Hafen von Oberwinter hat doch noch alles so gut und stabil ausgesehen. Adrian ist jetzt fast nicht mehr ansprechbar. Habe ihn noch nie so wütend gesehen. Dazu brummt nun ständig dieser Generator, der das Wasser aus dem Rumpf pumpt.*

„Das sieht mir tatsächlich nicht nach einer Reise mit einem Traumschiff aus", meinte Roger Peters nachdenklich und schüttelte den Kopf. „Warum mussten die denn auch unbedingt mit dem Boot zu den Kanaren reisen, wo man das doch in etwa vier Stunden mit dem Flugzeug viel bequemer haben kann? Hast du mal vorgeblättert, Diana? Steht da vielleicht irgendetwas geschrieben, wann oder warum sich die Ackermanns getrennt haben?"

„Bislang noch nicht, Roger. Lass uns mal sehen, was da noch kommt."

Sie blätterte eifrig in dem Notizbuch. „Hier steht:

12. Mai 2011: *Eigentlich wollten wir direkt bis nach Huelva durchsegeln, aber nachdem der Wind abermals ganz ausblieb, haben wir doch wieder den Außenborder gestartet. Allerdings nur für ein paar wenige Stunden, dann war plötzlich Schluss. Der Motor starb einfach ab. Adrian hat sich das Gerät einmal vorgenommen, und siehe da, der Filter war so verdreckt, dass kein Tropfen Diesel mehr durchlaufen konnte. Gott sei Dank haben wir einen Ersatzfilter an Bord. Jetzt läuft der Motor wieder. Nur darf ich nun versuchen, den Schmutz vom Grund des Kraftstofftanks abzupumpen. Wahrscheinlich ist der Dreck durch die Schaukelei in der Atlantikdünung aufgewirbelt worden. Mir bleibt aber auch wirklich nichts erspart.*

Mein Göttergatte hat ausnahmsweise mal das Ruder selbst übernommen. Natürlich, bei Rückenwind mit wenig Wellen und Windstärken von höchstens vier bis fünf ist das auch keine große Kunst, sondern Segeln wie aus dem Bilderbuch.

14. Mai 2011: *Wie bestellt kam mit dem Morgengrauen der Passatwind von Portugal herüber, und wir machten für ein paar Stunden gute Fahrt. Adrian gelang es, mit der Angel zwei Fische zu fangen. Zum ersten Mal seit Tagen nahm er eine anständige Mahlzeit zu sich. Am Abend, als der Wind leicht abschwächte, stand er plötzlich vor mir, sah mich so komisch an und zeigte auf die Rolle Klebeband, die er in seinen Händen hielt. Ich wusste natürlich, was er wollte, aber mir war überhaupt nicht nach seinen Spielchen zumute.*

Adrian ist in der Tat der fantasiereichste Liebhaber, den ich mir vorstellen kann, und am Anfang haben mir seine verrückten Ideen sogar Spaß gemacht, aber heute, an diesem Ort und nach den bisherigen Strapazen dieser Seereise ...

Zum Glück war er für diesmal bereit, sich mit der einfachen Ausführung zufrieden zu geben. Ich kuschelte mich an ihn und wir liebten uns. Einfache Missionarsstellung, soweit es in der engen Koje gerade noch möglich war. Unser Liebesgeflüster wurde nur von wenigen Geräuschen unterbrochen: den Wellen, die sanft gegen den Schiffsrumpf schlug, und den Segeln, die in der leichten Abendbrise flatterten, während die Milagros stetig gen Süden schipperte."

Diana und Roger Peters schauten sich an. Ein kurzes Lächeln huschte über ihre Lippen. Fast schien es so, als wollten sie beide auf einmal sagen: „Aha, so war das also!"

15. Mai 2011: *Adrian und ich erwachten unter einem Sonnenaufgang, der so rot war wie frisches Blut. Aber irgendetwas stimmte nicht. An Deck wussten wir dann auch*

schnell genug, was los war. Das Ruder ist weg! Adrian hat es doch sorgfältig befestigt, bevor wir unter Deck verschwunden sind. Es muss sich über Nacht gelöst haben. Jetzt treiben wir völlig orientierungslos auf dem Atlantik umher und haben nicht die Spur einer Ahnung, wo wir uns befinden. Adrian tobt mal wieder. Alles, was ich selbst über das komplexe Thema Navigation gelernt habe, stammt aus Büchern. Ich versuche, unsere Position zu bestimmen, aber ich weiß nicht so recht, ob ich meinen Berechnungen wirklich trauen darf.

16. Mai 2011: *Heute schiebt ein gleichmäßiger Wind von Achtern unter ständigem Auf und Ab einer hohen Atlantikdünung unser Boot voran. Meine Berechnungen zeigen an: Wir haben bereits zweihundert Seemeilen in südlicher Richtung zurückgelegt. Das hört sich doch ganz gut an.*

17. Mai 2011: *Heute fuhren wir laut meinen Berechnungen angeblich vierhundert Seemeilen in östlicher Richtung. Das ist aber ganz unmöglich. Aufgrund der langsamen Geschwindigkeit unseres Bootes können wir höchstens sechzig Seemeilen in vierundzwanzig Stunden schaffen. Wir haben uns total verfranzt. Und trotzdem, laut Kompass segeln wir weiter in südliche Richtung.*

18. Mai 2011: *Adrian fragt mich fast jede Stunde, ob ich nun weiß, wo wir sind. Er ist total außer sich. Fast hätte er den Sextanten über Bord geworfen. Ich versuche klaren Kopf zu bewahren und vertiefe mich weiter in mein Navigationsbuch. Irgendwo muss ja die Lösung sein.*

19. Mai 2011: *Ich vergleiche zum hundertsten Mal die Horizontlinie mit der Position der Sonne. Die passende Skala auf dem Sextanten trage ich in mein Navigationsbuch ein.*

Dazu Jahres- und Uhrzeit. Dann ziehe ich die Positionslinie auf der Seekarte des Atlantiks. Somit bekomme ich die exakte Position der Sonne, richtig? Ich verlängere die erste Positionslinie, bis sie mit der zweiten zusammentrifft. Und genau an diesem Schneidepunkt müsste unsere gegenwärtige Position liegen.

Aber warum bekomme ich immer nur völlig untaugliche Ergebnisse?

20. Mai 2011: *Verdammt, ich hab's! Wir befinden uns nördlich des Äquators und nicht südlich. Wenn ich nun meine Berechnungen von gestern quasi spiegelverkehrt lese, befinden wir uns auf halbem Weg zu den kanarischen Inseln.*

21. Mai 2011: *Juhu! Es sind nur noch 120 Seemeilen bis zu unserem Ziel. Wir haben das Großsegel gesetzt. Machen jetzt gute Fahrt.*

22. Mai 2011: *Heute regnet es wie aus Kübeln. Kommen nur langsam voran. Fahren wieder mit dem kleinen Vorsegel. Über uns liegt ein dichtes Wolkenband. Nichts zu sehen vom Kreuz des Südens.*

23. Mai 2011: *Der Himmel ist immer noch bewölkt und grau. Kein Sonnenstrahl lässt sich blicken, damit ich unsere Position bestimmen könnte.*

Wir schippern auf südwestlichem Kurs. Adrian ist sauer. Ihm sind die Zigaretten ausgegangen. Der hat vielleicht Sorgen!

24. Mai 2011: *Heute haben wir genug Wind, um das Großsegel setzten zu können. Später hisst Adrian noch zusätzlich die Vorsegel. Wir fahren jetzt mit voller Fahrt, soweit das mit einem Rumpf voller Wasser eben möglich ist.*

25. Mai 2011 : *Land ahoi, Land ahoi! Adrian ist außer sich. Er tanzt wie verrückt an Deck. Langsam beginne ich zu begreifen ... Den ganzen Nachmittag hat er am Ausguck gehockt. Jetzt steht er mit einer Flasche Champagner vor mir. Ein Prosit auf unsere Inseln. Wir sind vielleicht erleichtert! Das hätte auch verdammt ins Auge gehen können.*

26. Mai 2011: *Was für ein Gefühl, aufzuwachen und die Insel direkt vor sich zu haben. Die Freude des Ankommens war unbeschreiblich. Es handelt sich um la Graciosa, die nördlichste, bewohnte Kanareninsel. Die Einfahrt in den Hafen verlief problemlos. Dann kam der Schock: Als wir am Anmeldesteg anlegten, hieß es: „Sorry, kein Platz." Nicht auch noch das! Alles Verhandeln nützte nichts. Wir planten schon den Weg zur nächsten Insel, als der Marinero nochmals kam und sagte, der Tower habe uns die Erlaubnis gegeben, für eine Nacht zu bleiben. Wir erhielten einen Motorbootplatz von fünfundzwanzig Metern Länge. Nach einem superfeinen Abendessen in einer kleinen Bodega, wo es keine Speisekarte und nur drei Gerichte gab, sind wir jetzt todmüde. Ich werde mich gleich einfach in meine Koje fallen lassen. Morgen geht es weiter nach Lanzarote.*

Danach folgte kein Eintrag mehr. Melanie Ackermanns Reisebericht kam zu einem abrupten Ende. Diana und Roger sahen sich verwundert an. Sie mussten das erst einmal verdauen. Kein wirkliches Ende, kein Hinweis auf einen Streit unter Eheleuten, nichts. Vor allem aber kein Hinweis auf den Verbleib von Melanie Ackermann.

„Und was machen wir jetzt mit dem Notizbuch, Roger?"

„Nichts, rein gar nichts. Das hier ist Beweismaterial, das

nichts beweist, verstehst du? Wir schicken es an meinen Freund Kloppe, aber anonym. Soll der sich doch damit auseinandersetzen. Ich streiche für heute die Segel, um beim Thema zu bleiben. Lass uns Schluss machen für heute. Morgen ist auch noch ein Tag."

„Und was gedenkst du weiter zu tun?"

Roger Peters dachte an seinen Schulkameraden Kloppe Laubach, an dessen Kollegen Sigismund und den dunkelblauen VW Passat.

„Abwarten und Tee trinken", sagte er.

ZWEIUNDZWANZIGSTES KAPITEL

Donnerstag, 04. August 2011

... und zweitens kommt es anders als man denkt!

Roger Peters war gerade dabei den Frühstückstisch zu decken, als ihn der Anruf erreichte. Am Telefon war sein alter Freund Laubach, der im ungewohnt knapp mitteilte, er müsse sofort zu ihm kommen.

„Wir sind gerade beim Frühstücken. Hat das nicht Zeit bis später?"

„Nein, hat es nicht!", sagte Laubach schroff, und sein Ton ließ Roger Peters aufhorchen. Es war eindeutig, dass Höflichkeit zu dieser frühen Stunde nicht sein dringendstes Anliegen war. „Ich brauche dich jetzt hier draußen, Roger! Ediths Schwester bringst du besser nicht mit."

„Was ist denn los, Kloppe?"

Es entstand eine Pause. Laubach wägte anscheinend gerade ab, was er ihm am Telefon sagen wollte. „Ich glaube, wir haben Susana Kessler gefunden", sagte er dann leise. Roger erstarrte. Das klang nicht gut. Überhaupt nicht gut. Laubach gab ihm den Treffpunkt durch und legte dann sofort auf.

„Nachrichten über Edith?", fragte Diana sofort.

Roger wischte sich über die Augen. „Susana", sagte er tonlos. „Ich soll hinkommen. Alleine."

„Auf keinen Fall!", funkelte ihn Diana an. „Hier geht es schließlich auch um meine Schwester. Glaub bloß nicht, dass ich da zu Hause sitzen bleibe und Däumchen drehe!"

Roger sah die roten Flecken auf ihren blassen Wangen. Vermutlich würde nichts auf der Welt Diana zum Bleiben bewegen können. Hilflos deutete er ihr mit einer Geste an, sie möge ihm folgen, und ging mit hölzernen Bewegungen in den Hof. Es versprach ein warmer Vormittag zu werden. Die Sonne stand bereits hoch über einem wolkenlosen blauen Himmel und von Westen her wehte eine leichte Brise. Aber als Roger in den MG, stieg fröstelte er.

„Bist du dir auch wirklich sicher, dass du mitkommen willst?", fragte er Diana, ehe er den Anlasser betätigte.

Anstelle einer Antwort stieg sie schweigend ein.

Nach drei Versuchen sprang der Wagen an. *Er braucht unbedingt neue Zündkerzen,* dachte Roger, setzte unnötig heftig zurück und wendete. Als die Speichenräder über das Kopfsteinpflaster holperten, flatterten die Tauben vom Dach des Nachbarhauses hoch. Im Rückspiegel schrumpften Ediths Haus sowie ihr sorgfältig angelegten Vorgarten auf Miniaturgröße zusammen. Absurderweise schien diese Postkartenidylle seine eigene innere Leere noch zu betonen.

Roger fuhr wie in Trance. Trotzdem schaffte er es ohne größere Verluste an Menschenleben innerhalb äußerst kurzer Zeit hinüber nach Köttelbach.

Die Straße war gesäumt von kleinen, dicht beieinander stehenden Häusern, jedes mit einer Mauer oder einem Holzzaun versehen. Die meisten besaßen gepflasterte Innenhöfe. Vor dem letzten Haus parkten bereits zwei Streifenwagen mit flackernden Lichtern. Rainer Sigismund saß auf dem Beifahrersitz eines der Fahrzeuge und verbarg den Kopf in seinen Händen. Er schaute nicht auf, als sie vorfuhren.

Roger und Diana ließen den MG auf der asphaltierten Straße stehen und gingen um das Haus herum. Dahinter führte ein schmaler Pfad in den angrenzenden Wald. Dort war eine Polizistin in Uniform dabei, rot-weißes Absperrband zu spannen. Ohne die beiden anzusehen und sie gegebenenfalls am Weitergehen zu hindern, schüttelte sie den Kopf und platzte heraus: „Da geh ich nicht wieder hinein, und wenn es mich den Job kostet!" Sie drehte sich um, stieß dabei beinahe mit dem Kopf gegen einen Ast, und rollte weiter das rot-weiße Band ab, als könne es sie vor dem beschützen, was sich in diesem Waldstück befand.

Diana starrte der Beamtin hinterher, dann blickte sie hinüber zu Roger. Dem fiel diesmal absolut keine hilfreiche oder kluge Bemerkung ein, und so standen sie einen Moment lang einfach nur da und sahen sich an. Ein flaues Gefühl machte sich langsam, aber sicher in ihren Mägen breit.

„Vielleicht solltest du lieber nicht weitergehen", sagte Roger vorsichtig. Der Wind rüttelte an dem Absperrband. Irgendwo in der Ferne heulte ein Hund. Diana drückte sich näher an ihn heran und schüttelte nur mit dem Kopf. Gemeinsam bückten sie sich unter der Absperrung hindurch und gingen etwas tiefer in den Wald. Schon nach wenigen Metern sah Roger weitere Polizisten. Sein alter Schulkamarad Laubach stand vor etwas, das wie ein Ameisenhaufen aussah.

Als er die beiden erblickte, gab er eine Art von Bellen von sich. Es klang wie irgendetwas zwischen Lachen und Würgen. Diana blickte auf Roger, der zuckte die Achseln.

„Wir müssen es uns wohl ansehen", meinte er und hoffte, dass sie widersprechen würde, was sie aber nicht tat. Vorsichtig schritten sie auf den Erdhügel zu, in ständiger Erwartung, dass Laubach ihnen umgehend Einhalt gebieten würde. Aber der blieb nur stumm stehen, als wartete er auf ihre Reaktion. Und dann sahen sie es: Ein blutiger Klumpen mit blonden Haaren, der einmal ein Mensch gewesen sein musste. Roger würgte. Diana blieb hinter ihm stehen und krallte ihre Finger in seinen Arm.

„Großer Gott", flüsterte sie. „Was ist das denn?"

„Reste. Menschliche Überreste", entgegnete Roger Peters, obwohl ihm dieser Satz fast im Hals stecken blieb. Diana würgte und drehte sich um. Das hatte er gründlich versiebt. Blätter raschelten in der Nähe, und als er an der keuchenden Diana vorbeischaute, sah er Laubach, der sich zu ihnen gesellt hatte.

„Schlimme Scheiße", sagte Roger.

„Das nächste Mal hörst du auf mich, wenn ich dir sage, dass du alleine kommen sollst," knurrte Laubach ungehalten. „Könnte dies Susana Kessler sein?"

Wenigstens fragt er nicht: Oder ist es eher Edith?, dachte Roger benommen. Er sah zu dem Klumpen herüber. Die Haare ... Nein, solche Haare hatte Edith nicht, die Länge stimmte nicht ganz. Trotz der Umstände fühlte er einen Moment Erleichterung und nickte stumm.

Innerhalb von weniger Minuten füllte sich das Waldstück

mit weiteren Menschen, die sich an ihre bedrückende Arbeit machten. Miriam, eine kurzhaarige Technikerin von der Spurensicherung, weinte leise, während sie die Umgebung nach Fingerabdrücken absuchte. Förster, der schon so manches gesehen hatte, wurde blass und presste die Kiefer zusammen. Zwei junge Sanitäter kamen angerannt und erstarrten, als sie das Opfer erblickten.

„Großer Gott", stammelte der eine, „was sollen wir da noch tun?" Dann wichen sie ziemlich grün im Gesicht zurück und verschwanden so schnell wie möglich wieder.

Laubach organisierte das Ganze. Seine störrische Ruhe beeindruckte Roger. Die Spurensicher arbeiteten effizient. Durch die Hitze in den luftdichten Overalls waren ihre Gesichter gerötet und feucht. Danach packten zwei Helfer die Masse in einen schwarzen Plastiksack und trugen das Ganze in einen schwarzen Kombi. Gerade noch rechtzeitig, denn als der Kombi losfuhr, trafen die ersten Fahrzeuge der Journalisten ein.

Als der Kameramann endlich loslegen konnte, gab es nicht mehr viel zu filmen. Nur das mit rot-weißem Absperrband eingezäunten Waldstück und eine Handvoll Polizisten mit zusammengebissenen Zähnen, die ihm heute nicht einmal ihre Namen verraten würden.

Laubach kam zu ihnen herüber. „Kommst du bitte noch mit für die offizielle Identifizierung?", fragte er.

„Nicht schon wieder ich!", entfuhr es Roger.

Laubach zuckte mit den Achseln. „Bei dir weiß ich zumindest, dass du Susana Kessler noch vor kurzem gesehen hast. Die Chance, dass du sie sicher identifizierst, ist damit gegeben. Und ganz ehrlich, ich möchte ihren Anblick ungern einem Angehörigen zumuten."

Das Argument klang stichhaltig. Roger stimmt widerwillig zu, den unangenehmen Job zu übernehmen.

Susana Kessler war doch nicht so einfach zu identifizieren. Ihr Mörder hatte sie schlimm zugerichtet. Jetzt, wo der Körper notdürftig gesäubert war, ließ sich das kaum übersehen. Zudem lag ihre Leiche mit dem Gesicht nach unten. Nur eins stand fest. Sie musste bereits seit mehreren Tagen tot sein.

Roger versuchte den Teil in sich auszuschalten, der ständig an die besonnene Frau von ihrem gemeinsamen Grillabend denken musste. Es gab sie nicht mehr. Und Edith?

Die auffälligste Wunde befand sich an der Kehle. Trotz der Lage der Leiche war ihr Ausmaß leicht zu erkennen.

„Die gleiche Art von Wunde wie bei Sandra Meier", sagte Laubach. Erstaunt horchte Roger Peters auf.

„Ihr habt sie also identifiziert? Die Tote vom Mosbrucher Weiher, meine ich?"

Laubach brummte etwas vor sich hin. Roger konnte seine Unruhe verstehen. In mancher Hinsicht ähnelte dieser Fall dem ersten Mord. Trotzdem konnte man nicht ganz ausschließen, dass hier verschiedene Täter am Werk gewesen waren. Voreilige Schlüsse durfte Laubach sich nicht erlauben. Aber wie dem auch sei, keine Variante gab Grund für Optimismus, soweit es Edith betraf. Laubach zog eine Kaugummipackung hervor und hielt sie Roger hin.

„Nein, danke", sagte der und fragte sich, warum ihn Laubach in die polizeilichen Ermittlungen einbezogen hatte.

Jetzt steckte sich der Kommissar selbst einen Kaugummistreifen in den Mund und kaute, was seine Zahnblomben hergaben.

„Der Pathologe meint, sie wäre erst seit vier oder fünf Tagen tot. Das würde bedeuten, da Susana Kessler bereits seit mehr als einer Woche vermisst wurde ..."

„... dass sie der Mistkerl ein paar Tage gefangen gehalten haben muss", kam es ihnen fast gleichzeitig über die Lippen.

„Aber warum lässt er sie so lange am Leben? Ich meine, er geht doch damit ein beachtliches Risiko ein."

„Nun, vielleicht, weil er nicht ganz bei Trost ist." Laubach kaute missmutig auf seiner Lippe. „Und trotzdem verstehe ich nicht ganz, was hier abgeht", spann er den Faden weiter. „Werden Frauen verschleppt und getötet, dann liegt meistens ein sexuelles Motiv vor. Der Täter tötet seine Opfer, sobald er sich befriedigt hat. Warum sie also noch mehrere Tage gefangen halten? Das ergibt irgendwie keinen Sinn. Hoffentlich weiß unser Psychologe etwas damit anzufangen. Und nun sind zwei Frauen so kurz hintereinander verschwunden. Oh, sorry!" Er bemerkte seinen Fehler sofort. „Ich wollte natürlich damit nicht sagen, dass Edith ..."

„Nein, ist schon in Ordnung", murmelte Roger beschwichtigend. Beide wussten, was der andere dachte. *Er würde es wieder tun.*

„Na schön." Laubach räusperte sich. „Hier kommen wir wohl im Moment nicht weiter."

Roger warf einen Blick zur Seite. Laubach sah müde aus. „Kann ich dir irgendwie behilflich sein", fragte er und glaubte für einen Moment, Laubach würde darauf noch etwas sagen, doch der wandte sich ab und ging zur Tür. Roger folgte ihm schweigend.

Konrad Hendges vergewisserte sich durch das Schaufenster, dass Andrea anwesend war. Dann rückte er seinen Hemdkragen zurecht und betrat die Boutique.

„Conny? Was machst du denn hier?" Hocherfreut lächelte Andrea ihm im Spiegel zu. Sie händigte der Kundin schnell zwei, drei Kleidungsstücke zum Anprobieren aus. Dann drehte sie sich um und berührte ihn am Arm. Ihre Augen leuchteten. Ganz offensichtlich war ihm die Überraschung gelungen.

„Neulich musste ich dich ja leider wegen meines Termins versetzen", erwiderte er lächelnd. „Deshalb habe ich gedacht, ich komme heute mal vorbei und sehe mir deinen Laden an."

Er sah sich im Verkaufsraum um. Es gab etliche Ständer mit Frauengarderobe, Regale voller Pullover und anderen Strickwaren, eine hübsche Arbeitstheke zum Falten und Einpacken der Ware, einen großen Spiegel, sowie zwei Umkleidekabinen. Auch der Laminat-Fußboden, ein Buchenholzimitat, entsprach durchaus dem üblichen Standard. Die Wände waren hell gestrichen und passten gut zu den Sitzmöbeln aus Rattan. An ihnen hingen Fotos von elegant gekleideten Frauen.

„Ganz beachtlich", sagte Konrad, ohne erkennen zu lassen, ob ihm die Einrichtung gefiel oder nicht. Andrea strahlte ihn an.

„Ich habe hart dafür gearbeitet, um mir die Boutique leisten zu können, das kannst du mir glauben. Zum Glück läuft das Geschäft immer besser."

„Kein Wunder", meinte Konrad. „Bei deinem Talent musst du einfach Erfolg haben."

„Das ist aber lieb von dir gesagt." Sie formte einen Kussmund für ihn, wandte sich dann aber wieder ihrer Kundin zu, die inzwischen aus der Umkleidekabine zurückgekommen war, und steckte den Saum einer Hose mit Nadeln ab. „Ich kann mich zwar mit dir unterhalten, muss aber trotzdem meine Arbeit tun. Heute ist hier echt 'ne Menge los."

„Ich will dich auch gar nicht lange aufhalten", sagte er kurzentschlossen. „Wollte nur mal fragen, ob du Zeit hast, mit mir Mittag essen zu gehen?"

„Oh, das täte ich wirklich gern, Konrad, aber heute geht es leider nicht. Ich habe noch Arbeiten zu erledigen, die ich nicht aufschieben kann. Terminsache, wenn du weißt, was ich meine. Meine Kundinnen hätten ihre Kleider am liebsten bereits gestern geändert." Sie machte ein übertrieben trauriges Gesicht.

„Und wie wär's mit heute Abend?" Konrad wusste, wie sehr Andrea ihre gemeinsamen Abendessen liebte.

„Geht leider auch nicht. Es tut mir so leid, Conny, aber ich habe um sieben einen Termin bei meinem Steuerberater, und wie lange das dauert, vermag ich nicht zu sagen."

Eine weitere Kundin betrat den Laden. In einer Hand hielt sie eine Plastiktüte und in der anderen eine zusammengerollte Zeitung.

„Hallo, Andrea", grüßte sie freundlich und setzte sich nach einem Blick auf die erste Kundin in eines der Rattanmöbel, griff gelassen nach der Zeitung, die sie mitgebracht hatte und schlug die erste Seite auf.

„O.k., dann halt bis morgen, auch wenn ich nicht weiß, wie ich den heutigen Abend ohne dich verbringen soll", sagte Konrad und tat ein wenig enttäuscht. Er war wieder ganz der Gentleman.

„Mir geht es doch ganz genauso", erwiderte Andrea. „Aber morgen klappt es ganz bestimmt."

„O.k., sagen wir um acht?", fragte er.

„Abgemacht." Sie nickte. „Also dann bis morgen!"

Konrad zwinkerte ihr zu und wandte sich zum Gehen. Vor der Sitzecke aus Rattan verlangsamte er noch einmal seine Schritte. Die Kundin faltete rasch ihre Zeitung zusammen und legte sie auf den Tisch. Sein Lächeln erwiderte sie nicht.

„Nun sag schon, Andrea", fragte Rita neugierig, als Konrad verschwunden war, „ist das dein neuer Freund?"

Rita war eine von Andreas Stammkundinnen und gehörte fast schon zum Inventar. Auch wenn sie nicht immer etwas kaufte, so schaute sie doch beinahe täglich bei ihr vorbei und sei es nur, um einen Kaffee zu trinken und ein Schwätzchen zu halten. Andrea nahm sich immer ausgiebig Zeit für Ihre Kundinnen. Schnelle Geschäfte waren nicht ihr Ding.

„Ja, ganz genau." Andrea lächelte ihr zu und nickte bejahend. „Das ist er."

„Scheint ein netter Kerl zu sein."

„Oh ja, das ist er. Er ist wundervoll. Schau mal, was er mir geschenkt hat."

Voller Stolz hob sie die Kette mit dem ausgefallenen Anhänger, damit Rita sie bewundern konnte.

Die reagierte merkwürdig reserviert. „In der Tat, ein sehr

schönes Stück", sagte sie vorsichtig und beäugte das Schmuckstück. „Muss eine schöne Stange Geld gekostet haben. Woher er sie wohl hat?"

„Keine Ahnung, das hat er mir nicht gesagt. Aber seitdem er mir die Kette geschenkt hat, trage ich sie jeden Tag", sagte Andrea stolz. „Ich hab' vielleicht ein Glück, was?"

Jetzt mischte sich auch die andere Kundin in das Gespräch. Neugierig blickte sie auf das Schmuckstück. „Ich schätze, die ist aus echtem Gold", sagte sie mit einem Kennerblick. „Da haben sie aber wirklich Glück."

Rita nahm die Zeitung wieder auf, die vor ihr auf dem Tisch lag, glättete sie und beugte sich darüber, um den Artikel zu Ende zu lesen, den sie angefangen hatte.

Kommissar Laubach von der Kriminalpolizei in Daun hat die Fotografie dieses Schmuckstücks freigegeben, dass womöglich in Zusammenhang mit dem Mordopfer vom Mosbrucher Weiher steht. Für sachdienliche Hinweise wenden Sie sich bitte direkt an die Kriminalpolizei in Daun.

Sie war baff und wusste nicht, ob sie Melanie etwas sagen sollte. Vielleicht war das Ganze auch ein Irrtum, oder es gab mehrere dieser Anhänger? In jedem Fall wollte sie sicherstellen, dass Andrea den Artikel zu Gesicht bekam. Also legte sie die Zeitung so auf das Tischchen, dass die Abbildung nach oben zeigte. „Ich rufe dich später an", rief sie ihr zu und verließ die Boutique mit bohrendem Zweifel, ob sie wohl richtig gehandelt hatte.

DREIUNDZWANZIGSTES KAPITEL

Freitag, 05. August 2011

Die Presse befand sich in einem selbsttragenden Rausch. Die Nachricht, dass Susana Kesslers Leiche gefunden worden war, schlug in Kelberg wie eine Bombe ein. Niemand konnte jetzt noch die Augen davor verschließen, dass hier schreckliche Dinge vor sich gingen. Und man hatte Angst davor, dass es noch weitere Opfer geben könnte. Plötzlich stand die Vulkaneifel wieder im Mittelpunkt des öffentlichen Interesses. Reporter aus ganz Rheinland Pfalz und den umliegenden Großstädten waren nach Daun gekommen, sie witterten die ganz große Story. Auch wenn Kommissar Laubach zunächst versuchte, die Lage zu entspannen, kam er an einer Pressekonferenz nicht mehr vorbei. Mehr als ein Dutzend Presseleute belagerten das Polizeipräsidium in Daun. Radioreporter mit enormen Mikrofonen, ein Fernsehteam mit Videokameras, Männer und Frauen mit Notizblöcken und Aufnahmegeräten. Laubachs Sekretärin achtete wachsam darauf, dass alle Besucher sich am Eingang mit Namen, Adresse und Auftraggeber eintrugen. Nachdem sich nach einigen Platzrangeleien alle gesetzt hatten, trat Laubach an das Pult an der Stirnseite des Raumes und stellte sich vor. Ein Reporter vom *Volksfreund* feuerte umgehend die erste Frage ab: „Herr Kommissar, trifft es zu, dass man hier in der Vulkaneifel eine zweite Frauenleiche gefunden hat?"

Laubach versuchte geduldig zu wirken. „Leider ja."

Aufgeregtes Gebrummel machte sich breit unter den Presseleuten.

„Darf ich Sie fragen, welche Erkenntnisse Sie in dem neuen Fall besitzen?"

„Nun ja", Laubach zögerte. „Zunächst mal kann ich Ihnen mitteilen, dass es uns bereits gelungen ist, die Tote zu identifizieren. Es handelt sich eindeutig um die vermisste Susana Kessler aus Kelberg. Sie ist eindeutig einem Gewaltverbrechen zum Opfer gefallen. Wir haben einige Anhaltspunkte über die Tat, allerdings fehlen uns derzeit noch konkrete Hinweise auf den Täter. Derzeit haben wir hier eine Sonderkommission unter meiner Leitung gebildet, die diesem Fall oberste Priorität einräumt."

Die Reporter redeten fast gleichzeitig los. Etliche kritzelten eifrig etwas auf ihre Notizblöcke. Blitzlichter flammten auf. Handys klingelten.

„Darf ich Sie um Ruhe bitten?", ermahnte Laubach die anwesenden Journalisten.

„Gibt es eine Verbindung zum ersten Mordfall?", wollte jemand wissen.

„Dazu kann ich zu diesem Zeitpunkt leider keine Auskunft geben", sagte der Kommissar und blickte für den Bruchteil einer Sekunde hinüber zu seiner Sekretärin. Einen Moment lang herrschte völliges Schweigen.

„Die Bevölkerung ist sehr beunruhigt, Herr Kommissar. Neben den zwei Morden wird anscheinend auch noch eine dritte Frau vermisst. Glauben Sie, dahinter könnte ein Serientäter stecken?", fragte ein Reporter der Eifelzeitung.

„Wie bereits gesagt, meine Damen und Herren. Ich kann Ihnen keine Einzelheiten zu den laufenden Ermittlungen nennen. Sobald wir etwas Konkretes haben, werden wir Sie umgehend informieren. In der Zwischenzeit versichere ich ihnen, dass wir alles tun werden was in unserer Macht steht, um die Geschehnisse aufzuklären."

„Herr Kommissar, es gibt Berichte, nachdem der Täter im Fall der getöteten Susana Kessler besonders brutal vorgegangen ist. Würden Sie dazu etwas sagen wollen?"

Damit hatte man Laubachs wunden Punkt getroffen. Schon lange hatte es in der Eifel kein solch furchtbares Verbrechen mehr gegeben. Der Mord an Sandra Mayer war schon schlimm genug, aber was der Verrückte mit der armen Susana Kessler angestellt hatte, widersprach jeglicher Vorstellungskraft. Und hier saß er nun. Er, der ehemalige Hauptkommissar aus der Großstadt Köln, und hatte nichts, absolut gar nichts in den Händen. Wie gerne hätte er es allen einmal gezeigt und seine Fähigkeiten unter Beweis gestellt. Er wollte gerade irgendetwas erwidern, da wurde bereits die nächste Frage gestellt.

„Herr Kommissar, wir haben gehört ..."

Laubach nutzte den sich unverhofft anbietenden Ausweg.

„Hörensagen und Mutmaßungen führen leider meist allzu schnell in falsche Richtungen. Ich halte mich lieber an Fakten, und darüber muss ich aus Ermittlungsgründen derzeit noch schweigen. Vielen Dank, dass sie so zahlreich erschienen sind, meine Damen und Herren. Das ist im Moment leider alles, was ich Ihnen sagen kann. Selbstverständlich werden wir sie auf dem Laufenden halten."

Mit diesen Worten verließ er demonstrativ das Rednerpult.

Noch während die Reporter aufstanden und ihre Geräte einsammelten, wandte sich Laubach an Renate Hübscher, die sich mit den Teilnehmeradressen zu ihm durchgekämpft hatte.

„Wenn diese Meute nun ihre schöne Heimat in der Wahrnehmung der Öffentlichkeit als unsicher und gefährlich darstellt, dann gute Nacht Eifel. Die kommende Feriensaison können Sie getrost vergessen."

Er dachte an seinen letzten Besuch in Kelberg. Schon jetzt ging die Bevölkerung dort auf Distanz zu den vielen Fremden, die aus reiner Neugierde in das Eifeldorf kamen. Das war ein deutliches Zeichen für aufkommendes Misstrauen. Selbst untereinander schien man sich nicht mehr zu trauen. Einen Abend stritten sich Nachbarn über den Rauch eines spontanen Grillfestes. Es kam zu einer wilden Prügelei. Bei anderen wurden Fenster mit Ziegelsteinen eingeworfen, scheinbar ganz ohne Grund. Günnie im Geuerich beklagte das Ausbleiben seiner Stammgäste. Lautstark beschwerte man sich über die Polizei, ganz besonders in Person von Kommissar Laubach, der es offenbar einfach nicht fertigbrachte, den Mörder zu fassen. Kurzum, die Nerven lagen blank.

Laubachs eigene Nerven auch. Wenn er den in die Finger bekam, der die Presse vorzeitig informiert hatte ... Da kamen nicht allzu viele Leute in Frage.

„Und jetzt schaffen Sie mir meinen ehemaligen Schulkameraden Roger Peters herbei! Dieser verdammte Amateurdetektiv! Der glaubt wohl, dass er mich verarschen kann!"

Laubachs Gesicht war krebsrot vor Wut. Sein Gemüt fuhr Achterbahn.

Kurz darauf klingelte bei Roger Peters das Telefon.

„Kommissar Laubach will Sie sehen", sagte eine freudlose weibliche Stimme.

„Guten Tag, Herr Peters, wie geht es Ihnen, Herr Peters? Gut, danke, und Ihnen? Wer spricht denn da überhaupt?"

„Sofort", sagte die weibliche Stimme und legte auf.

Roger holte tief Luft und versuchte, das komische Gefühl in seiner Magengegend zu ignorieren. „Das glaubst du jetzt nicht, Diana. Das war der gute Kloppe Laubach, beziehungsweise seine Sekretärin. Ich glaube, er hat das Notizbuch bekommen. Der große Meister bittet um eine Audienz. Kommst du mit nach Daun?"

Diana bejahte sofort. „Du weißt doch: Mitgehangen, mitgefangen", sagte sie und lächelte.

„O.k., wir beeilen uns besser. Wenn seine Sekretärin ein Anhaltspunkt ist, dann hat der große Meister derzeit extrem schlechte Laune. Vermutlich, weil ihm der Arsch auf Grundeis geht und er überhaupt nichts in der Hand hat, was ihm bei diesem Fall weiterhelfen könnte. Also komm schon, wir wollen ihn nicht warten lassen."

Der MG parkte vor Ediths Haus. Der Anblick seines grünglänzenden Lacks wirkte wie ein Elixier auf ihn, ebenso der Geruch des Innenraumes, als er die Tür öffnete. Es roch nach Leder, Öl und Bakelit. Roger versank im Sitz, und als beim Anlassen der Edelstahlauspuff röhrte, war ihm so, als hörte er die Stimme eines alten Freundes. Es tat gut, noch einen alten Freund zu haben, der sich nicht verändert hatte, auch wenn es nur ein chromglitzerndes Auto aus den 70er Jahren war. Ganz im Gegenteil zu Kloppe Laubach.

Keine halbe Stunde später trotteten sie den Korridor hinauf zur Kriminalabteilung. Laubachs Sekretärin saß an ihrem Schreibtisch und tippte irgendetwas in den Computer ein. Ein kleines silbernes Schild wies sie als Frau Hübscher aus. Roger konnte sich ein Grinsen nicht verkneifen. Sie war klein, rundlich und hatte einen stechenden Blick. Es war fast unmöglich, ihr Alter zu schätzen, da das blasse Kostüm jeder Frau zwischen zwanzig und sechzig ein so nichtssagendes Äußeres verliehen hätte, dass man sie bereits beim Herausgehen wieder vergessen würde. Beim Sprechen waren ihre Hände ständig in Bewegung. Roger erinnerte sich vage, sie irgendwo schon einmal gesehen zu haben, aber damals hatte sie eine Uniform getragen.

„Ah, sieh mal einer an. Herr Peters und Begleitung", sagte sie emotionslos. „Gehen Sie nur durch. Hinten im Flur, erste Tür rechts. Der Kommissar erwartet sie schon."

Kommissar Laubach stand am Fenster und blickte auf den nicht enden wollenden Verkehrsfluss unten auf der Straße.

„Wird auch immer schlimmer", sagte er anstelle einer Begrüßung und deutete auf die beiden leeren Holzstühle vor seinem Schreibtisch. Auf seiner Schreibunterlage lag neben einer Anhäufung von Papieren und Dokumenten Melanie Ackermanns schwarzes Notizbuch. Laubach stützte sich schwer auf den Schreibtisch. „Ihr beide kommt euch wohl ungemein clever vor, nicht wahr? Habe ich euch nicht eindeutig zu verstehen gegeben, dass eure private Schnüffelei in diesem Fall nicht erwünscht ist?"

Diana und Roger Peters sahen sich an.

„Und dazu kommt jetzt auch noch die Unterschlagung von Beweismitteln."

„Hey, Kloppe! Jetzt lass aber mal die Katze im Sack." Roger wurde langsam wütend. „Wir wollten dir nur ein wenig unter die Arme greifen. Ich meine, Susana ist tot und Edith verschwunden. Da kannst du doch unmöglich von mir verlangen, dass ich zu Hause herumsitze und Däumchen drehe. Ich denke, jemand sollte endlich versuchen, dieses unmenschliche Ungeheuer zu erwischen."

„Und das wollt gerade ihr sein?"

Laubach war aufgestanden und ging hinüber zu einem der Wandschränke. Er zog einen Schlüssel aus seiner Tasche und schloss auf. Dann winkte er Roger Peters an, er möge zu ihm kommen, und zeigte auf ein paar Ordner, die dort mit einem Band umwickelt auf der Seite standen.

„Sieh dir das mal an! Das sind die Albträume meiner schlaflosen Nächte", sagte er sarkastisch. „Was ich hier habe, sind drei alte Mordfälle, die noch nicht aufgeklärt sind. Doch eigentlich sind es noch nicht einmal meine Fälle. Sie stammen noch von meinem Vorgänger, genauso wie meine Sekretärin. Ich habe sie bestimmt schon zehnmal in den Fingern gehabt, seitdem ich hierher versetzt wurde, und werde sie mir auch zukünftig wenigstens einmal im Jahr durchsehen, damit ich nichts vergesse, verstehst du? Es kommt sogar vor, dass ich von ihnen träume. Den meisten Kollegen geht es nicht so. Die machen ihren Job und wenn sie nach Hause gehen, vergessen sie alles, womit sie sich beschäftigt haben. Aber ich kann das einfach nicht. Drei Mordfälle, auch wenn sie schon Jahre zurückliegen. Hier, ein zwanzigjähriges blondes Mädchen, sie lag damals erdrosselt hinter Büschen an der Auffahrt zur A1. Silvia R., stammte auch aus der Vulkan-Eifel, und war erst achtzehn Jahre alt, ebenfalls blond. Ihr hat jemand den Kopf mit einen Stein zerschmettert und schließlich noch eine Blondine: Monika D, sie ist mit aufgeschlitzter Kehle aufgefunden worden. Genau neben der Straße, die nach Adenau führt. Ein verdammter Köter hat sie aufgestöbert, sonst hätten wir sie wohl niemals gefunden. Stammte aus einer angesehenen Familie, die Kleine. Eine Studentin. Sie wollte zum Joggen gehen, ist aber dann nie mehr zurückgekommen. Erst nach einem halben Jahr hat man sie gefunden."

Laubach schloss den Aktenschrank wieder, sah sie an und zog die Augenbrauen hoch.

„Das hier ist kein Spiel, sondern bitterer Ernst, kapiert ihr das jetzt? Ich möchte unbedingt vermeiden, dass die beiden Mordfälle Sandra Meier und Susana Kessler wie all die anderen ungelöst in diesem Archiv landen. Es wäre besser, ihr würdet euch ein anderes Hobby suchen."

„Hobby?", wiederholte Roger ungläubig und konterte den scharfen Blick seines Schulfreundes. Irgendwie gelang es ihm, nicht vor Wut zu zittern. „Du glaubst also, ich sei so eine Art Amateurdetektiv?", fragte er sarkastisch. „Eines möchte ich klarstellen. Es geht mir nur um Edith und darum, dass wir dieses Monster finden. Kannst du oder willst du mich nicht verstehen?"

Laubach regte sich nicht, und einen Moment wirkte er, als würde er meditieren.

„Also gut", meinte er schließlich. „Ihr beiden seid keine Hobbydetektive. Nun, was könnt ihr mir dann zu dem großen Unbekannten sagen?"

„Der zeigt halt die üblichen Grundzüge", antwortete Diana, die bisher geschwiegen hatte. „Jemand mit heimlichen Aktivitäten, der durchgedreht ist und eine Art Aussage treffen möchte. Er wird es vermutlich wieder tun, aber nicht, weil er damit maximale Aufmerksamkeit erregen möchte, sondern weil er das Gefühl hat, diese schrecklichen Dinge tun zu müssen. Somit ist er der typische Serienmörder."

Laubach war platt. Er hatte seine lockere Haltung aufgegeben und stand jetzt mit geballten Fäusten vor ihnen.

„Was meinen Sie damit, Serienmörder?"

Diana war sich sicher, dass alle Beteiligten genau wussten, was sie damit meinte und setzte ihr unschuldig-neugieriges Gesicht auf.

„Ich hätte dich warnen müssen, Kloppe", warf Roger ein und deutete auf seine Begleiterin. „Sie ist verdammt gut."

Laubach stieß die Luft aus und nickte mit dem Kopf. „Sieht beinahe so aus", bestätigte er seufzend. Er malte mit den Kiefern und lockerte seine Fäuste. Dann setzte er sich an seinen Schreibtisch, lehnte sich mit sichtlicher Anstrengung zurück und versuchte, wieder entspannt zu wirken.

„Also gut, nun sagt schon, was ihr über Adrian Ackermann wisst."

Frau Hübscher brachte ein Tablett mit Kaffee. Roger hatte fast den Eindruck, dass sie sich verzweifelt Gesellschaft und Beschäftigung wünschte. Aber vielleicht war es auch bloße Neugier? Sie machte sich an den grünen Aktenschränken in der Ecke zu schaffen.

„Was suchen Sie denn gerade jetzt?", bellte Laubach seine Sekretärin an.

„Nun, äh ... ich dachte ... ich werde vielleicht hier gebraucht. Frau Hübscher verharrte in Erwartung seiner Antwort und spielte dabei mit einer billigen Kette aus bunten Steinen, an der ihre Hornbrille hing. Dem Kommissar gelang es gerade noch, sein verächtliches Schnauben in ein Husten zu verwandeln. Mit einer lässigen Handbewegung deutete er an, sie möge sein Büro verlassen. Sie zog den Kopf zwischen die Schultern und verließ den Raum.

„Leider wissen wir nicht viel über Ackermann", nahm Roger den Faden auf, als sie gegangen war. „Allerdings hat er offensichtlich die Unwahrheit gesagt. Wir haben natürlich das Reisetagebuch seiner Frau gelesen. Darin befindet sich nicht der kleinste Anhaltspunkt zu außergewöhnlichen Streitigkeiten zwischen den Eheleuten und schon gar keine Angaben darüber, wann oder warum Melanie ihren Mann verlassen hat. Einzig und allein scheint Ackermann sehr aufbrausend zu sein und schnell die Geduld zu verlieren. Ich glaube, Melanie hat sogar einmal von Persönlichkeitsveränderung gesprochen."

„Ist mir gar nicht aufgefallen", bemerkte Laubach. Nachdenklich fügte er hinzu: „Da hat Ackermann doch kürzlich einen Bestseller veröffentlicht. *Wiege des Bösen*, lautet der Titel. Darin geht es um bestialische Frauenmorde in allen Einzelheiten, aber daraus kann ich ihm doch keinen Strick drehen. Und trotzdem ... In Köln hatten wir auch mal so eine verzwickte Sache. Ich war damals kurz beim Rauschgiftdezernat. Da hatten Kollegen einen heißen Tipp bekommen, und danach so einen schleimigen Typen in der Mangel. Ich meine, sie haben ihn tagelang verhört und waren sich sicher, dass er das Schwein war, das Schulkinder mit dem Zeug versorgte, aber er hatte alles vehement bestritten. Da mussten sie ihn wieder laufen lassen. Doch dann stellten sie ihm eine verdammt gute Falle und kriegten ihn schließlich doch noch. War ziemlich gut geplant gewesen, damals." Er biss sich auf die Unterlippe.

„Was meinst du damit?", fragte Roger. Laubach spielte mit einem Kugelschreiber. Als er das Ding endlich vor sich hinlegte und redete, fühlte es sich an, als sei die Temperatur im Raum um zehn Grad gefallen.

„My friends", sagte er bestimmend, „ich will euch keine Schwierigkeiten machen, aber ihr müsst die Finger davon lassen. Diese Sachen sind etwas für Profis. Hört auf, sucht euch eine andere Beschäftigung. Sonst steckt ihr bald tief in der Scheiße und jemand wird euch runterspülen. Ist das deutlich genug?"

Es war deutlich genug.

VIERUNDZWANZIGSTES KAPITEL

Sie geduldeten sich. Früher oder später würde sich eine Chance ergeben, die sie nutzen konnten. Und richtig, nur drei Tage danach, am 08. 08. 2011, klingelte das Telefon.

„Gottverdammt", meldete sich Renate Hübscher ohne Einleitung.

„Uns geht es gut, und Ihnen?", fragte Roger Peters sarkastisch.

„Der Kommissar macht mich wahnsinnig", sagte sie. „Er meint, man könnte nichts anderes tun, außer zu warten, aber er will mir nicht sagen, worauf er wartet, stattdessen wird er von Tag zu Tag mürrischer. Manchmal verschwindet er für acht oder zehn Stunden und sagt mir nicht, wo er gewesen ist. Danach sitzt er an seinem Schreibtisch, grübelt und schimpft, ohne dass ich eine Ahnung habe, was in ihm vorgeht."

„Nun, Frau ... äh, Fräulein Hübscher, wir wissen leider auch nicht, was in ihm vorgeht. Ich fürchte, wir können nichts anderes tun, als ihnen unser Mitgefühl auszusprechen."

„So? Also ich glaube, dass ihr eine verdammte Menge mehr tun könntet!", erwiderte sie sofort.

Roger Peters seufzte vor sich hin, hauptsächlich ihr zum Gefallen. Seufzer machten sich immer gut am Telefon.

„Sie sind doch so etwas wie ein Freund von ihm, Herr Peters. Ich will, dass sie ihm helfen, diesen Mistkerl zu finden! Und ich will es ihm selbst unter die Nase reiben. Es hat mit Respekt zu tun, verstehen Sie?"

Roger überlegte. Erst jetzt verstand er, warum sie ihn angerufen hatte.

„Aha, gut, jetzt ergibt es Sinn", antwortete er langsam.

Sie schwieg, dann äußerte sie scheinbar beiläufig: „Der Kommissar hat ein paar interessante Sachen über Adrian Ackermann herausgefunden. Unter anderem gibt es Briefe von Melanie an ihre Mutter und umgekehrt."

Roger beobachtete, wie sich Diana auf dem Sofa räkelte, mit Luna spielte und definitiv anfing zu knurren.

„Ich hätte ihm sehr gerne schon viel früher meine Hilfe angeboten. Und wenn Sie mir endlich sagen würden, was Sie haben?"

„Momentan leider nicht sehr viel", sagte sie. Ihre Stimme klang besorgt.

„Scheiße", entfuhr es Roger. „Ich dachte ..."

„Aber die Briefe. Ich könnte vielleicht die Briefe kopieren?"

„Wie bald?"

Laubachs Verhalten ihm und Diana gegenüber hatte ihn verärgert. Von wegen in der Scheiße stecken und runterspülen. Das war reine Gossensprache. *Wer schreibt bloß sein Drehbuch? Und nun ruft seine Sekretärin an und bittet uns um Mithilfe.* Er wollte sich revanchieren und prompt fiel ihm etwas ein.

„Wie wär's mit einem Mittagessen?", fragte er.

„Warum nicht? Meine Pause beginnt um dreizehn Uhr", erwiderte sie. Roger verstand es als Einverständnis.

„Also gut, sagen wir gegen dreizehn Uhr im Schloss Hotel. Dann habe ich was für sie. Einen Plan. Und bringen Sie am besten gleich die Kopien von Melanies Briefen mit."

„Da hast du aber wohl ein bisschen dick aufgetragen", meinte Diana, als er aufgelegt hatte. Sie wurde immer noch von Luna in Beschlag genommen. „Woraus sollen wir denn jetzt so schnell einen Plan stricken? Es gibt nur sehr wenig, an das wir anknüpfen können."

Roger ließ die Frage erst einmal unbeantwortet im Raum stehen. Vielleicht würde sein Gehirn auf Hochtouren kommen, wenn er es mit etwas Treibstoff versorgte. Er ging in die Küche und fand einen Joghurt. Der schmeckte zwar sehr gut, entzündete aber leider kein mentales Feuerwerk. Roger warf den Plastikbecher in den Müll und sah auf die Uhr. Volle fünf Minuten waren bereits vergangen und er hatte es bereits geschafft, herauszubekommen, dass es nichts herauszubekommen gab.

Bravo Roger, bravo Diana. Es gab wirklich nur wenige Anhaltspunkte. Tatsächlich ähnelten sich die Opfer vom Typ her, und sie hatten in Adrian Ackermann den einzigen und nahezu perfekten Verdächtigen. Ihm musste einfach etwas einfallen, um an den Mann heranzukommen. Vielleicht konnte man ihn ein wenig in die Enge treiben? Er dachte daran, was ihm Laubach erzählt hatte. Von wegen Falle stellen, und so weiter ... Und da formte sich plötzlich tatsächlich eine Idee. Eine prächtige, wie er fand. Aber würde sein ehemaliger Schulkamerad überhaupt mitspielen? *Besser er weiß nichts davon! Aber trotzdem werde ich einige Helfer benötigen. Wird langsam Zeit, dass ich mit den Leuten spreche.*

„Diana, bist du fertig?"

Das Kurfürstliche Amtshaus war ein recht vornehmer Laden, in dem man normalerweise ohne Vorbestellung keinen Tisch bekam. Der Grund dafür war neben exklusiven Speisen die schöne Aussicht über die Stadt. Fräulein Hübschers rauer Charme mochte den Oberkellner bestochen haben, denn sie saß bereits an einem der begehrten Tische und arbeitete sich durch eine Flasche Mineralwasser und eine Platte mit undefinierbaren Meeresfrüchten. Sie trug wieder ein blasses, cremefarbenes Kostüm – offenbar ihr Markenzeichen – und Gesundheitsschuhe. Diana und Roger setzten sich zu ihr.

„Roger sagte, Sie hätten etwas für uns", kam Diana direkt auf den Punkt.

„Ich hoffe, dass ich etwas habe", antwortete Laubachs Sekretärin vorsichtig, griff nach ihrer Handtasche und zog einen braunen Umschlag hervor. Sie zögerte kurz, legte ihn aber dann auf die Tischplatte.

„Das sind die Briefe", sagte sie. „Melanies Mutter schien wegen der langen Seereise sehr beunruhigt zu sein. Sie befürchtete wohl, ihrer Tochter könnte etwas zustoßen. Die Briefe enthalten vage Anzeichen von Abneigung gegen ihren Schwiegersohn."

Roger blickte zu Diana, die starrte wortlos zurück

„Und was soll das beweisen?" Er war skeptisch, ohne die Briefe gelesen zu haben. Ja, wenn Melanie sich bereits bedroht gefühlt oder es sonst einen Anlass gegeben hätte, aber so …

„Vielleicht hab ich da etwas Besseres", sagte er in einem Tonfall, von dem er hoffte, dass er beiläufig und trotzdem geheimnisvoll klang. „Aber ich muss vorsichtig sein, damit ich nicht runtergespült werde ..."

Frau Hübscher sah ihn einen Augenblick an, dann schüttelte sie den Kopf, und ein widerstrebendes Lächeln verzog ihren Mund um ein paar Millimeter.

„Geschenkt", sagte sie, „das ist Laubachs Lieblingsredewendung, und sie würden staunen, wenn sie wüssten, wie oft ich mir diesen Satz schon habe anhören müssen."

Roger reichte ihr einen Computerausdruck. Frau Hübscher runzelte die Stirn und faltete das Blatt auseinander.

„Was ist denn das?", fragte sie.

„Das sind alles Angebote des Immobilienmaklers Stephani. Vergleichen Sie einmal die einzelnen Objekte miteinander. Sie werden eine erstaunliche Entdeckung machen. Die Namen der Mordopfer stehen auf der Liste, besser gesagt, ihre Immobilien werden zur Vermietung angeboten. Und jetzt noch, als kleines Zubrot sozusagen: Darunter befindet sich auch die umgebaute Scheune des Schriftstellers Adrian Ackermann. Ist sogar als Objekt des Monats eingetragen. Und genau da haben wir den berühmten roten Faden ..."

Laubachs Sekretärin beugte sich vor wie ein begieriger Spürhund. „Verdammt", sagte sie. „Darauf hätten wir selber kommen müssen. Wirklich sehr gute Arbeit, Herr Peters." Sie nickte und schnipste mit dem Finger gegen das Papier. „Den Geldfluss verfolgen. Funktioniert immer."

„Selbstverständlich ist das alles ohne Gewähr", sagte Roger.

„Aber ihr habt doch bereits einen Plan, nicht wahr?" Ihre Augen zeigten eine Spur von Hoffnung und Neugierde.

„Lange Geschichte", meinte Roger.

„Das bedeutet, dass er Ihnen nichts erzählen will", ergänzte Diana dazwischen.

„Wenn das so ist, dann nehme ich noch ein paar Shrimps", erwiderte die Sekretärin, beugte sich vor und kratzte etwas Rötliches von der Platte. „Hm, die sind wirklich gut."

Sie putzte ihre Platte leer. Dann lehnte sie sich zurück und musterte ihre Gegenüber. „Also, kommt schon", sagte sie. „Ihr habt doch sicher eine Idee, wie wir an Ackermann herankommen?"

Roger legte seine Hand auf ihre und lächelte sie strahlend an. Er bemerkte ihr kurzes Erröten, als er sagte: „Ich werde erst einmal zu Mittag essen," und griff mit der anderen Hand nach der Karte. Renate Hübscher betrachtete einen Moment lang sein Profil. Dann zog sie ihre Hand weg.

„So ein Mist", schimpfte sie gedämpft. „Nichts habt ihr, gar nichts!"

Das Essen war wirklich ausgezeichnet. Diana und Roger Peters bemühten sich, kumpelhaft und freundlich zu agieren, ganz so, als hätten sie beschlossen, wenigstens charmant zu sein, wenn sie schon nicht die Wahrheit sagen wollten. Dieser Trick funktionierte nach Rogers Erfahrungen immer, auch wenn Frau Hübscher darüber nicht besonders glücklich zu sein schien. Sie schmollte und stocherte in ihrem Salat herum, den sie erst nach der Hauptspeise in Angriff genommen hatte.

Diana und Roger bestellten sogar Nachtisch, auch wenn es

ihnen im Nachhinein ein wenig übertrieben vorkam, ihre Antwort so lange hinauszuzögern.

Frau Hübscher hatte die ganze Zeit mühsam versucht, sich zu beherrschen. Als aber der Kellner einen enorm großen Schokoladenpudding vor Roger Peters auf den Tisch stellte, platzte ihr endgültig der Geduldsfaden.

„Möchten Sie nicht auch ..." setzte Roger an.

„Nein", fauchte sie zurück und knallte ihre Löffel demonstrativ auf den Tisch. „Ich will keinen verdammten Schokoladenpudding und auch keine Tasse Kaffee oder sonstwas. Ich will eine verdammte Antwort! Wann brechen Sie endlich auf, um den Typen zu erwischen?"

Roger Peters sah sie ein wenig überrascht, ja sogar mit einer gewissen Zuneigung an, ganz so, als wären löffelwerfende Frauen etwas Alltägliches.

„Darf ich vielleicht zuerst meinen Nachtisch aufessen?", erkundigte er sich freundlich.

FÜNFUNDZWANZIGSTES KAPITEL

Dienstag, 09. August 2011

Konrad blieb am Zeitungskiosk an der Ecke stehen und kaufte sich die aktuelle Ausgabe der Rheinzeitung. Wie er es sich angewöhnt hatte, begann er schon am Kiosk nach dem Sportteil zu blättern. Da fiel sein Blick auf den Aufmacher des Lokalteils. Konrad erstarrte. „Polizei von Daun bittet um Mithilfe im Mordfall Mosbrucher Weiher", stand da in breiten Lettern geschrieben.

Gezwungen ruhig beugte sich Konrad über die Seite und las den Artikel, so schnell ihn sein Gehirn aufnehmen konnte. *„Hauptkommissar Laubach aus Daun hat die Fotografie einer Kette freigegeben, die in Zusammenhang mit einem ungeklärten Mordfall in der Eifel steht."*

Dann beschrieb die Zeitung das Schmuckstück ausgiebig. Goldkette mit Anhänger, Jugendstil ... Und natürlich das verflixte Bild. *„Wir glauben, dass der Mörder dieses spezielle Schmuckstück als Trophäe mitgenommen hat und bitten alle Personen, denen ein solcher Anhänger in den letzten Tagen irgendwo aufgefallen ist, sich umgehend bei uns zu melden. Für sachdienliche Hinweise wenden Sie sich bitte di-*

rekt an die Kriminalpolizei in Daun."

„Ja, das würdest du mit Sicherheit tun." Konrad trommelte nervös mit den Fingern auf der Ablage herum. Als er merkte, dass ihn die Kiosk-Besitzerin fragend anstarrte, lächelte er verlegen, faltete die Zeitung zusammen und machte sich davon. Gedankenversunken lief er die Straße entlang.

Andrea! Was, wenn sie diese Zeitung zu Gesicht bekommt? Aber vielleicht hat sie ja auch gar nicht die Zeit, um darin zu lesen.

Dieses Problem beschäftigte ihn den ganzen Nachmittag. *Hoffentlich hat Andrea heute keinen Blick in die Zeitung geworfen*, sagte er immer wieder zu sich selbst.

Und falls doch ... Sie stellte jetzt ein verdammtes Problem für ihn dar, denn sollte sich auch nur ein Funke Misstrauen bei ihr regen, konnte das für ihn böse Folgen haben. Schlecht gelaunt ging Konrad nach Hause, legte die Zeitung auf den Tisch und schmiss sich aufs Sofa. In letzter Zeit war seine Hemmschwelle sehr niedrig geworden. Aber vielleicht spielte da Andreas Verhalten, egal ob Misstrauen oder nicht, ja gar keine Rolle mehr. Seine Pläne würde er deswegen auf keinen Fall ändern. Früher oder später würde er sie ohnehin umbringen müssen, doch zunächst war Edith an der Reihe. Er schloss die Augen und dachte an die Spiele, die er bereits mit seinem neusten Opfer gespielt hatte. Er spürte, wie er hart wurde, als er sich das Entsetzen in ihren Augen vorstellte. Dann sah er Andrea vor sich und erinnerte sich daran, wie sie sich geliebt hatten. *Ediths Körper, das Gesicht von Andrea, oder der Körper von Andrea und Ediths Gesicht. Das machte keinen Unterschied.*

Oder sollte er etwa beide zusammen ...? Der Gedanke kam ihm plötzlich. Warum eigentlich nicht? Zumal ihm bei Susana ein kleines Malör passiert war ...

Adrian Ackermann hatte sich mit dem Immobilienmakler Stephani in Daun verabredet. Während er jetzt nach Westen fuhr, trübte sich der Himmel ein. Binnen zehn Minuten fing es an zu regnen, ein starker Dauerregen, der die Hügel auslöschte und die Scheibenwischer des alten Mercedes zu Schwerstarbeit verdonnerte.

Warum nur regnet es auf einmal so viel?, fragte er sich und betrachtete die Windschutzscheibe, gegen die der Regen prasselte. Die Bäume bogen sich im Wind. In der Ferne ertönte lautes Donnergrollen. Ein heftiges Sommergewitter suchte die Eifel heim. Seit mehreren Tagen ging das jetzt fast jeden Nachmittag so. Ackermann fühlte eine schwere Mattigkeit in sich aufsteigen. *Warum nur habe ich mich gerade für heute mit Stephani verabreden müssen?*

Querfeldein gesehen war Ulmen etwa zwölf Kilometer von Daun entfernt, aber auf der Landstraße mochten es an die zwanzig sein. Wahrscheinlich wartete Stephani bereits auf ihn. *Auch noch das!* Ein Traktor mit Heuwagen kroch im Schneckentempo die kurvenreiche Steigung vor ihm hinauf.

Am besten, ich ziehe einfach schnell vorbei. Ackermann und setzte den Blinker. *Was macht denn dieser Trottel jetzt? Der fährt ja weit über die Fahrbahnmitte hinaus. Verdammt, und jetzt klingelt auch noch dieses blöde Handy.* Adrian ließ sein Fahrzeug wieder hinter das Gespann zurückfallen und schaltete die Freisprechanlage ein.

„Ja ...? Ach so, du bist es Mike. Hast du das Manuskript gelesen?"

...

„Wie bitte? Ähnelt zu sehr meiner vorherigen Geschichte. Du kannst es so nicht veröffentlichen? Das fehlt mir gerade noch! Ich hatte so darauf gehofft ... Ich befinde mich zurzeit in einer, äh, sagen wir, finanziellen Schieflage. Da käme mir ein Honorarscheck sehr gelegen. Ich habe sogar schon überlegt, mein Haus zu verkaufen. Bin gerade unterwegs, um mich mit dem Makler zu treffen."

...

„Wie? Zu einem späteren Zeitpunkt? Aber ich ..."

...

„Ja, du mich auch!"

Aufgelegt.

„Arschloch!"

Wütend trommelte er mit den Fingern auf das Lenkrad. Traktor und Heuwagen tuckerten immer noch gemütlich vor ihm her.

Na, dem werd' ich's zeigen!

Missmutig kurbelte Adrian die Seitenscheibe herunter, brüllte etwas, das sich wie „Bauerntrampel" anhörte, nach vorn in Richtung Kabine und betätigte die Hupe am Lenkrad.

Keine Reaktion zunächst. Dann tauchte der Stinkefinger des Fahrers im Rückspiegel des Traktors auf.

Wut stieg in Adrian auf. *Also jetzt erst recht.*

Adrian setzte ein zweites Mal, zum Überholen an. Diesmal betätigte er den Blinker nicht. Gerade, als er auf Höhe der Hinterreifen des Heuwagens war, zog der Traktor wieder nach links und passierte die Fahrbahnmarkierung.

Was zum Teufel ... Adrian stieg voll in die Bremsen. Sein Gesicht glühte. Ein Schild am Straßenrand zeigte an: Noch dreihundert Meter bis zu einer freien Tankstelle. *Gott sei Dank, da kann ich dieses lächerliche Gespann endlich überholen,* versuchte er sich zu beruhigen. Ein lauter Knall riss ihn aus seinen finsteren Gedanken. Der alte Mercedes zog sofort stark auf die linke Seite. Adrian versuchte in einer halsbrecherischen Aktion den Wagen abzufangen.

Was zum Teufel ist denn jetzt los?

Nachdem er den Wagen endlich stabilisiert und abgebremst hatte, bog er vor Aufregung immer noch zitternd in die Auffahrt zur Tankstelle ein. Erschöpft hielt er dort an, drückte er sich gegen das Lenkrad und verbarg den Kopf in seinen Händen.

Ein wütendes Klopfen auf das Dach seines Fahrzeugs ließ ihn zusammenzucken. Von draußen brüllte ihn jemand an. „Ich gib dir jetzt Bauerntrampel, du eingebildeter Fatzke. Was glaubst du eigentlich, wen du hier vor dir hast?"

Adrian sah auf. Neben seinem Wagen stand ein wütend aussehender Typ in einem blauen Overall. Weiter hinten an der Diesel-Zapfsäule stand der Trecker, den er nicht hatte überholen können und dessen Fahrer ihn jetzt offensichtlich beehrte. Erneut fühlte Adrian Wut aufsteigen. Erst das Wetter, dann spielte sein Auto verrückt, und dann das ... Was war überhaupt mit seinem Auto?

Ohne den Kerl weiter zu beachten, stieg Adrian aus und begutachtete die Lage. Die Ursache seines Beinahe-Unfalls war auf den ersten Blick deutlich genug zu erkennen.

Verfluchte Scheiße! Jetzt darf ich bei diesem Sauwetter auch noch den Reifen wechseln. Aber zunächst muss ich erst einmal diesen Trecker-Rambo loswerden.

„Hören Sie mal! Ich hab's doch nicht so gemeint. Bin halt ein wenig in Eile, und Sie tanzen mir die ganze Zeit mit ihrem Gespann vor der Nase herum."

„Jetzt werd' nicht auch noch frech, Bürschchen, sonst ..." Bedrohlich hob der Typ im blauen Overall den Arm.

„Halt, Stopp! Lassen Sie gefälligst den Mann in Ruhe!"

Ein blonder Fremder mit einer Lederjacke und Sonnenbrille stellte sich zwischen sie. Die beiden Streithähne hatten überhaupt nicht bemerkt, dass auf der anderen Seite der Zapfsäulen noch ein Wagen geparkt hatte und jemand ihren Streit beobachtete.

„Das geht Sie gar nichts an. Mischen Sie sich gefälligst nicht in meine Angelegenheiten!" Jetzt ging der Trecker-Rambo auf den Fremden los. Zu seinem Pech. Ein gekonnter Griff, einen Tritt in den Hintern, und der aufgebrachte Bauer lag auf dem Boden.

„Troll dich! Sonst setzt es was!", sagte der Fremde in scharfem Ton und schob seine Sonnenbrille zurecht.

„Ist ja schon gut. Man wird sich ja wohl noch verteidigen dürfen."

Trecker-Rambos Stimme hatte sich vollkommen verändert, war fast ein Winseln. Hastig humpelte er in Richtung Kasse, zahlte, erkletterte dann wieder sein Gefährt und fuhr eilig los. Natürlich nicht, ohne Adrian vor der Abfahrt noch einmal den berühmten Stinkefinger zu zeigen.

Adrian atmete tief durch und wandte sich an den Fremden.

„Gestatten, Adrian Ackermann ist mein Name. Vielen Dank, dass Sie mich von dem Flegel befreit haben."

„Keine Ursache. Solche Typen sind mir zuwider. Soll ich Ihnen noch schnell mit dem Reifen helfen?"

Adrian fiel ein Stein vom Herzen.

„Liebend gern, aber nur, wenn es Ihnen keine Umstände macht. Ich glaube, mein Wagenheber ist ziemlich verrostet."

„Macht es wirklich nicht, und mein Wagenheber funktioniert sogar hydraulisch."

Keine zehn Minuten später und der Fremde hatte den geplatzten Reifen, beziehungsweise das, was noch von ihm übrig geblieben war, gegen das Reserverad ausgetauscht.

„Ich bin Ihnen wirklich zu großem Dank verpflichtet", sagte Adrian galant. „Wenn ich Sie noch zu einem Drink einladen darf?"

„Nicht nötig. War mir ein Vergnügen. Ich muss dann auch weiter. Also auf Wiedersehen."

„Auf Wiedersehen und nochmals vielen Dank", war alles, was Adrian noch erwidern konnte, dann war der Mann bereits verschwunden. In der Zwischenzeit hatte sich das Gewitter anscheinend ausgeregnet. Am Himmel tummelten sich jetzt hellgraue Wolken, die ab und zu von einem Stück Blau unterbrochen wurden. Adrian dachte an sein Treffen mit Stephani und blickte auf seine Patek-Philippe-Uhr. Die hatte er sich ebenfalls von seinem letzten Honorarscheck gegönnt, auch wenn es jetzt so aussah, als ob er sie bald wieder versetzen müsste.

Verdammt, ich bin schon eine halbe Stunde zu spät. Zum Glück war es jetzt nicht mehr weit bis nach Daun. Tief durchatmend ließ er den Wagen an und fuhr los. Dieses Mal merklich ruhiger, denn zu spät kam er ja ohnehin. Sein alter Diesel schnurrte wie eine Nähmaschine. Fast wäre es ihm nicht aufgefallen, dass er verfolgt wurde. Erst in Darscheid bemerkte er den roten Opel Corsa, der stets einen Abstand von drei Fahrzeugen zu ihm wahrte. Ackermann wurde langsamer, um zu testen, ob er nicht an einer unberechtigten Paranoia litt. Anstatt ihn wie die anderen Fahrzeuge zu überholen, verringerte der rote Opel ebenfalls sein Tempo. Also doch keine Paranoia. Kurz vor Bowerath sprang die Ampel auf Gelb um, aber anstatt abzubremsen, gab Adrian in letzter Sekunde Gas und überquerte die Kreuzung unmittelbar, bevor das rote Licht aufleuchtete.

Im Rückspiegel sah er, dass er seinen Verfolger dazu gezwungen hatte, an der Ampel stehenzubleiben. Er bog an der nächsten Ecke ab, kurvte durch kleine Seitenstraßen, die allesamt Einbahnstraßen waren, in Richtung Zentrum. Erst, als er wirklich niemanden mehr hinter sich entdeckte, fuhr er weiter auf die Bundestraße 257 nach Daun.

Abgesehen von der Kirche war die Burg das älteste Gebäude in der Stadt. Das Haupthaus hatte man niedlich herausgeputzt, um die Touristen zufrieden zu stellen. Direkt unterhalb der Burg befand sich das Stadt-Café *May*. Adrian parkte seinen Wagen auf dem Gästeparkplatz. Ein weißer Peugeot mit Werbeaufklebern einer Immobilienfirma stand schon da. Ganz so, wie er es vermutet hatte, Herr Stephani wartete bereits auf ihn. Einem inneren Impuls folgend drehte Adrian sich noch einmal um, bevor er die Eingangstür aufdrückte.

Ein Wagen fuhr langsam vorbei. Es war ein roter Opel Corsa. Das gleiche Model, von dem er verfolgt worden war, seit er die freie Tankstelle verlassen hatte.

SECHSUNDZWANZIGSTES KAPITEL

Dienstag, 09. August 2011, 18 Uhr

Das Lokal war gut besucht, auch wenn nicht gerade Partystimmung herrschte. Adrian Ackermann ging hinein und blickte suchend in den Schankraum.

„Herr Ackermann, nicht wahr?", fragte eine weibliche Stimme. Er schloss die Eingangstür, drehte sich um und blickte in die Richtung, aus der die Stimme gekommen war. Eine junge Frau kam ruhigen Schrittes auf ihn zu und streckte ihm eine Hand entgegen. Sie war mittelgroß und schlank, hatte hellblondes, langes Haar, das ihr in die Stirn fiel. Ihre ausdrucksvollen, blauen Augen, und ihr angenehmes, beinahe schüchternes Lächeln beeindruckten ihn sofort.

„Ja, der bin ich. Und Sie sind ..."

„Mein Name ist Julia Stephani. Ich bin Walter Stephanis Tochter. Bisher hatten Sie ja nur mit meinem Vater zu tun."

Leider ja, dachte Adrian, und dann: *Was für eine Frau!*

Julia bemerkte seinen durchdringenden Blick und errötete leicht.

„Freut mich sehr, Sie kennenzulernen, Frau Stephani", sagte Adrian in seinem besten galant-bewundernden Ton.

„Bitte entschuldigen Sie mein verspätetes Eintreffen. Das schlechte Wetter und der Verkehr ..."

„Verstehe schon, ist auch gar kein Problem", erwiderte die Blondine und ihr Lächeln wurde um einige Millimeter breiter. „Ich habe mich selbst auch etwas verspätet. Im Büro ist eine Menge Arbeit angefallen, seit mein Vater die Kreuzfahrt angetreten hat. Ich gönn's ihm ja, aber nun bleibt halt alles an mir hängen. Bitte setzen Sie sich doch zu mir an den Tisch. Es ist gleich dort vorn. Ich hole nur mal schnell die Getränke und bin gleich zurück. Ich hoffe, Rotwein ist o.k.?"

Adrian Ackermann nickte verwundert. *Das nenne ich wirkliche Gleichberechtigung.*

Die Gespräche an den anderen Tischen waren leise und gedrückt. Als Julia an den Tisch zurückkam, legte sie ihre Jacke ab. Darunter trug sie ein helles T-Shirt und eine Bernsteinkette, deren Perlen schimmernd den gebräunten Ton ihrer Haut hervorhoben.

„Ist mächtig was los hier in der Umgebung, nicht wahr?", sagte sie, während sie das Glas vor ihm abstellte und sich ihm gegenüber setzte.

„Wenn sie den Kerl doch endlich schnappen würden ..."

„Das können Sie wohl laut sagen, eine schreckliche Geschichte", stimmte Adrian ihr zu.

Ihr Blick verfinsterte sich. „Jetzt sind es schon drei tote Frauen hier in der Eifel, und doch läuft das Schwein noch immer frei herum. Ich meine, ich fasse es einfach nicht. Hier, bei uns ... das ist doch einfach unvorstellbar. Aber lassen Sie uns schnell von was anderem sprechen. So, da habe ich auch schon Ihre Akte."

Sie legte einen dünnen Ordner auf den Tisch.

„Sagten Sie nicht, ihr Vater mache gerade eine Kreuzfahrt?"

„Ja, stimmt ganz genau. Er liebt die großen Schiffe und das gemächliche Umherschippern auf dem Wasser. Mir persönlich wäre das viel zu langweilig."

„Sie sind ja auch noch jung. In Ihrem Alter liebt man doch Rummel und Aktivitäten."

„Ich hoffe, genau dieser Rummel ist nicht der Grund, warum Sie der Eifel den Rücken kehren wollen, Herr Ackermann?"

„Wie bitte? Oh nein, das sicher nicht. Ich dachte nur, ich ..." Er starrte sie an.

„Na schön, das geht mich ja auch gar nichts an. Ich habe mir die Pläne einmal angesehen. Ist wirklich ein schönes Grundstück, das Sie da haben, aber das Haus liegt eben doch sehr abgelegen und dürfte nicht einfach zu verkaufen sein. Ganz besonders nicht in diesem Moment. Da müssen wir schon einen wirklichen Naturliebhaber finden, und noch dazu einen, der sich nicht so schnell bange machen lässt."

Adrian zuckte hilflos mit den Achseln, als sie weiter fragte: „Wie sieht es denn mit dem Allgemeinzustand des Hauses aus? Müssen noch Reparaturen durchgeführt werden?"

Er hatte sich zwar neues Mobiliar angeschafft, aber um den baulichen Zustand des Hauses hatte er sich kaum gekümmert. Er sah sie verlegen an.

„Nun ja, hier und da müsste vermutlich schon noch etwas gemacht werden", sagte er vorsichtig. „Sie wissen schon, der Faktor Zeit ..."

„Hm, ich verstehe", erwiderte Julia Stephani und hob ihre rotlackierten Finger vom Tisch, nachdem sie einen Augenblick überlegt hatte. Sie hinterließen Abdrücke auf der Glasplatte.

„Am besten, ich komme einmal zu Ihnen raus und sehe mir Ihre Immobilie mit eigenen Augen an. Dann erst kann ich den genauen Wert festlegen. Passt es Ihnen übermorgen, am Donnerstag?"

Er nickte, ohne groß zu überlegen, und sie übergab ihm einen Umschlag.

„Das ist Ihr Vertrag. Sie können ihn mit nach Hause nehmen. Lesen Sie sich bitte alles in Ruhe durch."

„Vielen Dank, Frau Stephani", sagte Adrian. Er fühlte sich etwas überrumpelt von der Geschwindigkeit, mit der die junge Frau Entscheidungen fällte.

„Sie trinken doch sicher noch etwas?", fragte sie.

„Aber gerne, wenn ich Sie nicht aufhalte? Ich wollte sowieso noch ein wenig bleiben. Allein zu Hause zu sitzen ödet mich an." Adrian musterte die junge Frau. So eine konnte ihm gefallen. Ob das auch umgekehrt galt? Flüchtig kam ihm der Gedanke, dass er in ihren Augen vermutlich schon alt wirkte, dass sie vielleicht einfach nur nett zu ihm sein wollte. „Auf mich wartet ja auch niemand", fügte er hinzu. „Also, was darf ich Ihnen bestellen?"

„Ein alkoholfreies Bier wäre jetzt prima. Eifelbräu oder etwas Ähnliches."

Adrian gab dem Barmann ein Zeichen, und der nickte verständnisvoll. Kurz darauf standen zwei Flaschen mit den dazugehörigen Gläsern auf ihrem Tisch. Julia prostete ihm zu, trank dann aber direkt aus der Flasche. Nachdem sie den ersten Schluck getan hatte, meinte sie: „Das sieht der da drüben zwar nicht so gerne, aber es schmeckt irgendwie besser, finde ich."

„Und man muss weniger abspülen", scherzte Adrian.

„Das ist gut, das merke ich mir. Einfach grauenvoll, was hier passiert ist, nicht wahr? Ich meine, drei Frauen, alle hier aus der Umgebung. Und da ziehen die Menschen extra von den Städten hinaus aufs Land, weil es hier sicherer sein soll."

Sie sah ihn an. „Weshalb sind Sie eigentlich hierher gezogen?"

Er blickte hinab auf die Flasche in seiner Hand und zögerte einen Augenblick, bevor er antwortete.

„Sagen wir mal so, ich hatte es satt, in der Stadt zu leben. Ich wollte einfach eine Veränderung. Und für meine Arbeit sind die Bedingungen hier ideal. Sie wissen schon, was ich meine, von wegen friedlicher Idylle und so weiter."

„Wie lange leben Sie denn schon hier?", fragte sie. In ihren Augen spiegelte sich Interesse.

„Gut drei Jahre, wenn man von dem Segeltörn einmal absieht."

„Stimmt ja, ich habe gehört, dass sie mit dem eigenen Boot bis zu den kanarischen Inseln gesegelt sind. Muss ganz schön aufregend sein, so eine Reise!"

„Na ja, es geht."

„Och, nun tun Sie aber mal nicht so. Das wäre auch etwas für mich. Im Vergleich zu den langweiligen Kreuzfahrten ..."

Adrian Ackermann rutschte unruhig auf seinem Stuhl hin und her. Irgendwie wusste er nichts Rechtes mit ihr anzufangen, und das, obwohl sie durchaus dem Typ Frau entsprach, den er mochte. Fast automatisch blickte er auf seine Armbanduhr. „Wird wohl langsam Zeit, dass ich mich von ihnen verabschiede. Sie sind doch mit dem eigenen Wagen hier, oder?"

Den weißen Peugeot, der draußen parkte, hatte er ganz vergessen.

„Ja, natürlich, warum fragen Sie?"

„Nun, dann bin ich beruhigt. Vielleicht wäre es keine gute Idee, zu Fuß nach Hause zu laufen ..."

Ihr Blick zeigte ihm, dass sie verstanden hatte. „Glauben Sie wirklich, dass es so schlimm ist, Herr Ackermann?"

„Nun, ich hoffe nicht."

Sie nickte, ohne eine Gefühlsregung erkennen zu lassen. „Dann wünsche ich Ihnen eine gute Heimfahrt. Ich bleibe noch ein bisschen hier sitzen. War mir ein Vergnügen, Sie kennengelernt zu haben. Also dann bis übermorgen."

„Das Vergnügen ist ganz auf meiner Seite", erwiderte er und verabschiedete sich, indem er seine Hand ein wenig zu lang auf der Ihrigen ruhen ließ. Sie zeigte keine Anzeichen, dass sie das bemerkte. *Ist die so kühl, oder tut die nur so?* Mit einem letzten Blick zu ihr, ganz so, als ob er sich versichern wollte, dass er richtig verstanden hatte, ging er hinaus.

Obwohl es keinen besonderen Grund dafür gab, startete er gereizt den Motor. Beinahe hätte er vorher das Vorglühen vergessen. Jetzt fuhr er los und bog auf die B257 ab. Seine seltsame Stimmung ließ die Rückfahrt fast surreal erscheinen. Die Scheinwerfer bohrten sich als weiße Kegel in die Abenddämmerung, und der Tacho kletterte mit der Mühelosigkeit einer Stoppuhr auf 100 km/h. Während er fuhr, dachte er an das, was die Maklerin gesagt hatte. Von wegen Renovierungsarbeiten und so weiter. Da würde noch einiges auf ihn zukommen.

Zu Hause angekommen, setzte er sich auf die Terrasse. Genau an den Tisch, wo Melanie immer gesessen und ihren morgendlichen Kaffee genossen hatte. Die Nacht war warm, kein Lüftchen wehte. Sein Blick schweifte von der glitzernden Oberfläche des Vulkansees hinüber zu der dunklen Waldfläche. Normalerweise gefiel ihm diese Aussicht, sogar abends. Aber heute war ihm irgendwie unbehaglich zu Mute, als er in das grüne Dickicht der Bäume schaute. Er ging ins Haus, schenkte sich einen Rotwein ein und nahm das Glas wieder mit nach draußen. Es war bereits kurz vor Mitternacht, doch ihm war jede Ausrede recht, um noch nicht schlafen gehen zu müssen.

SIEBENUNDZWANZIGSTES KAPITEL

Mittwoch 10. August 2011

Der Tag ging wie in Zeitlupe vorüber. Eine seltsame Spannung lag in der Luft, eine düstere Vorahnung, als warte jeder in Daun und Umgebung darauf, dass etwas geschehen würde. Aber es geschah nichts.

Die Polizei ermittelte und ging allen verfügbaren Hinweisen nach, fand jedoch, von Adrian Ackermann einmal abgesehen, nicht die Spur eines weiteren Verdächtigen.

Susana Kesslers Haus wimmelte von Kriminaltechnikern in weißen Overalls, die sich fachspezifische Begriffe an die Köpfe warfen. Kommissar Laubach hatte nochmals die ganze Mannschaft, zu ihrem Haus hinaus geschickt. Die Zufahrtsstraße war voll gestellt mit Dienstfahrzeugen der Polizei, während seine Leute jeden Zentimeter des Grundstücks umdrehten. Die Suchaktion schien allerdings lediglich den Eindruck lähmender Hilfslosigkeit noch zu verstärken, wenn man nach den Reaktionen der Presse ging.

Roger Peters und Diana bekamen davon nichts mit. Sie saßen auf Ediths Terrasse und arbeiteten sich durch die Kopien, die ihnen Laubachs Sekretärin überlassen hatte. Darunter befand sich auch ein Schreiben von Melanies Mutter, einer gewissen Frau Dr. Kalenberg, dass an den Kommissar gerichtet war und ihre Sorge um die eigene Tochter zum Ausdruck brachte. Sie schrieb:

Vor Melanies Abfahrt sind mein Sohn Michael und ich aus Frankfurt in die Eifel gefahren, um mit ihr zu reden und um meinen frischgebackenen Schwiegersohn kennenzulernen. Melanie hatte uns nur durch eine Postkarte von ihrer Heirat in Kenntnis gesetzt. Meine Tochter hatte immer schon ihren eigenen Kopf und getan, was sie wollte.

In Ulmen erfuhren wir, dass die beiden ihr Boot fertiggestellt und zu Wasser gelassen hatten und eine Reise zu den Kanarischen Inseln offenbar unmittelbar bevorstand. Die Eifeler sind redselige Leute, wissen Sie, Herr Kommissar? Man spendiert ihnen ein Bier und ein Korn und erfährt umgehend sämtliche Neuigkeiten. Wir fuhren sofort zum Yachthafen von Oberwinter. Dieser geplante Segeltörn erschien mir völlig verrückt, und ich wollte Melanie unbedingt davon abbringen. Zwei Leute alleine mit so einem kleinen Boot auf dem Atlantik!

Jedenfalls, mein Sohn Michael fragte beim Hafenmeister nach ihrem Liegeplatz, machte Melanie ausfindig, und wir trafen uns am Abend in einem kleinen Weinlokal. Es lag in der Remagener Innenstadt. Und dort bot sich mir zum ersten Mal das zweifelhafte Vergnügen, meinen Schwiegersohn in Augenschein nehmen zu können. Nur das, was ich da zu sehen bekam, gefiel mir nicht besonders. Wissen Sie, er war so voller Selbstvertrauen und trug diese machohafte

Ausgeglichenheit zur Schau. Ich konnte mir gut vorstellen, warum sich Melanie in ihn verliebt hatte. Und trotzdem war sie es, die fast den ganzen Abend redete. Voller Stolz erzählte sie uns in allen Einzelheiten, wie sie und Adrian das Boot gefunden und es letztendlich eigenhändig wieder aufgebaut hatten. Danach traf mich fast der Schlag. Als sei es das normalste der Welt, erwähnte sie nebenbei, dass sie ihren Job aufgegeben hatte, und nun mit ihrem Ehemann gen Süden segeln und neue Erfahrungen sammeln wollte.

Ehrlich gesagt, in diesem Moment habe ich gespürt, wie sich ein Knoten in meinem Hals bildete. Als kleines Kind war Melanie noch sehr pflegeleicht gewesen. Wir haben damals zusammen in einem Vorort von Frankfurt gelebt und später, als aufgeschlossener und gutmütiger Teenager, der sie war, hatte es ihr keinerlei Schwierigkeiten bereitet, Kontakte zu knüpfen und neue Freundschaften zu schließen. Als sie sich jedoch zum ersten Mal verliebte und anfing, mit Jungen auszugehen, rutschten ihre schulischen Leistungen rapide in den Keller und ich wusste nicht mehr, was ich mit ihr anfangen sollte. Irgendwann kam dann das Ultimatum des Schuldirektors. Man legte mir Nahe, sie von der Schule zu nehmen, oder sie würde recht bald schon das Stigma „durchgefallen" mit sich herumtragen müssen.

In jenem Sommer schickte ich Melanie zu meinem Bruder in die Eifel und siehe da, von nun an begegnete die junge Dame ihrer Ausbildung mit dem nötigen Ernst.

Nach ihrem Schulabschluss zog sie in eine eigene Wohnung und kellnerte bei ihrem Onkel, der mittlerweile in Schalkenmehren ein Ausflugslokal eröffnet hatte. Als der La-

den mehr und mehr florierte, erledigte Melanie für ihn Buchführung und Rechnungswesen. Im Laufe der Jahre sah und hörte ich nicht mehr viel von meiner Tochter, bis dann schließlich die überraschende Nachricht von ihrer plötzlichen Vermählung mit dem mir völlig unbekannten Schriftsteller Adrian Ackermann eintraf.

Aber zurück zu unserem Treffen in Oberwinter. Ich glaube schon, dass sich Melanie wirklich darüber gefreut hat, uns wiederzusehen. Aber als ich sie beschwor, den verrückten Einfall mit der Reise fallenzulassen und mit uns nach Frankfurt zurückzufahren, lehnte sie entschieden ab.

„Ihr vergesst, dass ich jetzt verheiratet bin, und überhaupt haben Adrian und ich über Monate hinweg sehr schwer an dem Boot gearbeitet und die Seereise ist etwas, das wir zusammen entschieden haben", hatte sie fast trotzig geantwortet.

„Wir werden unser Vorhaben in jedem Fall durchziehen. Ich kann Adrian doch nicht einfach im Stich lassen. Möglicherweise würde er ohne mich los segeln, aber das ist nicht das Gleiche und schon gar nicht so, wie wir es geplant haben."

Ich erinnerte mich daran, dass Melanie sich schon immer zu Männern hingezogen fühlte, die sie selbst als Verlierertypen bezeichnete. Genau so einer schien mir dieser Ackermann zu sein. Ich hab ihr noch gut zugeredet, aber Melanie hörte natürlich nicht auf mich. Michael und ich sind mit einem ziemlich mulmigen Gefühl wieder nach Hause gefahren. Natürlich hatte ich Angst wegen der Segelei. Selbst in der besten Jahreszeit ist der Atlantik gefährlich, und diese kleinen Boote sind ziemlich wackelige Nussschalen. Was mich aber noch mehr beunruhigte, war mein eigener Schwiegersohn. Sein oberflächlicher Charme war möglicherweise nur ein Mittel zum Zweck. Wer wusste schon genau, was er zu tun im Stande war, wenn er sich erst ganz alleine mit meiner Tochter irgendwo mitten auf dem Meer wusste?

„War ihr wohl nicht sonderlich sympathisch, der Herr Schwiegersohn, was?", sagte Roger

„Kommt mir auch so vor", entgegnete Diana. „Sag mal, hast du noch Bier ihm Kühlschrank?"

„Eifelpils oder lieber Alkoholfreies?"

„Eifel ist o.k. Und dann erzähle ich dir, was Melanie während ihrer Seereise an ihre Mutter geschrieben hat."

„Soweit zum Thema Datenschutz", sagte Roger grinsend und stapfte in die Küche. Dann brachte er Diana das Bier. Sie nahm einen tiefen Schluck und begann dann, vorzulesen:

Liebe Mutter,

da ich bei der hiesigen Post nie sicher sein kann, ob meine Briefe den Weg zu dir finden, nehme ich jede Möglichkeit wahr, um dir zu schreiben. Nur, damit du Bescheid weißt, bisher habe ich dir zwei Briefe geschrieben und einen an Michael. Dabei kann ich leider nicht auf eine Antwort von dir hoffen, dafür bleiben wir nicht lange genug an einer Liegestelle.

Natürlich hat niemand gesagt, dass das Leben im Paradies einfach sein würde. Für den Fall, dass du meine vorherigen Briefe nicht bekommen hast, lass dir sagen, dass wir es tatsächlich bis zu den kanarischen Inseln geschafft ha-

ben. Es war eine harte und lange Reise, aber jetzt geht es mir gut. Zurzeit sind wir auf Lanzarote, essen eine Menge Fisch und so'n Kram und lassen uns die Sonne auf die Haut brennen. Ich denke oft an dich und frage mich, wann wir uns wohl wiedersehen werden. Mit Adrian ist alles o.k. Nur manchmal ist er etwas seltsam. Hoffe es geht dir gut, Grüße auch an Michael. Bis zum nächsten Mal.

In Liebe
Melanie.

„Das war alles", sagte Diana. „Nicht sehr ergiebig, oder?"

„Gibt leider wirklich nicht viel her", meinte Roger. „Genauso wenig wie ihr Reisetagebuch. Leider bekommen wir auch durch die Briefe keine neuen Informationen, obwohl ich mich frage, ob Melanie ihrer Mutter wirklich die Wahrheit gesagt hat.

Kommst du noch mit auf einen Drink in die Dorfkneipe? Vielleicht gibt es etwas Neues. Du weißt doch, Neuigkeiten verbreiten sich dort am besten." Er seufzte. „Wenn wir doch nur endlich wüssten, was mit Edith ist."

In der Kneipe war Herbert gerade dabei, eine Bürgerwehr aufzustellen. Mit einer Gruppe von Einheimischen, die es sich zur Aufgabe gemacht hatten, Tag und Nacht durch das Dorf zu patrouillieren, frei nach dem Motto: *Wenn die Polizei nichts unternimmt, dann werden wir uns die Drecksau eben selber schnappen.*

ACHTUNDZWANZIGSTES KAPITEL

Donnerstag, 11. August 2011, 10 Uhr

Unter blauem Himmel und ungetrübter Sonne lag der Vulkansee vor ihr, tief und leuchtend in seiner Farbe, unberührt noch von Wanderer, Camper oder Naturfreunden. Das Anwesen wirkte nicht besonders prächtig, auch wenn Adrian Ackermann versucht hatte, es angemessenen herzurichten. Das Haupthaus bestand aus Fachwerk, wie die meisten Häuser in und um Ulmen. Aber im Gegensatz zu den meisten anderen war es zusätzlich in einen quadratischen Gebäudekomplex integriert, der von seinem früheren Besitzer vermutlich ursprünglich als Viehstall genutzt worden war.

Julia Stephani parkte ihren weißen Peugeot vor der Einfahrt und stieg zusammen mit ihrem Begleiter aus. Ein kleiner Pfad führte direkt hinüber zum Hauseingang. Die Tür stand einladend offen. Trotzdem klopfte sie an. Nichts rührte sich. Vorsichtig betraten sie den Wohnraum. Im Kamin sah sie ein paar angebrannte Holzscheite, und auf dem Tisch lagen eine Fülle beschriebener Seiten neben einer Vase mit verdorrten Blumen und einer halbvollen Kaffeetasse. Das war sehr offensichtlich die persönliche Note eines Schriftstellers, und genau dieser steckte jetzt seinen Kopf durch die Tür.

Julia musterte ihn kritisch. Ackermann war ein Bild des Jammers: rotgeränderte Augen in einem übernächtigten Gesicht, widerspenstige Haare, gelbe Finger, die eine Zigarette umklammert hielten.

„Guten Morgen, Herr Ackermann", sagte die Maklerin, ohne auf seine äußere Erscheinung näher einzugehen. „Ich glaube, wir sind für heute miteinander verabredet. Ist alles in Ordnung mit Ihnen?"

„Ach, Sie sind das, Frau Stephani. Richtig, Sie wollten sich ja heute meine bescheidene Bleibe anschauen. Ich habe bloß so früh noch gar nicht mit Ihnen gerechnet. Ist ein wenig spät geworden, gestern Abend. Aber da sie schon einmal hier sind, nehmen Sie doch bitte Platz."

„Vielen Dank, Herr Ackermann. Ich habe noch gleich einen Mitarbeiter unserer Firma mitgebracht. Wenn ich ihn eben vorstellen darf? Das ist Tommy. Er führt in unserem Auftrag Instandsetzungsarbeiten durch. Ein Mann für das Grobe, sozusagen."

Adrian Ackermann traute seinen Augen nicht, als er den Handwerker näher in Augenschein nahm. „Ist mir ein Vergnügen – aber Mensch, Sie kenn ich doch! Natürlich, Sie sind doch die gute Seele, die mich neulich an der Tankstelle von diesem Bauernlümmel befreit hat! Wie klein die Welt doch ist! Freut mich wirklich, Sie wiederzusehen!"

„Ganz meinerseits, Herr Ackermann. Als ich hörte, dass ich mit Frau Stephani zusammen zu Ihnen rausfahren würde, habe ich mich sofort in die Idee vernarrt. Wollte schon immer mal sehen, wie so ein richtiger Schriftsteller lebt. Und da ich schon mal hier bin, was halten Sie davon, wenn ich mich nützlich mache und mir einmal ihre Bude anschaue? Von außen habe ich bereits gesehen, dass das Dach nicht mehr in Ordnung ist. Da müssen dringend einige Pfannen erneuert werden, sonst regnet es Ihnen beim nächsten Unwetter ins Haus. Sie haben doch sicher ein paar Reservepfannen irgendwo liegen, oder? Also, wenn's Ihnen recht ist, dann fang ich am besten gleich schon mal an. Der frühe Vogel fängt den Wurm."

Adrian kam sich leicht überrumpelt vor. Trotzdem war es ihm lieb, die Sache möglichst schnell hinter sich zu bringen. Tommy zückte ein Notizbuch und verschwand im nächsten Raum.

„Trinken wenigstens Sie eine Tasse Kaffee mit mir, Frau Stephani?"

„Sehr gern, Herr Ackermann. Dabei können wir gleich die Vertragspunkte des Angebots durchgehen."

Das Läuten eines Telefons zerriss die Luft. Fast reflexartig griff die junge Frau nach dem kleinen Apparat, der vor ihr auf der Tischkante lag. Es läutete wieder. Erst jetzt schien sie zu begreifen, dass sie nach einem fremden Handy gegriffen hatte. Erschrocken wollte sie das Gerät zurücklegen, aber es glitt ihr aus der Hand. Mit einem misstönenden Geräusch fiel es auf den Fußboden, wo es in mehrere Einzelteile zerbrach.

„Oh, das wollte ich nicht. Ich bitte vielmals um Entschuldigung, Herr Ackermann. Es tut mir so leid ..."

Es klingelte wieder, bevor er etwas erwidern konnte. Diesmal war Adrian schneller. Das Läuten kam eindeutig von seinem Hausapparat. Er nahm ab. „Ah, hallo Mike. Wie schön, dass du anrufst!" Er gähnte betont. „Auch wenn es noch etwas früh am Tag ist."

„Hör mal, Adrian ...", begann die Stimme am anderen Ende der Leitung, laut genug, dass Adrians Besucherin es noch aus ein paar Metern Entfernung mithören konnte.

„Ich habe nochmals alles überprüft. Das mit deinem Manuskript wird so nichts. Ich meine, du weißt doch selbst, was im Moment in der Eifel los ist! Deine Geschichte ähnelt einfach zu sehr der Realität. Das will im Moment keiner lesen."

„Ist ja schon gut, Mike, ich hab's verstanden. Dachte nur, nach dem Erfolg des ersten Buches ..."

„Na, da war ja auch noch alles ruhig, und den Plot hast du erstklassig formuliert. Das, was ich jetzt von dir vorliegen habe, klingt eher wie ein schlechter Abklatsch deiner ersten Story. Tut mir wirklich leid, aber du musst dir schon etwas Besseres einfallen lassen. Vielleicht klappt es dann wieder beim nächsten Mal."

Adrian versuchte, seine Enttäuschung zu verbergen. Vor allem wollte er einen schlechten Tagesanfang nicht auch noch mit einem miesen Ende krönen.

Aber genau das funktionierte nicht so ganz. Fast schweigend hatten sie gerade ihre Tassen gelehrt, als Tommy zurückkam, sein Notizbuch in der Hand. Auf seiner Stirn waren kleine Falten sichtbar.

„Schlechte Nachrichten", sagte er. „Hier gibt es noch einiges zu tun. In diesem Zustand können Sie das Haus nicht verkaufen, es sei denn als Renovierungsobjekt, und dafür bekommen Sie dann höchstens vierzig oder fünfzig Prozent des derzeitigen Marktwertes."

Adrian starrte vor sich hin und nickte langsam mit dem Kopf. So schlimm hatte er sich das Ganze nicht vorgestellt. *Wenn ein Tag schon mal scheiße anfängt,* dachte er.

„Ich mache Ihnen einen Vorschlag", sagte Julia Stephani gelassen gutmütig. „Tommy bleibt für die nächsten paar Tage hier und nimmt sich der Sache an. Wahrscheinlich wird er das Gröbste reparieren können. Danach macht es auch Sinn für mich, wieder vorbeizukommen, das Haus zu fotografieren und ein Exposé zu erstellen."

Adrian war sprachlos. Ausgerechnet ihm, der fast wie kein anderer die Ruhe liebte, setzte man nun einen Handwerker ins Haus. Weit mehr jedoch beunruhigten ihn die zusätzlichen Kosten. Er wollte diesbezüglich gerade etwas fragen, aber Frau Stephani kam ihm zuvor.

„Ach, ja, und bezüglich der Bezahlung machen Sie sich mal keine Sorgen. Das verrechnen wir später mit meiner Provision, wenn das Haus verkauft ist."

Adrian fühlte, wie ihm ein Stein vom Herzen fiel. *Wenigstens etwas Positives,* dachte er. Durch das offene Fenster sah er, wie Tommy bereits die Heckklappe des Peugeots öffnete und Werkzeug sowie einige private Dinge ins Haus schleppte. Dieser Mann ließ wirklich keine Zeit verstreichen.

Später, als Julia Stephani schon längst gegangen war, wies Adrian seinem Besucher das Gästezimmer zu.

„Genügt mir vollkommen. Und nachher gehe ich uns noch

'nen fetten Hasen schießen", meinte Tommy und deutete auf das Gewehr, das er mitgebracht hatte. Damit waren sie bereits per du.

Am nächsten Morgen schlief sich Adrian Ackermann so richtig aus. Er war erst gegen Morgen eingeschlafen.
Ich brauch erst mal 'nen anständigen Kaffee, dachte er, während er, fast schon zur Mittagszeit, in die Küche ging.
„Hallo Tommy", rief er in den Raum. Seine eigene Stimme hörte sich komisch an. Niemand antwortete.
„Bist du schon auf?" Wieder nichts.
„Verdammt, was ist denn hier los?"
Das Spülbecken war voller Blut. Ihn fröstelte. Dann sah er den Grund. Zwei ausgewachsene Hasen lagen abgezogen und ausgenommen auf der Anrichte. *Also muss Tommy schon draußen gewesen sein. Wo steckt der Bursche eigentlich?* Langsam ging er durch die Räume seines Hauses. Der Gesuchte steckte in seinem Arbeitszimmer und schaute sich in aller Ruhe um.
„Hey! So geht das aber nicht!" Adrian war verärgert. „Eines wollen wir doch gleich mal klarstellen. Das hier ist mein privater Bereich und ich mag es absolut nicht, wenn jemand in meinen Sachen herumschnüffelt, ist das klar?"
„Ah, guten Morgen, Adrian." Tommy lächelte ihn an, als ob er kein Wässerchen trüben konnte. „Tut mir leid, ich wollte nicht unhöflich sein, nur einmal das Imperium eines Schriftstellers bewundern. Da, wo alles beginnt, sozusagen."
„Wie gesagt, das Zimmer ist tabu, verstanden!"
„Ist ja schon gut. Hast du die beiden Hasen gesehen? Wer-

den einen schönen Braten hergeben. Jagen und Kochen sind nämlich meine Lieblingsbeschäftigungen. Weißt du was? Du bist heute zum Essen eingeladen, Adrian. So, und jetzt springe ich noch schnell in den Pool und mache mich danach an die Arbeit."

Adrian verstand die Welt nicht mehr. Er besaß doch gar keinen Swimmingpool. Oder wollte der Verrückte etwa ... Nein, das konnte nicht sein. Das Wasser des Vulkansees war viel zu kalt. Selbst im Hochsommer bekamen ihn da keine zehn Pferde hinein.

Und dann dachte er, er wäre im falschen Film, als er sah, wie Tommy lässig mit einem Handtuch über den Schultern den kleinen Trampelpfad zum Vulkansee hinunterschlenderte. Er glaubte es so lange nicht, bis er ein plätscherndes Geräusch vernahm. Tommy war kopfüber in den eiskalten See gesprungen.

Adrian wusste eigentlich nicht, was er erwartet hatte, als man ihm diesen Handwerker quasi aufs Auge gedrückt hatte, aber das jedenfalls nicht. Er zog sich verstört in sein Arbeitszimmer zurück.

Kurze Zeit später begann ein Hämmern und ein Sägen, das bis zum Nachmittag andauerte, als Tommy in der Küche verschwand, um die geschossenen Hasen zuzubereiten. Zwischendurch hatte Adrian versucht, ein paar Zeilen aufs Papier zu bringen, aber es gelang ihm nicht. Nicht eine einzige Seite hatte er zustande gebracht.

„Ich würde gerne dein neues Manuskript lesen", sagte Tommy zu ihm, als sie später beim Essen zusammensaßen.

„Dein letztes Buch habe ich gelesen, und das war klasse.

Eigentlich bin ich ja mehr ein Kinofan, aber deine Geschichte war wirklich spannend und wirkte sehr real. Also was ist? Zeigst du mir dein Manuskript?"

Adrian, der gerade einen Hasenknochen abnagte, konnte dieser Schmeichelei nicht widerstehen. Er stand auf und ging in sein Arbeitszimmer. Wenig später lagen die gewünschten Seiten in einem unordentlichen Stapel vor Tommy auf dem Tisch.

„Schau' ich mir heute Abend an", sagte der. „Hinten am Anbau habe ich eine feuchte Stelle entdeckt. Die möchte ich unbedingt noch ausbessern."

Donnerstag, 11. August 2011, 18 Uhr

Konrad kaute an seinen Fingernägeln. Er war reichlich nervös geworden. *Hoffentlich ist die kleine Schlampe nicht schlauer, als es ihr gut tut.* Er ging ein paar Schritte in dem Appartement auf und ab. *Ich brauche unbedingt mehr Bewegung.* Er steckte sich die Zeitung unter den Arm, trat hinaus auf den Gang, schloss die Tür hinter sich zu, und stieg in den Aufzug. Beim Anlassen des Audis bemerkte er, dass seine Finger zitterten. Er fuhr zu ihrer Boutique und parkte in unmittelbarer Nähe. *Ich darf nichts Unüberlegtes tun*, warnte er sich selbst. Vielleicht hatte Andrea den Artikel gar nicht gelesen. Und ihre dämliche Kundin, was sollte die schon sagen? *Hey, dein neuer Freund ist ein gesuchter Mörder?*

Er grinste. Selbst die Anstalt hatte ihm den Galgenhumor nicht austreiben können. Er wurde schnell wieder ernst. Andrea durfte einfach keinen verdacht schöpfen. Und wenn doch, dann musste er unbedingt verhindern, dass sie zur Polizei ging. Seine Finger trommelten auf der Kunststoff-Ablage zwischen den Vordersitzen, während er sich die kleinen Geschäfte ansah, die in der Nähe von Andreas Boutique lagen. Hier gab es einen Schuster, eine Apotheke, ein Geschäft für Kinderbekleidung, einen Juwelier, eine kleine Bäckerei mit einer Postannahmestelle, eine Dönerbude und ein italienisches Restaurant. *Die meisten würden spätestens um zwanzig Uhr geschlossen haben. Bis auf die Dönerbude und das Restaurant natürlich.* Zufrieden darüber, wieder einen erfolgversprechenden Plan zu haben zu haben, setzte er den Audi aus der Parklücke und fuhr nach Hause. Ihm verblieb noch etwas Zeit, bis er Andrea zum Essen abholen konnte. Hoffentlich stand sie auf italienische Küche.

Donnerstag, 11. August 2011, 22 Uhr.

Etwas zerbrach. Das Geräusch musste zwei Türen, das Wohnzimmer und einige Meter Luftwiderstand überwinden, bevor es mit verminderter Intensität in seine Schlafkammer drang. Adrian Ackermann stöhnte im Halbschlaf. Was immer ihn wecken wollte, es war zu früh. Er versuchte sich umzudrehen. Etwas hinderte ihn und weckte ihn schlagartig völlig.

Etwas war falsch hier. Fürchterlich falsch. Er versuchte, sich aufzusetzen. Eine Hand an seiner Kehle drückte ihn herunter. Adrian riss die Augen auf. Er brauchte nicht lange, um im schwachen Mondlicht zu erkennen, dass Tommy vor ihm stand. In der Hand hielt er ein Messer.

„W... was soll denn das?"

Adrian war jetzt hellwach. Jeder einzelne Muskel in seinem Körper fühlte sich wie eine Sprungfeder an, während er versuchte, seine Chancen gegenüber dem Messer auszurechnen. Er drückte sein versteiftes Rückgrat gegen das Kissen. Tommy grinste bösartig.

„Nur keine Panik, Meister. Ich wollte dir nur demonstrieren, wie ich mir eine richtige Mordszene vorstelle. Ich habe dein neues Manuskript gelesen, aber deine Geschichte überzeugt mich nicht. Sie ist zu realitätsfremd. Merk dir gut, wie du gerade reagiert hast. So musst du den Tatvorgang schildern. Vielleicht hätte ich da noch etwas mehr für dich. Ich meine, mit meinen Ideen und deiner Formulierkunst könnten wir doch gut zusammen eine Geschichte schreiben? Aber lass uns morgen darüber reden. Ich wünsche dir eine angenehme Nachtruhe."

NEUNDZWANZIGSTES KAPITEL

Freitag, 12. August 2011

Adrian Ackermann fühlte sich wie gerädert. Nach dem nächtlichen Besuch hatte er kein Auge mehr zugemacht. Missgünstig schielte er nach draußen, wo dieser Tommy bereits unbekümmert im eiskalten Vulkansee plantschte. Der Mann war verrückt. Vollkommen verrückt. Nervös lief er eine Runde im Haus umher und zwang sich, nicht in sein Arbeitszimmer zu gehen und zu arbeiten. Er wusste, dass seine Gedanken nicht da waren, wo sie eigentlich sein sollten.

Vor der Tür zum Gästezimmer blieb er schließlich stehen. Mit einer Reflexbewegung drückte er die Türklinke nach unten und trat leise hinein. Um ein Haar wäre er auf einem Schuh ausgerutscht, der achtlos auf dem Boden lag. Er verlagerte im letzten Augenblick sein Gewicht und stieß an Tommys Reisetasche.

Mal sehen, was der so bei sich hat, dachte Adrian und öffnete vorsichtig den Reißverschluss. Zum Vorschein kamen Herrenbekleidung, ein paar persönliche Dinge, Frauenunterwäsche, Zeitungsartikel und ein Taschenmesser. *Moment mal, Frauenunterwäsche? Habe ich das richtig gesehen? Am*

Ende ist dieser Tommy gar noch ein Fetischist? Würde mich gar nicht wundern.

Aber mehr noch weckten die Zeitungsartikel sein Interesse. Sie handelten alle von den ermordeten Frauen. Adrian fröstelte.*Was hat das alles zu bedeuten? Wer ist dieser Handwerker in Wirklichkeit?*

Später, als sie beim Frühstück saßen, kam Tommy wieder auf das Thema der vergangenen Nacht zu sprechen.

„Ich habe mein Urteil ja bereits abgegeben, Adrian. Dein Manuskript hat deutliche Mängel, es gefällt mir nicht besonders."

Ein merkwürdiger Ausdruck trat in sein Gesicht.

„Aber ich hätte da eine richtige Geschichte für dich: Ein bekannter Autor bietet einem Fremden an, für Kost und Logis ein paar Tage bei ihm zu wohnen. Später kommen ihm langsam Zweifel, ob der Fremde nicht ein gerissener Serienmörder ist, der seit geraumer Zeit in der Eifel sein Unwesen treibt ... Nun, was hältst du davon?"

Adrian zuckte hilflos mit den Achseln. Erwartete Tommy wirklich eine Antwort von ihm? Oder war das als Warnung, vielleicht sogar als Drohung gedacht? Da redete Tommy bereits weiter.

„Und denk' daran! Es ist wichtig, sich immer schön nahe an der Realität zu halten! Das ist es, was die Leute lesen wollen! Ach, reichst du mir bitte mal einen Apfel rüber?"

Adrian traute seinen Augen nicht. Anstatt in den Apfel zu beißen, zerquetschte ihn Tommy mit den bloßen Fingern. Gelassen bemerkte er: „Das Schwimmen im kalten Wasser ist wie ein Lebenselixier für mich, das gibt Kraft. So, genug geschwafelt. Jetzt mache ich mich gleich wieder an die Arbeit."

Adrian zog sich in sein Arbeitszimmer zurück und starrte aus dem Fenster. Die Sonne schien, das Gras leuchtete tief grün und die Tautropfen funkelten wie Edelsteine. Alles sah wunderbar aus – nur, dass ihm total beschissen zumute war. Er hörte auf, den Rasen anzustarren und dachte an die Geschichte, die er schreiben wollte, nein, musste, wenn er in nächster Zeit so etwas wie Geld sehen wollte. Doch zuerst gönnte er sich noch einen guten Schluck. Die Cognacflasche stand griffbereit in seiner Nähe. Auch danach war es nicht leicht, sich an den Schreibtisch zu setzen und zu arbeiten. Aber was half es, die Bücher schrieben sich nicht von alleine. Zuerst einmal Platz schaffen. Akribisch sonderte er seine Privatpost aus der Papierflut. Als er damit fertig war, blieb tatsächlich etwas freie Fläche auf dem Schreibtisch zurück. Adrian schnappte sich widerwillig Papier und Stift. Den Rest des Morgens verbrachte er damit, eine Gliederung zu Papier zu bringen. Seine Gedanken waren wie Sirup. Er versuchte, sie mit etwas Flüssigkeit zu beschleunigen. Mittlerweile pulsierten Kopfschmerzen in seinem Schädel, fast im Gleichklang mit den Hammerschlägen, die aus der Richtung seines Daches ertönten.

Gegen Mittag streckte Tommy den Kopf durch die Tür und fragte: „Na, kommst du voran?"

Adrian schwieg und starrte mit glasigem Blick die Flasche auf seinem Tisch an. Dann sagte er im Flüsterton: „Ich glaube, ich lasse es lieber ganz sein. Das Schreiben, meine ich."

Ärger loderte in Tommys Blick.

„Warum willst du jetzt mit einem Mal das Handtuch werfen?" Sein Blick blieb an der Flasche hängen. „Liegt das daran, dass du deine Fantasie gerade gründlich ertränkt hast? "

„Nein, das nicht ", sagte Adrian leise. „Das Hauptproblem ist ein anderes." Sein Gesicht war jetzt eine Maske der Hoffnungslosigkeit.

„Was ist es denn?"

„Was ist was?"

„Dein Hauptproblem?"

„Ach, so." Adrian schaute ihn an, seine Augen schwammen vor Alkohol.

„Damit befasse ich mich gerade."

„Womit?"

„Na, mit meinen Texten. Du sagst, sie seien nicht realistisch genug, und mein Agent meint, sie kämen der Wirklichkeit zu nahe. Ist verdammt schwierig, es allen recht zu machen und nach einem Bestseller noch ein zweites gutes Buch zu schreiben."

„Warte mal. Nicht so schnell, sondern ganz langsam und der Reihe nach." Tommy trat an den Schreibtisch und berührte mit seinen Fingern ein Blatt Papier, auf dem sich Adrian Notizen gemacht hatte. *TOMMY TÖTEN*, stand da in großen Buchstaben geschrieben.

In seinen Augen blitzte es auf. Und dann überrumpelte seine Reaktion Adrian völlig. Mit drei langen Schritten war Tommy hinter dem Schreibtisch. Adrian fühlte sich aus dem Stuhl hochgezerrt. Dann ballte Tommy die Rechte und schlug zu. Er schlug ihn hart in die Magengrube. Als er zu Boden ging, hagelte es Fußtritte. Adrian bekam keine Luft mehr. Irgendwie schaffte er es, sich seitlich wegzurollen. Seine Schultern krümmten sich vor, als Tommys Turnschuh seine Rippen traf und ihn in einer halben Rolle wieder auf die Füße katapultierte. Er hatte nicht genügend Luft und dazu war er noch viel zu langsam. So sah er zwar Tommys Faust, die auf seinem Kopf zu schnellte, hatte aber nicht mehr die Kraft, um ihr auszuweichen. Er taumelte rückwärts gegen seinen Schreibtisch und sah Sterne.

Freitag, 12. August 2011, 21 Uhr

Die Lichtkegel der Lampen warfen eine unnatürliche Helligkeit auf den dunklen Klumpen Gebüsch. Darin verrichteten Laubachs Leute ihre Arbeit. Hinter dem Absperrband suchten die Männer vorsichtig den Boden ab und steckten hier und da etwas in durchsichtige Plastikbeutel. Einen großen Teil der Leiche hatten sie bereits freigelegt.

Kommissar Laubach stand in der Nähe und kaute auf einem Kaugummi. Er sah richtig fertig aus, was nicht nur daran lag, dass das zusätzliche Kunstlicht seine tiefen Augenränder noch betonte.

„Das Grab ist nicht mehr als einen halben Meter tief", erklärte ihm einer der Männer von der Spurensicherung, der gerade dabei, war die lockere Erde zu durchsuchen.

„Hätte man auch gut und gerne für ein Tier halten können, wenn halt die Kleidungsstücke nicht wären."

Er bückte sich und wühlte mit den Fingern an einer neuen Stelle in der Erde herum. Fast schien es so, als hätte er etwas gefunden. Er betrachtete einen kleinen Gegenstand, legte ihn dann aber wieder zurück und widmete sich wieder seiner vorherigen Tätigkeit. Mit archäologischer Gründlichkeit arbeiteten sich seine Mitarbeiter Zentimeter für Zentimeter vor. Es war extrem wichtig, die Leiche, beziehungsweise das, was von ihr übrig geblieben war nicht zu beschädigen. Nur so konnte garantiert werden, dass auch die kleinste Spur gefunden wurde.

„Wie wurde die Leiche entdeckt?", fragte Laubach.

„Das waren die Hunde."

Der Kommissar wusste Bescheid. Spürhunde wurden nicht nur benutzt, um Drogen aufzuspüren. Hier hatte man die Hundestaffel eingesetzt, um nach der vermissten Edith zu suchen. Scheinbar waren sie fündig geworden.

„Können Sie schon etwas Näheres sagen?" Kommissar Laubach versuchte, seine Neugierde zu verbergen.

„Nicht sehr viel", meinte der Beamte, der vorhin die Erde sortiert hatte.

„Es handelt sich in keinem Fall um ein neues Grab. Sehen Sie sich nur die Kleidung an. Die ist bereits ganz schön vermodert."

Laubach schaute auf die Grabungsstelle. Die Überreste waren nun vollständig freigelegt worden. Sie passten in der Größe zu einem ausgewachsenen Menschen und waren eingebettet in Kleidungsfetzen. „Wie lange mag das wohl schon hier liegen?"

„Das kann ich im Moment noch nicht genau sagen. Ohne

weitere Untersuchungen, meine ich."

„Aber eine Vermutung werden Sie doch wohl äußern können?" Es war immer dasselbe mit den Technikern. Die nahmen sich einfach viel zu wichtig.

„Mm ... na schön. Aber ganz ohne Gewähr. Ich denke ein paar Monate, vielleicht aber auch weniger. Die Kleidungsfetzen sehen mir nach Baumwolle aus, und die braucht eine gewisse Zeit, bis sie völlig vermodert."

„Haben Sie sonst noch etwas?"

Der Mann zuckte mit den Achseln. „Tut mir Leid, so schnell geht das nicht, Sie sehen ja selbst, wir sind gerade erst dabei, alles genau zu untersuchen."

Kommissar Laubach nickte gedankenversunken und schob sich einen zweiten Kaugummi in den Mund.

„Am Schädel sind allerdings Schnittspuren", fügte der Beamte von der Spurensicherung hinzu und deutete auf den Kopf.

„Und was glauben Sie, könnte die Todesursache gewesen sein?"

Der Beamte atmete tief durch. „Wie bereits gesagt ..."

„... Sie müssen erst noch genauere Untersuchungen anstellen. Ich weiß schon Bescheid", knurrte Laubach, der jetzt aus seiner Ungeduld keinen Hehl mehr machte.

„Gibt es sonst noch etwas, das ich wissen müsste?"

„Nun, es handelt sich um eine männliche Leiche. Wahrscheinlich kaukasisch, und Anfang sechzig. Es ist auf keinen Fall Edith Bender."

Laubach blickte auf das Grab. Dass es nicht Edith Bender sein konnte, war ihm sofort klar gewesen. Dafür hatte die

Leiche schon zu lange in diesem Loch gelegen. Aber überrascht war er trotzdem. Bisher war er von einer weiblichen Leiche ausgegangen.

„Schauen Sie hier ...", meinte der Beamte und wollte sein Wissen über menschliche Anatomie herunterrasseln, aber Laubach schloss die Augen, knetete seine Unterlippe und winkte ab. Das hatte ihm gerade noch gefehlt. Ein Mordfall, der mit den Frauen überhaupt nichts zu tun hatte. Plötzlich schaute er auf. Ihm war etwas eingefallen.

„Gibt es Anzeichen dafür, dass die Kehle des Opfers durchtrennt worden ist?"

Die Augen des Beamten wanderten hinauf zum oberen Teil der Leiche

„Ist schwer zu sagen. Der arme Kerl liegt ja bereits eine Weile hier vergraben. Warten wir ab, was die Untersuchungen ergeben." Wieder der übliche Standartsatz.

„Danke", brummte Laubach vor sich hin. Er war sich nicht sicher, was die Sache komplizierter machen würde: Eine zweite Mordermittlung oder der Hinweis darauf, dass derselbe Täter bereits seit längerer Zeit aktiv war und zudem sein Opferschema gewechselt hatte. „Schreiben Sie alles in Ihren Bericht. Es ist schon spät. Ich seh's mir morgen an. Falls noch etwas sein sollte, Sie erreichen mich bei mir zu Hause."

DREISSIGSTES KAPITEL

Samstag, 13. August 2011

Adrian Ackermann lag auf dem Boden neben seinem Schreibtisch und hatte einen fürchterlichen Albtraum. Jedes Mal, wenn er die Augen schloss, sah er Tommys grinsendes Gesicht vor sich und diese kalten Augen, die ihn unentwegt anstarrten. Er wusste nicht, wie lange er so dagelegen hatte, fast paralysiert vor Furcht und mit Schmerzen am ganzen Körper. Dieser Tommy war reif für die Klapsmühle. Oder für den Knast. Adrian starrte auf die Deckenbalken. Nein, Polizei im Haus wäre für ihn im Moment eher weniger gut. Er musste sich etwas anderes einfallen lassen, um den Kerl schnellstens wieder loszuwerden. Vorsichtig lauschte er. Nichts zu hören. Tommy war offensichtlich nicht in Reichweite. Jetzt rappelte er sich auf und griff zum Telefon. Mit zitternden Händen wählte er die Nummer des Immobilienbüros Stephani und lauschte in den Hörer. Nichts. Die Leitung war tot.

Und ein neues Handy hatte er immer noch nicht. *Verfluchter Mist!* Adrian war außer sich. Jetzt konnte er noch ins Dorf fahren und die Telefongesellschaft benachrichtigen. Aber zuerst musste er ins Bad. In der Tür blieb er wie angewurzelt stehen. Die ganze Badewanne war blutverschmiert! Um Himmels willen, was war hier passiert? Blitzartig schoss ihm das Bild von Tommy mit dem Messer durch den Kopf. Was, wenn der sich gerade wieder an ihn heranschlich? *Nichts wie weg hier. Aber wo zum Teufel sind die verdammten Autoschlüssel? Ach ja. Sicher noch im Wagen.*

Adrian stürmte zur Tür hinaus und rannte, als sei der Leibhaftige hinter ihm her, zu seinem Wagen. Die Tür des Mercedes war offen. *Gott sei Dank. Aber wo sind die verdammten Schlüssel?*

„Ich würde mir an deiner Stelle gut überlegen, was ich tue", rief Tommy aus dem Arbeitszimmer. In seiner Hand baumelten Adrians Autoschlüssel. Viel schlimmer allerdings war das Gewehr, das in seiner anderen Hand lag und direkt auf Adrian zielte.

„Im Film kann jeder Depp ein Auto kurzschließen. Aber du bist kein Kinoheld, nicht wahr? Also los, mach schon. Schön brav zurück ins Haus."

Ein Hubschrauber ratterte wie eine große Libelle ziemlich dicht über ihre Köpfe hinweg. Sie suchten wohl immer noch nach der vermissten Frau. Oder gab es bereits ein neues Opfer?

Drinnen wartete Adrian in verbissenem Schweigen, bis Tommy die Stille unterbrach: „Los, setz dich, Adrian. Tut mir echt leid wegen der Sauerei im Bad, aber ich hatte einen Unfall. Diese verdammte Säge. Ich bin abgerutscht, aber es sieht schlimmer aus, als es ist."

Später, sie saßen am Küchentisch, fast als wäre alles normal, aßen Brote und tranken Kaffee mit Cognac, als es an der Haustür klingelte.

Gott sei Dank, dachte Adrian. Vielleicht würde er jetzt endlich diesem Spuk ein Ende bereiten können. Hastig öffnete er die Tür. Die strengen Augen eines Polizeibeamten blickten ihm entgegen. *Was für ein Glück.*

„Guten Tag, Herr Ackermann." Der Beamte grüßte freundlich, aber bestimmt.

„Mein Name ist Matuscheck. Ich untersuche das Verschwinden einer Briefträgerin. Angeblich war sie gestern mit einer Einschreibesendung auf dem Weg zu Ihnen, ist aber seitdem nicht mehr gesehen worden. Ist die Frau bei Ihnen gewesen?"

Die Haustür öffnete sich sperrangelweit. Tommy war zu ihnen getreten. Wie immer trug er eine Handwerkerlatzhose. Und am Gürtel besagter Hose hing das Messer, wie Adrian nur zu gut sah.

„Tut uns leid, Herr Wachtmeister", riss Tommy sofort das Gespräch an sich. „Wir haben hier gestern den ganzen Tag gearbeitet und niemanden kommen sehen. Das Dach, Sie verstehen ... und wir müssen auch sofort weitermachen."

„Ah ja, schade, dass Sie mir nicht weiter helfen können. Das war's schon, was ich von ihnen wollte." Er zückte eine Visitenkarte. „Sollte Ihnen doch noch etwas auffallen, oder sollten Sie einen Hinweis hören, wäre ich Ihnen sehr verbunden, wenn Sie mich umgehend benachrichtigen."

Noch ehe Adrian so richtig begriff, was los war, war der Polizeibeamte bereits wieder verschwunden. Eine verschwundene Frau ... das Blut im Badezimmer ... plötzlich fügten sich die Puzzleteile für Adrian zusammen. „Du Schwein", entfuhr es ihm, „du hast die Frau getötet!"

„Wer, ich?", Tommy lachte kurz auf. „Mach dich doch nicht lächerlich. Ich habe niemanden getötet! Musst du alles so verkomplizieren?"

Ohne Vorwarnung riss Adrian den Mann so hart er konnte an sich. Eine seiner Fäuste traf Tommys Oberarm, der nun mit aller Kraft versuchte, Adrian von sich zu stoßen. Als der noch stärker zerrte, ließ Tommy ganz plötzlich los und gab ihm einen heftigen Stoß, sodass Adrian auf dem Fußboden landete. Seine Barthaare stellten sich auf, als er boshaft grinste. Adrian starrte Tommy verstört an. *Und jetzt? Warum lässt der mich leben?* Irgendwie ergab das alles keinen Sinn, auch wenn er sich mittlerweile sicher war, dass dieser Tommy ein gemeingefährlicher Verbrecher sein musste.

Es war später am Nachmittag, sie aßen gerade Spaghetti Bolognese und schwiegen sich an, als das Geräusch eines sich rasch nähernden Fahrzeuges die ungemütliche Stimmung unterbrach. Durchs Fenster sah Adrian den weißen Peugeot vor dem Hauseingang halten. Die Fahrertür öffnete sich. Frau Stephani war mit einem Satz draußen und ging mit energischen Schritten auf sein Haus zu. Hastig sprang Adrian von seinem Stuhl auf und lief zur Tür, die komischerweise nur angelehnt war.

„Gut, dass Sie kommen, Frau Stephani." Er verhaspelte sich fast vor Aufregung. „Ihr sogenannter Handwerker ist ein ..."

„Ah, guten Tag, Herr Ackermann", fiel sie ihm ins Wort. „Ich wollte nur mal kurz vorbeischauen und in Erfahrung bringen, wie weit die Renovierungsarbeiten vorangeschritten sind. Ich habe auch versucht, Sie telefonisch zu erreichen, aber irgendetwas scheint mit ihrem Telefon nicht zu stimmen."

„Nicht zu stimmen ist gut", entfuhr es Adrian. „Es ist alles seine Schuld. Er hat ..."

„Guten Tag, Boss", unterbrach ihn diesmal die gefürchtete Stimme von hinten.

Zu spät, dachte Adrian resignierend.

„Wollen wir nicht ins Haus gehen? Da unterhält es sich besser. Einen Moment nur. Bin gleich zurück", sagte Tommy und verschwand in Richtung des Anbaus.

Das Schicksal gab ihm eine zweite Chance! Adrian ergriff die Gelegenheit sofort.

„Er ist ein Mörder!", rief er aufgeregt, „er hat die Frauen umgebracht, und eine Postbeamtin hat er auch auf dem Gewissen. Ich habe es selbst mitbekommen. Wir müssen sofort weg, kommen Sie, schnell!"

Er packte Julia Stephani, aber noch bevor sie einen Schritt gehen konnten, fiel ihm eine Bewegung hinter ihr auf. *Was zum Teufel ...* Ihm stockte der Atem.

„Da, sehen Sie nur selbst, Ihr Wagen! Das gibt es doch gar nicht! Er schiebt ihn hinunter zum Vulkansee! Habe ich es Ihnen nicht gesagt? Der Typ ist total verrückt, und dazu noch brandgefährlich. In seiner Reisetasche befinden sich unter anderem Frauenunterwäsche und Zeitungsartikel über die ermordeten Frauen. Er muss die Sachen als Trophäen gesammelt haben. Wir müssen verschwinden, ehe er zurückkommt. Nun kommen Sie doch endlich! Ich weiß einen Weg durch den Wald, den er nicht kennt."

So aufgeregt hatte Julia Stephani den Schriftsteller noch

nie erlebt. Die Maklerin verstand nicht so richtig, was hier vor sich ging, erblasste aber beim Anblick ihres Wagens, der sich langsam den Hang herab auf den Vulkansee zubewegte. Tommy war verschwunden. Fast willenlos ließ sie sich jetzt von Adrian wegzerren in Richtung Wald. Sie hatten gerade die Wiese überquert, die an sein Grundstück grenzte, als Tommy plötzlich vor ihnen stand, das Gewehr im Anschlag.

„Ihr wollt mich doch wohl nicht etwa schon verlassen?" Seine Stimme klang hämisch.

„Schön zurück mit euch. So einfach geht das nicht."

Adrian hatte sich längst an einem Punkt geglaubt, wo seine Verzweiflung nicht mehr gesteigert werden konnte, aber als er die verzerrte Stimme hörte, wurde er eines Besseren belehrt. Außer sich vor Wut ballte er seine Hände zur Faust ... und wurde im gleichen Augenblick niedergeschlagen.

„Habe ich im Knast gelernt", sagte Tommy mit einem breiten Grinsen. „Schlag immer zuerst zu. Der Anblick von Blut verunsichert dich, nicht wahr? Bei mir ist das ganz anders. Wie ängstlich doch die Menschen sind, wenn sie Blut sehen. Sie stellen sich immer das Schlimmste vor." Er deutete auf den Schuppen am anderen Ende der Wiese. „Hier sperre ich euch jetzt einmal hinein, und dann sehen wir weiter ..."

EINUNDDREISSIGSTES KAPITEL

Montag, 15. August 2011

Der Montag war ein schöner, warmer Sommertag. Laubach wachte wie üblich früh auf. Er war verschwitzt, weil er schlecht geschlafen hatte. Wahrscheinlich hatte er geträumt, konnte sich aber an keine Einzelheiten mehr erinnern. Bei ungelösten Fällen ging ihm das häufig so. Die Presse machte mächtig Druck und auch in seiner Chefetage wollte man langsam Erfolge sehen. Er duschte, trank Kaffee und blätterte lustlos den *Volksfreund* durch.

Auch später, als er durch die Straßen von Daun ging, kreisten seine Gedanken unentwegt um den Fall. Was erwartete ihn heute? Würde ihm der Durchbruch gelingen oder sich wenigstens sein Verdacht bestätigen? Vor dem Polizeipräsidium traf er Staatsanwalt Leyendecker. Gemeinsam gingen sie hinein. Laubach gab Leyendecker eine kurze Zusammenfassung des Ermittlungsstandes, der leider dürftig genug ausfiel.

„Ihr habt also noch keine konkrete Spur", stellte Leyendecker nüchtern fest.

„Nein", erwiderte Laubach. Seine Stimme klang schuldbewusst. „Wir ermitteln sozusagen noch in alle Richtungen."

„Derartige Standard-Plattitüden können Sie sich für die Presse aufheben", sagte Leyendecker mit sarkastischem Unterton und verschwand mit energischen Schritten auf dem Korridor.

Im oberen Stockwerk wäre Laubach an der Tür fast mit seiner Sekretärin zusammengeprallt.

„Guten Morgen, Chef. Ich glaube, ich bin da auf etwas gestoßen", sagte sie gewohnt ausdruckslos. „Ich habe mal in den Akten gekramt. Es ist richtig, Adrian Ackermann hatte wirklich nie Probleme mit der Justiz. Trotzdem glaubte ich mich an irgendeinen Zusammenhang zu erinnern."

Kurt Laubach wartete gespannt. Er wusste, das Renate Hübscher in dieser Beziehung wie eine Bulldogge war. Wenn sie sich einmal in etwas verbissen hatte, ließ sie nicht locker.

„Gerade eben bin ich darauf gekommen, was es war", fuhr sie fort. „Und zwar hat Ackermann vor einiger Zeit eine Reihe von Beschwerdebriefe an die Polizei geschrieben. Er war unter anderem unzufrieden damit, wie schlecht wir seiner Meinung nach recherchieren und Gewaltverbrechen aufklären würden. In einem der Briefe ging es um Ihren Vorgänger, dem es nicht gelungen war, eine Serie von Frauenmorden aufzuklären. Ich dachte, das würde uns vielleicht weiterhelfen?"

Laubach zuckte enttäuscht mit den Achseln. *Noch ein Hobbydetektiv*, dachte er. Das brachte ihn leider auch keinen Schritt weiter. Seine Ratlosigkeit frustrierte ihn. Er hatte ganz einfach nichts in der Hand. Außer dem Schmuckstück vielleicht, welches Sandra Meier getragen hatte, und Adrian

Ackermann als potentiellen, aber nicht sehr wahrscheinlichen Verdächtigen. Und diese systematische Erfassung von Ackermanns Leben, seiner Gewohnheiten, seiner Finanzen, seines Umgangs und seiner Vergangenheit erforderten viel Zeit. Zeit, die er eigentlich nicht mehr hatte. Fast automatisch tastete seine Zunge nach dem provisorisch behandelten Zahn. Er hatte sich immer noch nicht daran gewöhnt. Heute Mittag würde er sich mit den anderen Mitarbeiter seiner Mordkommission beraten. Vielleicht war ja inzwischen jemand anderem ein Geistesblitz gekommen für einen neuen Ansatz. Und wenn nicht ... Dann konnten sie nur noch hoffen, dass die Sektion der männlichen Leiche eine neue Spur hergab. Falls diese Leiche überhaupt mit ihrem bisherigen Fall zusammenhing.

Renate Hübscher war beschäftigt. Er hörte, wie sie die Tasten des Computers bearbeitete. Försters Bericht aus der Pathologie lag bereits auf seinem Schreibtisch. Er enthielt Fotos und Details von der halbverwesten männlichen Leiche vom Freitag. Nachdenklich betrachtete er die Fotos.

Adrian Ackermann hatte eine fürchterliche Nacht hinter sich, eingesperrt mit Frau Stephani in einem Schuppen, der früher einmal als Ziegenstall gedacht war. Zunächst hatte er versucht, das Schloss aufzubekommen. Aber das ging ums Verrecken nicht, Tommy hatte ganze Arbeit geleistet. Anfänglich war Adrian noch stinksauer auf Frau Stephani gewesen. Immer wieder hatte er sich darüber beschwert, dass sie ihm diesen Psychopathen ins Haus gebracht hatte. Doch später, als sie wussten, dass sie nicht entkommen konnten, hatten sie sich unterhalten. Und er hatte sich all seine Sorgen von der Seele geredet, froh darüber, dass er nicht allein war. Er hatte der Maklerin von Melanie erzählt, von der gemeinsamen Seereise, von seinem Leben, einfach alles.

„Sicher ist es nicht einfach, mit einem Schriftsteller zusammenzuleben", hatte sie gemeint, und er musste eingestehen, dass seine Frau das Gleiche gesagt hatte, ohne sich jedoch jemals direkt darüber zu beschweren. Aber dann war sie verschwunden. Einfach so, Hals über Kopf, als sie in Santa Cruz vor Anker lagen.

Später hatten sie auf dem Dach ein Poltern gehört. Wahrscheinlich hatte dieser Tommy versucht, sie zu belauschen.

Am nächsten Morgen hatte er ihnen dann das Frühstück gebracht, ganz zuvorkommend, als ob sie in einem First Class Hotel abgestiegen wären. Er hatte ihnen sogar ein kleines Kofferradio mitgebracht, und während sie aßen, liefen gerade die Nachrichten. Ein Sprecher gab bekannt, dass die Polizei im Fall der Eifeler Frauenmorde noch völlig im Dunkeln tappte. Adrian schmeckte das Frühstück nicht mehr.

Wie sollte sie auch Ergebnisse vorzeigen können, wenn der Mörder sich hier versteckte und Frau Stephani und ihn in diesem Schuppen in Schach hielt?

Sie überlegten gerade wieder, wie sie am besten aus ihrem Gefängnis ausbrechen konnten, als Adrian ein Motorengeräusch näherkommen hörte. Der Wagen wurde abgestellt, eine Autotür knallte. Adrian drückte sich die Nase an der schmutzigen Fensterscheibe platt, um zu sehen, wer es war.

Scheiße, das ist der Wagen vom Baumarkt, dachte er und sah, wie ein Mann in einem weißen Overall die Heckklappe des Kombis öffnete und graue Zementsäcke ins Haus trug. Adrian konnte sich nicht erinnern, irgendwo Zement bestellt zu haben, und bei dem Gedanken an Zement fröstelte ihn auf einmal.

Er war so sehr mit sich selbst und seinen Gedanken beschäftigt, dass er fast nicht den Knall gehört hätte, wäre da nicht Frau Stephani gewesen, die ihn mit weitaufgerissenen Augen ansah, auf ihn zu stürzte und sich ängstlich an ihn drückte. Ein zweiter Knall folgte, und jetzt wusste er, was es war: *Ein Schuss* !

Irritiert blickten sie sich an und sahen dann beide aus dem Fenster, gerade rechtzeitig, um zu sehen, wie Tommy etwas in den Wagen hievte, sich selbst ans Steuer setzte und in Richtung Wald fuhr.

Adrian schluckte. „Verdammt!", sagte er, „dieses Schwein hat auf den Mann vom Baumarkt geschossen. Ach, was sag' ich denn, abgeknallt hat er ihn, wie die Hasen im Wald. Haben Sie das gesehen? Wir müssen fliehen, schnell, bevor er zurück ist."

Er war so außer sich, dass er noch nicht einmal ihre Reaktion abwartete. Pure Angst flutete durch seine Adern. Er rüttelte an der Tür, trat dagegen, aber nichts passierte. *Das Fenster*, dachte er, aber das war nie zum Öffnen gedacht gewesen und überdies zu klein, dass sich ein ausgewachsener Mensch hätte hindurchzwängen können. Es war zum Verrücktwerden. Wieder hantierte er an dem Türschloss, bis die Tür endlich aufsprang.

„Kommen Sie schnell", wollte er gerade der Maklerin zurufen, da ertönte Tommys verhasste, kalte Stimme wieder:

„Ihr scheint heute kein Glück zu haben! Noch so einen Versuch und ich töte euch beide, auf der Stelle, verstanden?"

Adrian war viel zu aufgebracht, um sich noch zu beherrschen. „Was hast du mit dem Lieferanten gemacht? Du Schwein!", schrie er zitternd vor Aufregung.

„Der Typ wollte einfach abhauen", erwiderte Tommy gelassen. Auf seinem Gesicht erschien ein böses Lächeln. „Und da habe ich ..." Er führte den Satz nicht ganz zu Ende, deutete aber auf sein Jagdgewehr. Adrian erblasste. Eine Weile starrten sie sich nur an, ohne ein Wort zu sagen, während Julia Stephani sich vor Entsetzen die Hände vors Gesicht hielt. Tommy war der erste, der die Stille unterbrach.

„Schwamm drüber. Ich mach' uns jetzt etwas zu essen und dann arbeitest du an unserer Geschichte weiter. Ich will, dass du sie zu Ende schreibst, verstanden? Es ist die große Chance für uns beide!" Das klang eindeutig wie ein Befehl.

„In Ordnung, Tommy, mach' ich, Tommy, wie du willst, Tommy, aber eins musst du mir versprechen: Du musst Frau Stephani gehen lassen, hörst du? Lass sie gehen!"

Tommy kratzte sich hinter dem Ohr. Es sah aus, als würde er darüber nachdenken.

„Du meinst, damit sie gleich die Bullen rufen kann, wenn sie frei ist?"

Seine Mimik war unmissverständlich.

Adrian reagierte panisch.

„Ich will aber nicht, dass du sie tötest!", schrie er ihn an.

„Natürlich willst du das nicht. Die Menschen würden sonst was tun, um am Leben zu bleiben. Und noch etwas möchte ich dir sagen: Die privaten Sachen seines Gastes durchsucht man nicht! Du hast mich verraten und für mich gibt es gibt nichts Schlimmeres als Verrat. Ich biete dir hier das Ende für deine Geschichte an, ein richtig gutes Ende, denn du bist dazu ja nicht fähig, und was machst du? Du schnüffelst in meinen Sachen herum. Gib mir noch einen Grund, nur einen kleinen, und ich mache dich kalt, genauso wie den Typen vom Baumarkt. Geht das rein in deinen versoffenen Schädel?"

Ohne Ackermann zu Wort kommen zu lassen, drehte er sich um und deutete auf die Maklerin.

„Und du kommst jetzt mit mir", sagte er in einem Ton, der keinen Zweifel aufkommen ließ. Hart packte er Julia am Handgelenk. Auf seinem Gesicht erschien wieder dieses teuflische Grinsen.

„Adrian, ich zeige dir jetzt, wie das geht, und danach hast du die beste Geschichte, die du dir vorstellen kannst."

Adrians reagierte prompt. Er kochte vor Wut.

„Du Psychopath", schrie er ihn an. „Glaubst du, ein Schriftsteller müsste einen wirklichen Mord sehen, um einen fiktiven Mord beschreiben zu können? Was denkst du eigentlich, wer du bist, dass du mir Nachhilfe geben willst? Vergiss nicht, dass ich es war, der den Bestseller geschrieben und sogar Preise gewonnen hat! Und das, weil ich meine Geschichte so authentisch und spannend geschrieben habe. Und jetzt kommst du, du mordgeiler Idiot, und ramponierst mir mein ganzes Leben! Das kannst du nicht machen! Damit kommst du nicht durch! Die Polizei wird dich kriegen, verlass dich drauf! Und wenn es irgend geht, helfe ich denen dabei und tanze anschließend auf deinem Grab!" Ackermann versuchte, die Kontrolle über sich zurückzugewinnen. Tommy hatte nicht mehr als ein schwaches Lächeln für ihn übrig.

„Na, wenn schon", sagte er, als könne er kein Wässerchen trüben. „Soll die Polizei doch kommen. Auch wenn du das nicht glauben wirst, ich habe niemanden getötet. Dafür wird die Polizei sicher sehr interessiert sein, herausfinden, was du mit deiner Frau gemacht hast."

Der Schlag gelang ihm nicht ganz.

„Tz...", erwiderte Adrian und spürte, wie er ein wenig Oberwasser bekam.

„Und was ist mit der Damenunterwäsche und den Zeitungsartikeln in deiner Reisetasche?"

„Die beweisen rein gar nichts, auch nicht die Unterwäsche, die habe ich von einer Leine geklaut. Aber die Sache mit deiner Frau. Das ist ein ganz anderes Thema. Sie hat dich gar nicht verlassen, sondern du hast sie getötet. Und seitdem säufst du wie ein Loch und hast Angst, die Bullen könnten wieder nach ihr suchen."

Sie beobachteten einander, wie zwei Kampfhähne, die nicht einen Millimeter nachgeben wollten.

„Die Polizei war bereits mehrmals hier und hat nie etwas gefunden." Ackermann war sich seiner Sache sicher.

„Ach, hat sie nicht? Also, wenn das so ist, und du trotzdem Angst hast, dann muss es noch etwas anderes geben. Du hast all die Morde begangen, und willst mir nun die Schweinereien in die Schuhe schieben. Langsam beginne ich zu begreifen: Es geht um dich oder um mich, nicht wahr? Aber glaube mir, deine Ideen sind mir schon lange bekannt."

Anzeichen eines Triumphes erschienen auf Tommys

Gesicht, doch so leicht ließ sich Adrian nicht überrumpeln.

„Man wird mich niemals schnappen, und weißt du auch warum? Weil es ein Unfall war! Melanie und ich hatten getrunken und dann ist sie einfach über Bord gefallen. Und was die anderen Frauen angeht, damit habe ich überhaupt nichts zu tun. Du bist es doch, der sich nimmt, was dir das Leben gibt und sicher hast du auch ..."

Frau Stephani nutzte die Gelegenheit, duckte sich weg und konnte ihr Handgelenk aus Tommys Pranke befreien. Für einen kurzen Augenblick war Tommy abgelenkt. Ohne zu zögern sprang Adrian auf ihn zu, entriss ihm das Gewehr, legte auf ihn an und betätigte den Abzug. Es gab einen lauten Knall, die Kugel erwischte ihn. Aber Tommy fiel nicht um. Stattdessen wurde sein Grinsen noch breiter.

„Siehst du, ich bin unsterblich und kann von den Toten auferstehen, wie Gott." Bedrohlich baute er sich vor Adrian auf. Im nächsten Augenblick öffnete sich die Tür und Klaus Wichmann, alias Lieferant vom Baumarkt, Renate Hübscher, alias Postangestellte, und Günnie, alias Wachtmeister Matuscheck, betraten den Raum. Adrian ließ vor Schreck die Waffe fallen. Er war viel zu perplex, um etwas sagen zu können. Trotzdem versuchte er es, aber alles, was er herausbrachte, war nur ein unverständliches Stammeln. „S... Si... Sie ..."

„Lassen Sie es gut sein, Herr Ackermann. Es ist alles nur Show. Theater, falls Sie verstehen, was ich meine?" Fast schon mütterlich versuchte Renate Hübscher, ihm die Situation zu erklären: „Sehen Sie, der Handwerker Tommy ist in Wirklichkeit ein Schriftstellerkollege von ihnen namens Roger Peters, und Julia Stephani heißt in Wirklichkeit Diana Berger. Als wir erfuhren, dass sie Ihr Haus verkaufen wollten, haben wir uns mit den Stephanis arrangiert. Wir haben Sie beobachtet und einen Trojaner konstruiert. Ich muss Sie nun bitten, mit mir aufs Polizeirevier zu kommen. Ich denke, es gibt da so einiges, was sie uns erklären sollten. Kommissar Laubach wird vielleicht Augen machen!"

Wortlos ließ sich Adrian zu ihrem Wagen bringen. Er war ihnen auf den Leim gegangen. Noch nie hatte er gehört, dass jemand bei der Polizei zu solchen Mitteln gegriffen hatte. *Alle Achtung*, dachte er respektvoll. *Was für eine perfekte Inszenierung.* Anscheinend hatten seine Beschwerdebriefe doch etwas bewirkt. Und überhaupt, er würde diese Aktion irgendwann einmal in einem seiner zukünftigen Romane verarbeiten.

ZWEIUNDDREISSIGSTES KAPITEL

Montag, 15. August 2011, 15 Uhr

Kommissar Laubach fiel aus allen Wolken, als das Quartett bei ihm auftauchte. Er hatte sich zwar gewundert, dass die Hübscher nicht an ihrem Platz saß, als er von der Mittagspause zurückgekommen war, letztendlich aber war ihre Abwesenheit nicht von Bedeutung.

„Ihr habt was ...?", fragte er ungläubig, als er die Geschichte hörte. „Das ist Nötigung und Freiheitsberaubung sowie Amtsmissbrauch, Fräulein Hübscher. Mit Ihnen unterhalte ich mich später.

Nun aber zu euch, Diana und Roger. Nicht nur, dass ihr meine Arbeit behindert, überall herumschnüffelt und Beweismaterial zurück haltet, jetzt greift ihr sogar noch tatkräftig zu. Ich hätte nicht üble Lust, euch für ein paar Tage einzubuchten. Wenn ich mit dem hier fertig bin", er zeigte auf Adrian Ackermann, „erwartet euch vielleicht eine hübsche Strafanzeige. So das wär's – und jetzt will ich euch hier nicht mehr sehen. Haben wir uns verstanden?"

Insgeheim aber freute er sich über die unerwartete Gelegenheit. Jetzt würde er sich den eingeschüchterten Ackermann in aller Ruhe vorknöpfen können. Sanft und zuvorkommend selbstverständlich.

Montag, 15. August 2011 um 18.30 Uhr

Laubachs Handy klingelte in der Tasche seines Jacketts, das im Moment über seinem Stuhl hing. Die letzten drei Stunden hatte er damit verbracht, Adrian Ackermann in die Mangel zu nehmen. Stückchen für Stückchen hatte er das Mosaik zusammengesetzt. Melanies Verschwinden war kein Unfall gewesen. Es war zwischen Lanzarote und Teneriffa geschehen. Melanie und Adrian hatten getrunken und sich wieder mal gestritten. Sie hatte ihm zu verstehen gegeben, dass sie ihn auf Teneriffa verlassen wollte, um allein die anderen Kanareninseln zu erkunden. Er hatte sie geschlagen. Nicht sehr heftig, aber doch so stark, dass sie nach hinten getaumelt und genau vor das große Segel gekracht war, das gerade umschlug und sie voll am Kopf traf. Sie musste sofort tot gewesen sein. Adrian hatte vergeblich all das angewandt, was er einmal in einem Erste-Hilfe-Kurs gelernt hatte, um sie wiederzubeleben. Sich schuldig fühlend und nicht wissend, was er tun sollte, hatte er in Panik die Leiche mit einem Seil zusammengeschnürt, mit Werkzeug beschwert und über Bord geworfen. Ob das Ganze jetzt Totschlag war oder ein Unfall, darüber konnte sich nun Staatsanwalt Leyendecker den Kopf zerbrechen. Laubach würde Ackermann auf jeden Fall ein paar Tage in U-Haft schmoren lassen, denn zu der auffallenden Ähnlichkeit seines Manuskriptes zu den realen Frauenmorden hatte der Schriftsteller bisher eisern geschwiegen.

Als Laubach endlich nach dem Handy griff, hatte es bereits zu klingeln aufgehört. Stattdessen erschien auf seinem Display die Mitteilung über einen entgangenen Anruf in seiner Abwesenheit mit unbekannter Nummer. Er rief zurück, neugierig, wer sich melden würde.

Er kriegte ein lapidares „Hallo!" zu hören.

„Laubach hier", sagte er. „Sie haben angerufen?"

„Moin, Kurt. Ich bin's, Heinz Röder. Na, auch noch kein Feierabend?"

„Da sagst du was, Heinz. Mörder kennen leider keine geregelten Arbeitszeiten."

„Dann steckst du also auch noch mitten in einem Fall?"

„Wenn's doch bloß nur einer wäre! Zuerst die ermordeten Frauen, und jetzt habe ich auch noch eine männliche Leiche."

„Was du nicht sagst Kurt. Aber da besteht doch wahrscheinlich kein Zusammenhang?."

„Oh doch, den gibt es sehr wohl. Der Tote wurde hier bei uns in der Eifel gefunden und Förster ist sich sicher, dass er mit der gleichen Waffe getötet wurde."

„Wie bitte? Warte mal. Dazu fällt mir gerade etwas ein. Wir hatten da vor ein paar Jahren in Koblenz auch mal so eine seltsame Sache. Zwei Morde mit gleichem Tathergang und einer, der anders war. Zwei Frauen waren vergewaltigt und mit einem Messer regelrecht abgeschlachtet worden, und eine weitere starb durch eine Feuerwaffe. Wir konnten kein Motiv finden, bis wir feststellten, dass alle drei Opfer eine Verbindung zu einem Mann gehabt hatten, der kurz vorher aus der AHG-Klinik in Daun entlassen worden war."

Mit einem Mal war Laubach so richtig bei der Sache.

„Mensch, Heinz. Das ist vielleicht ein brauchbarer Hinweis. Könnte ich wohl eine Kopie der Akte zu deinem damaligen Fall bekommen?"

„Na, klar. Ich kümmere mich darum, Kurt. Ich habe die Ermittlungen selbst geleitet, und der Kerl, um den es ging, hieß Fischer."

„Danke, Heinz. Ich werde sofort bei der Anstaltsleitung vorsprechen. Die sollen mir mal eine Liste jener Personen schicken, die sie in den letzten zwölf Monaten entlassen haben."

„Ja, mach das Kurt, und ich werde mal schauen, ob das Zahnlabor etwas Brauchbares für uns hat. Ich halte dich auf dem Laufenden."

„Prima, Heinz, ich warte auf deinen Anruf", sagte Laubach und hatte es plötzlich furchtbar eilig. Endlich hatte er einen brauchbaren Anhaltspunkt. Zuerst würde er sich die Akte von diesem Fischer anschauen, und dann umgehend mit seinem Team die nächsten Schritte planen. Er pfiff vor sich hin. Dann meldete er sich bei seiner Sekretärin.

„Fräulein Hübscher, bitte verbinden Sie mich mit der Leitung der AHG-Klinik."

„Glauben Sie, dass von den hohen Herren dort noch jemand im Hause ist?"

„Versuchen Sie's einfach! Und Fräulein Hübscher ..."

„Ja, Chef?"

„Es eilt!"

Keine zwei Minuten später hatte er tatsächlich jemand von der AHG-Klinik in der Leitung. Laubach erklärte einer Frau Holtkamp, wer er war und was er wollte. Die vertröstete ihn auf den nächsten Tag, versprach aber, dass ihm dann die komplette Liste der entlassenen Sträflinge des vergangenen Jahres vorliegen würde.

„Mit Fotos?", fragte Laubach nach.

„Das kann ich Ihnen unmöglich versprechen. Ich werde aber sehen, was ich für Sie tun kann. Zaubern können wir hier leider immer noch nicht!"

Laubach fluchte leise vor sich hin. Endlich hatte er einen möglichen Anhaltspunkt gefunden, und doch würde er sich damit bis morgen gedulden müssen. Es war verdammt nicht einfach, schlauer sein zu wollen, als ein Kerl der hochintelligent und dazu noch ein Mörder war. Laubach war beides nicht

DREIUNDREISSIGSTES KAPITEL

Dienstag, 16. August 2011, um 9 Uhr

Roger Peters lenkte geistesabwesend seinen grünen Sportwagen durch die Kurven der Eifel-Landstraße. Sein Plan war gehörig in die Hose gegangen. Zwar hatten sie Ackermann einige Informationen entlocken können, aber Edith hatten sie immer noch nicht gefunden. Und zu allem Überfluss sah es ganz danach aus, als ob Ackermann überhaupt nichts mit ihrem Verschwinden zu tun hatte. Er fühlte sich leer, am Ende seiner Möglichkeiten. Die Luft war irgendwie raus. Zudem hatte Diana zurück gemusst nach Köln, sie konnte ihrer Arbeit nicht länger fernbleiben. Also hatte er sie heute in aller Herrgottsfrühe zum Bahnhof nach Lissendorf gebracht, und befand sich nun auf dem Weg nach Daun, um Kloppe Laubach einen Besuch abzustatten. Vielleicht konnte er ja in Erfahrung bringen, ob Ackermann wenigstens dort irgend etwas Nützliches zu Ediths Verschwinden ausgesagt hatte, wenn ... ja, wenn Laubach überhaupt noch mit ihm sprechen würde.

In Daun parkte er den MG auf dem Besucherparkplatz vor dem Polizeipräsidium.und stieg eilig die Treppenstufen zum

Eingang des weißgetünchten Gebäudes hinauf. Jedes Mal, wenn er hier ankam, wunderte er sich, dass die Kriminalabteilung nicht in einem historischen Prachtbau untergebracht war, etwa so, wie das alte Bankgebäude mit seinen kunstvoll gemeißelten Pfeilern, die den Platz zweier Ladenfronten auf dem Marktplatz einnahmen. Die Kriminalhauptstelle befand sich in einem schlichten, rechteckigen Gebäudekomplex, ohne den Charme historischer Gebäude, aber alleine schon durch seine Größe ziemlich beeindruckend.

Der Empfang bestätigte, dass Laubach bereits in seinem Büro sei, und meldete ihn an. Roger ging hinauf zur Kriminalabteilung. Aus den meisten Büros drangen Arbeitsgeräusche auf den Flur. Frau Hübscher winkte ihn durch. Er klopfte kurz an Laubachs Tür und trat sofort ein. Sein ehemaliger Schulkamerad betrachtete gerade ein Foto, welches er aus einer Mappe gezogen hatte.

Er sieht verdammt müde und abgespannt aus, befand Roger. *Dem scheint die Situation auch ganz schön an die Nerven zu gehen.*

„Hunger?", fragte er.

Laubach legte das Foto zurück in die Mappe und blickte auf. Roger hielt mit einem Grinsen die braune Papiertüte aus der kleinen Bäckerei unten an der Straßenecke hoch.

„Eigentlich nicht Roger, besten Dank. Ich versuch's gerade mit Diät. Aber dass du dich überhaupt her traust!", erwiderte Laubach und schien keinesfalls erfreut über die unerwartete Ablenkung zu sein. Roger ignorierte seine Antwort, setzte sich stattdessen auf die Schreibtischkante und riss die Tüte auf, die er mitgebracht hatte. In der Schule hatte Laubach immer auf Süßes gestanden. Mal sehen, ob das immer noch funktionierte. Mit den Fingern holte er zwei Hefeteilchen heraus und hielt Laubach eins hin. Der konnte der Versuchung nicht widerstehen, griff zu und schob sich den Nusskringel in den Mund.

„Wirklich eine scheußliche Sache", sagte er kauend.

„Der Nusskringel?"

„Ach was! Verarschen kann ich mich auch selbst. Ich meine natürlich meinen Fall."

„Wie sieht es denn bei Ackermann aus?", fragte Roger, während er ein weiteres Teilchen aus der Tüte zog und es sich in den Mund steckte.

„Der macht sich vor Angst in die Hosen, aber er war's nicht", sagte Laubach und ließ zum ersten Mal so etwas wie ein Lächeln erkennen. „Ich hoffe nur, ihr seid nicht zu hart mit ihm umgegangen. Merkwürdigerweise scheint er von einer Anzeige gegen euch absehen zu wollen. Da habt ihr wirklich Glück gehabt. Ich zieh mir jetzt schnell noch einen Kaffee. Möchtest du auch noch einen Roger?"

„Nein danke, Kloppe, ich habe genug."

Laubach stand auf und ging aus dem Zimmer. Der Bericht des Pathologen lag auf seinem Schreibtisch. Roger kam nicht umhin, einen Blick darauf zu werfen. Die Gelegenheit dazu war einfach zu günstig. Er sprang auf, ging zum Schreibtisch und blätterte in der Akte. Das, was er wissen wollte, fand er auf Anhieb. Noch bevor Laubach zurück ins Büro kam, saß er wieder brav auf seinem Stuhl.

„Na, wenigstens eine gute Nachricht, Kloppe", kommentierte er dessen Aussage von eben.

„Sei dir noch nicht zu sicher Roger. Wenn der Polizeipräsident davon erfährt, macht er euch einen Kopf kleiner und mich dazu. Der ist hypernervös wegen der ungelösten Mordfälle, aber ich kann nun mal keinen Täter aus den Rippen schneiden. Bist du mit dem MG hier? Ist lange her, dass ich in so einem Ding gefahren bin. Erinnerst du dich noch an den Lehrer Drössler? Der hat doch auch immer so einen Wagen gefahren. Einen roten, mit Speichenräder und Holzlenkrad. Wie oft haben wir in den Pausen davor gestanden und uns die Augen ausgeglotzt? Ist alles so verdammt lang her, nicht wahr? Manchmal trauere ich wirklich den alten Zeiten hinterher. Led Zeppelin, Deep Purple, Status Quo und dann unsere erste Schulband, The Rocks, weißt du noch?"

Roger Peters grinste. Als ob er das jemals vergessen könnte. Rumpelstilzchen hatten die Lehrer sie damals genannt, aber die Mädchen waren total verrückt nach ihnen gewesen. Und was den MG anging, nun ja, dem war er ja bis heute noch treu geblieben.

„Ich hab sogar noch meine alte Framus-Klampfe", sagte er. „Was denkst du, vielleicht machen wir mal wieder Musik zusammen, wenn das Ganze hier vorbei ist?"

„Wenn es bloß schon so weit wäre Roger, ich hab schon Bauchschmerzen, wenn ich morgens in mein Büro gehe. Weiß der Geier, was noch alles kommt. Aber tu mir bitte einen Gefallen, Roger. Amateurdetektive, die mithelfen wollen, können wir jetzt überhaupt nicht gebrauchen. Ihr behindert nur unsere Arbeit. Ganz zu schweigen von dem Berg an zusätzlichen Papierkram, den ich deiner wahnwitzigen Aktion verdanke. In Zukunft unterlässt du gefälligst solche Alleingänge wie bei dem Ackermann, haben wir uns verstanden?"

„Aye, aye, Sir!"

Mit diesen Worten überließ Roger Laubach wieder seinen Unterlagen und verließ das Büro. Fräulein Hübscher lächelte ihm zu. Sie hatte dieses Mal eine farbige Bluse an. Knallrot. *Was für ein Unterschied solch eine Farbe ausmacht*, dachte er. *Anscheinend hat ihr die Aktion richtig gut getan.*

Kurz nach Mittag bekam Laubach ein Fax von der AHG-Klinik. Es waren die Namen und Daten jener Häftlinge, die man im Laufe des vergangenen Jahres entlassen hatte. Laubach überflog die Liste. Auf den ersten Blick befand sich niemand darunter, der ihm irgendwie bekannt vor kam. Aber darum konnten sich jetzt seine Kollegen kümmern. Besonders Schwarzenegger war diese Aufgabe wie auf den Leib geschrieben.

Und dann war da noch der Anruf aus dem Zahnlabor. Röder hatte veranlasst, dass ihm die gute Nachricht unmittelbar verkündet wurde. Der Abgleich war positiv ausgefallen. Man hatte die männliche Leiche tatsächlich anhand des Zahnschemas identifizieren können. Demnach handelte es sich bei dem Toten um einen gewissen Konrad Hendges aus Bad Neuenahr. Zunächst wusste Laubach nicht so recht, was er davon halten sollte. Routinemäßig verglich er den Namen mit denen von der Liste der AHG-Klinik. Aber da war kein Konrad Hendges aufgeführt. Trotzdem kam es ihm so vor, als habe er den Namen irgendwo schon einmal gehört. Er erinnerte sich bloß nicht mehr daran, wo das gewesen war. Leider wurde die Sache immer undurch-

sichtiger. Vielleicht half es, wenn er noch mal mit Röder sprach?

VIERUNDDREISSIGSTES KAPITEL

Dienstag, 16. August 2011, 18 Uhr

Es war gegen 14 Uhr, als Roger zurück nach Kelberg fuhr. Unterwegs trübte sich seine Stimmung wieder ein. Dabei beunruhigte ihn ein Gedanke ganz besonders: Durch die Aktion mit Ackermann hatten sie wertvolle Zeit verloren und zudem vom richtigen Täter noch immer keine noch so kleine Spur.

Als er heimkam, war es still im Haus. Er schälte sich aus seinen Klamotten und stellte die Dusche an. Er hoffte, sich damit den Kopf irgendwie wieder freizuspülen. Verdammt, er war Autor, er hatte Fantasie, warum fiel ihm bloß nichts ein? Jetzt stach das heiße Wasser wie Nadeln in seine Haut. Trotz des Wasserrauschens war der blecherne Ton des Radios aus der Küche zu hören. Elzbieta putze am liebsten bei Musik. Gerade als er sich abtrocknete, verstummte die Musik und Elzbieta klopfte an die Tür. Roger warf rasch den Bademantel über und öffnete.

„Herr Peters, da hat jemand für Sie angerufen. Eine Frau mit einer komischen Stimme. Sie hat gesagt, sie würde sich nochmals melden."

„Fein."

Elzbieta hatte die Hände in den Taschen ihrer Jeans vergraben und starrte durch das Wohnzimmerfenster auf den Hof. Sie sah traurig aus. „Edith hätte diese Woche Geburtstag gehabt", sagte sie. Ein, zwei Tränen rollte ihr über die Wangen.

Großer Gott! Daran hatte er überhaupt nicht mehr gedacht. Er war einfach viel zu beschäftigt gewesen, um an solche Termine zu denken. Fast schämte er sich jetzt dafür.

„Hat diese Woche Geburtstag, Elzbieta. Ich mag einfach nicht daran glauben, dass sie ..."

„Ihr fünfunddreißigster", fuhr Elzbieta fort. Ihre Stimme war nur noch ein lang andauerndes Schluchzen.

„Ist alles in Ordnung, Elzbieta?", fragte Roger.

Sie nickte und versuchte ein verunglücktes Lächeln. „Tut mir leid, aber ich komme einfach nicht darüber hinweg."

Sie drehte sich weg, damit er ihre Tränen nicht mehr sehen konnte und begann damit, ein paar Zeitschriften abzustauben.

Roger berührte sanft ihren Arm. „Warum gehen Sie heute nicht mal früher nach Hause?"

Elzbieta suchte nach einem Taschentuch. „Aber ich wollte gerade staubsaugen", entgegnete sie und schniefte.

„Ich denke, ich werde den Staub noch ein wenig ertragen können."

Jetzt lachte sie doch, wenn auch zittrig.

„Wenn Sie meinen ..."

„Ja, genau das meine ich. Soll ich Sie fahren?"

„Nein, ist nicht nötig."

Sie bestand darauf, zu Fuß zu gehen. „Ich komme morgen wieder her und mache den Rest sauber", sagte sie zum Abschied. Nachdem sie verschwunden war, zog Roger sich an. Dann widmete er sich den Zeitschriften und versuchte etwas zu finden, was ihn ablenkte. Zwischen ein paar Modejournalen hatte sich eine ältere Ausgabe der *Eifelzeitung* verirrt. Roger wollte die Zeitung gerade zur Seite legen, als ihm ein Artikel ins Auge stach. Er nahm sie wieder auf. Adrian Ackermanns Abbild lächelte ihn fröhlich an. Unter dem Foto stand ein kurzer Artikel über Ulmens gefeierten Autor. Das Datum lag ein paar Tage nach dessen Rückkehr von den Kanaren. Roger überflog den Artikel kurz und stutzte. Dann setzte er sich hin und las ihn erneut, dieses Mal sehr gründlich. *Seereise inspiriert hiesigen Autor,* lautete die Schlagzeile zu dem Artikel. Roger dachte an die beschriebenen Seiten, die er flüchtig gelesen hatte, als er zusammen mit Diana Ackermanns Boot durchsucht hatte. Damals hatte er den Texten keinerlei Bedeutung geschenkt. Ohne lange zu überlegen rief er im Polizeirevier an. Kommissar Laubach sei in einer wichtigen Besprechung, erfuhr er von Renate Hübscher. Wahrscheinlich hatte es mit der Festnahme von Adrian Ackermann zu tun. Also hinterließ Roger eine Nachricht. Dann griff er nochmals nach der Zeitung und überflog erneut den Artikel.

Der Schriftsteller Adrian Ackermann sagt, dass Reisen seine Phantasie beflügelt. „Ich bin gerne unterwegs. Da bekomme ich die besten Ideen für meine Geschichten."

Roger dachte an den Pathologiebericht auf Laubachs Schreibtisch. Was Ackermann in seinem Manuskript geschrieben hatte, stimmte haargenau mit dem überein, was Laubachs Pathologe festgestellt hatte. Bedrückt legte er die Zeitung wieder auf den Tisch. Eins war sicher, er musste noch einmal nach Oberwinter und auf Ackermanns Boot. Da konnte Kloppe Laubach schimpfen, soviel er wollte.

Verdammt! Und ausgerechnet jetzt ist Diana nicht mehr da ...

Dienstag, 16. August 2011, 18 Uhr

Nachdem er den Artikel gelesen hatte, fuhr Roger Peters mit Ediths Wagen hinaus aufs Land. Er hatte kein bestimmtes Ziel im Kopf. Ihm war lediglich nach frischer Luft und einem ungestörten Platz zum Nachdenken.

Er fuhr ziellos umher, so wie er es damals getan hatte, als er sich den MG angeschafft hatte, auch wenn es in Ediths Corsa ganz und gar nicht das Gleiche war. Bei Mehren erreichte er eine Anhöhe, von wo aus er die ganze Landschaft überblicken konnte. Spontan hielt er den Wagen an und stieg aus. Er setzte sich auf einen kleinen Grashügel und schaute zu, wie sich die Sonne langsam auf die Felder senkte. Ihre Strahlen formten auf den Maaren abstrakte Muster.

Eine Weile versuchte er, sich auf das Geschehene zu konzentrieren. Aber die Realität schien ihm jetzt meilenweit entfernt zu sein. Um keinen Preis wollte er dieses heile Fleckchen Erde verlassen. Er saß da, ließ seine Gedanken treiben und schaute zu, wie die Sonne unterging, bis nur noch ein heller Streifen am Horizont zu sehen war und die Landschaft eine einförmige Dunkelheit formte, die das Licht aufsog. Als er schließlich steif und mit schmerzenden Gliedern vom langen Sitzen aufstand, wusste er, was er zu tun hatte.

Er öffnete die Fahrertür des Opels, setzte sich hinters Lenkrad, betätigte den Blinker und fuhr schnurstracks auf den Zubringer zur Autobahn A48. Um diese Zeit herrschte nur noch wenig Verkehr. Mit etwas Glück würde er in kaum mehr als einer Stunde in Oberwinter sein.

FÜNFUNDDREISSIGSTES KAPITEL

Dienstag, 16. August 2011, 19.30 Uhr

„Und Du bist wirklich noch nicht hier essen gewesen?" Konrad stützte sich mit dem Ellbogen auf dem glänzend polierten Tisch ab und lächelte Andrea an, die ihm gegenübersaß.

„Ich glaube nicht. Soweit ich mich erinnern kann, habe ich mir nur mal ab und zu eine Pizza in den Laden kommen lassen. Früher, als ich dich noch nicht kannte, bin ich gar nicht so oft auswärts essen gegangen", entgegnete sie und studierte die Speisekarte.

„Ach so, daher hältst du deine traumhafte Figur." Er grinste.

„Du alter Schmeichler", konterte sie zärtlich und sah ihm für einen Moment in die Augen. „Hast du schon etwas gefunden?"

„Hm, ich glaube ich nehme die Lasagne und einen Salat."

Er griff ihre Hand. Andrea war völlig normal zu ihm, so wie immer. Er hatte also noch etwas Spielraum, auch wenn er dieser Edith bereits überdrüssig war. Sie machte ihm keinen Spaß mehr. Da kam nichts mehr rüber, nichts was ihn so richtig antörnen würde, außer vielleicht ...

Sein Blick fiel auf Andreas Kette.

„Hey, du trägst ja die Kette, die ich dir geschenkt habe", sagte er und tat so, als ob er sich freuen würde. Sie berührte kurz den Anhänger.

„Seitdem du sie mir geschenkt hast, habe ich sie noch niemals abgelegt, Conny! Und jeder, der in den Laden kommt, bewundert sie."

Konrad schluckte, behielt aber seine neutral-freundliche Miene bei. „Und du zeigst sie so offen herum?"

„Aber sicher. Vor allem meinen Kundinnen."

Verdammt. Verdammt. Verdammt.

Offensichtlich bemerkte sie jetzt doch an seinem Gesichtsausdruck, dass etwas nicht in Ordnung war.

„Aber ich gebe nicht damit an, wenn es das ist, was dich beunruhigt", sagte sie schnell.

„Aber nein, das weiß ich doch. Dazu bist du einfach nicht der Typ." Er biss sich auf die Unterlippe.

„Meinst du es wäre besser, wenn ich sie nicht so oft tragen würde?"

„Nein, nein. Trag sie ruhig! Dafür habe ich sie dir ja geschenkt. Es ist nur, weil sie verdammt wertvoll ist. Vielleicht solltest du sie versichern lassen und bis dahin eine Weile nicht mehr tragen. Sie könnte gestohlen werden, weißt du?"

Verdammt! Warum fällt mir nichts Besseres ein?

„Wenn du meinst, Conny. Dann lege ich sie heute Abend in das Etui zurück und bewahre sie an einem sicheren Ort auf."

Puh, Gott sei Dank, sie hat es geschluckt.

Der Kellner kam und stellte lächelnd das Essen auf den Tisch.

„Ravioli mit Steinpilze für die Dame und eine Lasagne für den Herrn, Prego, buon appetito."

Das Essen war hervorragend. Konrad blickte auf seine Uhr. Es war bereits kurz vor neun.

„Bitte entschuldige mich einen Moment", sagte er plötzlich, als Andrea gerade dabei war, ein Stück Knoblauchbrot abzubrechen. „Ich verschwinde nur mal schnell auf die Toilette."

Auf ihrer Stirn erschienen kleine Fältchen.

„Conny, ist irgendetwas mit dem Essen nicht in Ordnung?"

„Aber nein, Liebes. Es ist alles bestens. Ich bin gleich zurück."

Er stand auf und ging zum hinteren Bereich des Restaurants. Dort schlich er sich an der Herrentoilette vorbei und durch die Hintertür hinaus auf den Parkplatz. Hier war niemand zu sehen. Fast aus Gewohnheit zog er sich ein paar Latexhandschuhe über, ehe er in die Boutique schlüpfte. *Wie gut, dass ich mir damals Andreas Schlüsselbund ausgeliehen und einen Satz Schlüssel habe nachmachen lassen,* dachte er. *Ladenschlüssel inklusive!*

Drinnen in der Boutique war es still und dunkel. Als sich seine Augen daran gewöhnt hatten, schaute er sich vorsichtig um. Die Zeitung war nicht mehr da. *Wahrscheinlich hat Andreas Kundin das Käseblatt wieder mitgenommen. Wenn nicht, könnte sie bei Andrea zu Hause liegen. Das muss ich unbedingt überprüfen.*

Er ging hinüber zur Kasse. Die Tageseinnahmen waren auch nicht mehr da.

Natürlich nicht. Die hat sie sicher mitgenommen.

Er musste sich beeilen. Andrea, die in dem Restaurant auf ihn wartete und glaubte, er wäre nur mal schnell zur Toilette gegangen, durfte keinen Verdacht schöpfen.

Also nichts wie weg hier.

Er drückte sich wieder in den Schatten der Gebäude, während er über den Parkplatz ging und unbemerkt durch die Hintertür des Italieners huschte. Er rieb sich die Hände, als er kurz darauf wieder Andrea gegenüber Platz nahm. Das Ganze hatte keine zehn Minuten gedauert.

„Ist alles in Ordnung, Conny?", fragte sie abermals, leicht besorgt.

„Ja, mein Schatz, es ist wirklich alles okay."

Er blickte auf den Rest seiner Lasagne. Auf einmal bekam er so richtig Appetit.

Dienstag, 16. August 2011, 22 Uhr

Oberwinter war abends wie ausgestorben. Roger Peters Schritte hallten von den alten Bootsschuppen wider, während er durch das Hafengelände trottete Der Mond war zu einer schmalen Sichel geschrumpft und hing in einem Meer von Sternen. *Eigentlich eine schöne Nacht.* Roger steckte die Hände in die Hosentaschen. Für August war der Abend ziemlich kühl. *Wenn ich doch bloß die Zusammenhänge begreifen würde.*

Den westliche Zugang zu den Docks fand er erst nach einigem Suchen. Kurz darauf stand er im Schatten eines aufgebockten Motorbootes. Daneben lag das Hafenbecken. Der Halbmond spiegelte sich flatternd im Wasser. Im Dock stand noch ein weiteres Boot. Ein Segler, abgestützt mit riesigen Holzbalken. Roger starrte auf die dunkle Silhouette.

Es war zum Verrücktwerden. Überall gab es Geheimnisse. Wütend spuckte er ins Wasser. Der Tropfen glitzerte im hellen Mondlicht und traf mit einem Geräusch auf, dass fast nicht zu hören war. Dann war es still, bis auf das Rauschen des Windes und dem Geräusch seines Atems, der ihm überlaut in den Ohren klang.

Irgendetwas berührte sein Fußgelenk. Er zuckte zusammen und wollte sich umdrehen, aber aus der Berührung wurde ein fester Griff, der ihn ihn von den Beinen holte. Er stürzte direkt in das Hafenbecken. Er konnte gerade noch denken: *Hoffentlich ist da unten auch genug Wasser,* als er mit der Schulter zuerst gegen etwas Hartes prallte. Dann schlug das Wasser über ihm zusammen, und sein offener Mund füllte sich mit Flüssigem. Es schmeckte nach Diesel und Klärschlamm. Er begann, mit Armen und Beinen um sich zu schlagen und stieß wieder an etwas Hartes. Es mochte die Mauer des Hafenbeckens sein. Voller Panik wollte er schreien, doch es blubberte nur durch diese eklige, kalte Brühe in seinem Mund. Verbissen versuchte er, an die Oberfläche zu kommen. Sein Kopf kam kaum über Wasser, als er auch schon mit einem Höllenschmerz gegen den

Rumpf eines Bootes krachte. Verzweifelt krallte er sich an den Schiffsrumpf.

Vor seinem Auge tanzte eine Strickleiter. Die müsste man doch normalerweise hinaufklettern können?

Sein Hinterkopf brannte an der Stelle, wo er gegen den Schiffsrumpf geknallt war, und seine rechte Schulter war halb gelähmt und schmerzte von dem Anprall gegen die Kaimauer, also ergriff er die Leiter mit seiner linken Hand. Seine Knie waren wie Pudding, sein Herz hämmerte wie ein Stahlwerk. Er brauchte nur die Sprossen zu finden und hinaufzusteigen, so einfach war das. Es gelang ihm tatsächlich, die Leiter zu greifen. Völlig erschöpft hielt er inne. Nichts rührte sich. Die Sterne leuchteten wie Glühbirnen. *Um Hilfe rufen?* Aber das ganze Hafengelände war verlassen gewesen. Das würde niemand hören. *Und wenn mich doch noch jemand von Laubachs Leuten beschattet? Nein*, dachte er, *unwahrscheinlich*. Er war alleine mit einem Unbekannten, der ihn offensichtlich umbringen wollte. Langsam, ganz langsam zog er sich die Strickleiter hinauf. Außerhalb des Wassers war es kalt. Irgendwo ertönten Schritte. Dieses Geräusch brachte sein Herz wieder zum Hämmern, denn das bedeutete, dass derjenige, der ihn ins Wasser gestoßen hatte, noch in der Nähe war. Der Schmerz in seiner Schulter wurde zu einem pulsierenden Klopfen. Wieder ertönten Schritte. Natürlich konnten sie auch einem Wächter gehören. Schließlich wurde die Hafenanlage Tag und Nacht bewacht. Noch zwei Sprossen lagen vor ihm. In seine verletzte Schulter schien sich ein scharfes Messer zu bohren. Noch eine Sprosse. Er hangelte sich nach oben und schob seinen Kopf über die Kante eines

Schiffdecks. Vor seinen Augen ragten zwei dunkle Schatten empor. Sein Herz pochte wie verrückt, als er erkannte, was es war.

Stiefel.

Einer davon schnellte vor und traf ihn an der Schläfe. Seine Hände verloren den Halt. In seinem Kopf dröhnte eine Schiffsglocke, als er abstürzte. In weiter Entfernung hörte er einen Laut, ein verzerrtes Krächzen, etwas wie der Schrei eines verwundeten Tieres. Als er es erkannte, zog ihn das Wasser bereits wieder in die Tiefe. Es war seine eigene Stimme.

Dienstag, 16. August 2011, 22.45 Uhr

Es war kalt und dunkel, Blut lief ihm im Mund zusammen und dann die Kehle hinunter. Seine Gedanken vermochten die Empfindung nicht festzuhalten, sie entglitt ihm wieder. Was blieb, war ein großes, leeres Nichts.

Irgendwo weit entfernt arbeitete jemand mit einem Presslufthammer. Das Geräusch war ärgerlich, denn es brachte ihm Schmerz und Übelkeit und zog ihn wieder heraus aus dieser wohltuenden Leere. Das Dröhnen schien näher zu kommen, es wurde lauter. Irgendetwas drückte seine Rippen zusammen. Er musste sich übergeben. Der Presslufthammer machte eine Pause.

„O.k.", sagte jemand über ihm, „er kommt langsam zu sich."

Wieder wurde ihm schlecht. Er versuchte, sich zu bewegen, aber es ging nicht. Er versuchte zu stöhnen, aber aus seinem Mund entwich nur etwas Luft. Zwei Hände packten ihn und zogen ihn nach oben.

„Moin, und willkommen in der Gegenwart, Herr Peters", sagte die Stimme. Im Dunkeln des Himmels tanzte ein seltsames, grelles Licht, das er nicht identifizieren konnte. Ein Gesicht beugte sich über ihn. Er konnte es kaum erkennen, aber es sah irgendwie ernst und zerfurcht aus.

„Ruhen Sie sich aus."

Es war die gleiche Stimme von vorhin. Der Atem, der ihm entgegenschlug, roch nach Alkohol. Ihm wurde wieder übel. Dann tauchten weitere Gesichter auf. Roger hob die Hand, weil er etwas sagen wollte, doch da versank die Welt bereits wieder in Schwärze.

Als er das nächste Mal zu sich kam, lag er auf einer grauen Decke. Das Atmen schmerzte jetzt weniger, aber sein Körper fühlte sich an, als sei eine Dampfwalze über ihn gerollt. Neben ihm fragte eine Männerstimme: „Geht es Ihnen besser, Herr Peters?"

Roger drehte leicht seinen Kopf und schaute den Fremden an. Der Mann hatte einen Schnäuzer und trug einen dunklen Anzug.

„Gestatten, Röder ist mein Name. Ich bin von der Kriminalpolizei in Remagen. Können Sie mir ein paar Fragen beantworten?"

Roger nickte, bat aber zunächst um einen Schluck Wasser. Kommissar Röder reichte ihm eine Plastikflasche.

„Das Sie das Zeug überhaupt noch runter kriegen?", wunderte er sich. Er machte eine kurze Pause, dann fuhr er fort: „Sie haben verdammtes Glück gehabt, das können Sie mir glauben. Wenn Bernie, der Wachmann, nicht seine Runde gedreht und Sie noch früh genug entdeckt hätte, lägen Sie jetzt woanders als hier auf dieser Decke. Warum zum Teufel wollten Sie sich umbringen?"

„Wer, ich?" Roger musste laut auflachen, hielt sich aber sofort die schmerzende Schulter. „Ich und Selbstmord begehen? Von wegen! Jemand wollte mich kalt machen."

Auf der Stirn des Kommissars bildeten sich tiefe Falten. „Vielleicht sollten Sie mir die ganze Geschichte von Anfang an erzählen."

Und Roger erzählte, langsam und so präzise, wie er nur konnte. Als er fertig war, blickte Kommissar Röder ihn einen Moment lang an und sagte dann fast schon vorwurfsvoll: „Sie haben aber ein verdammt gutes Gedächtnis."

Roger enthielt sich eines Kommentars. Sein Kopf schmerzte dermaßen, dass er sich kaum konzentrieren konnte. Außerdem wurde er das Gefühl nicht los, dass ihm der Kommissar nicht glaubte.

„Ich nehme an, Sie werden die Sache nicht weiterverfolgen?", fragte er vorsichtig.

„Wir haben keine Beweise", erwiderte Röder und trat zur Seite.

Ein Sanitäter, der bislang etwas verlegen im Hintergrund gestanden hatte, kam nun auf Roger zu und versuchte ein etwas verunglücktes Lächeln. „Meine Güte, Sie sehen aber fürchterlich aus!", sagte er.

„Vermutlich sehe ich genauso aus, wie ich mich fühle", gab Roger müde zurück.

„Was genau ist denn passiert?", fragte der Sanitäter mitfühlend.

„Kann mich nicht genau erinnern." Roger fühlte sich einfach zu erschöpft, um das Ganze noch einmal zu erzählen.

„Sie sind in das Hafenbecken gefallen", habe ich gehört und Kommissar Röder glaubt, dass es ein Unfall war, beziehungsweise, dass Sie ..."

„... dass ich selbst hineingesprungen bin, ich weiß schon. Glauben Sie den Quatsch etwa auch?"

Der Sanitäter schwieg.

Röder drehte sich wieder um und schaute Roger mit einem merkwürdigen Gesichtsausdruck an. „Was wollen Sie damit sagen?", fragte er.

„Später", sagte Roger. „Bringen Sie mich einfach hier raus. Mein Wagen steht oben auf dem Parkplatz."

„Kommt gar nicht in Frage. In Ihrem Zustand können Sie doch nicht fahren! Ich lasse Sie erst einmal ins Krankenhaus bringen. Die sollen Sie gründlich durchchecken, und dann sehen wir weiter."

Roger hörte noch, wie er dem Sanitäter eine Order gab. Bevor er wieder ins Traumland abdriftete, dachte er noch: *Röder macht sich Sorgen um mich. Wenigstens etwas.*

Mittwoch, 17. August 2011, 00.45 Uhr

Laubach war kurz vor dem Einschlafen, als sein Handy klingelte. Schlaftrunken griff er nach dem kleinen Gerät, dass wie immer auf seinem Nachttisch lag.
„Es ist spät!", brüllte er in den Apparat.
„Es ist früh", berichtigte ihn eine männliche Stimme. Sie gehörte seinem Kollegen Röder.
„Mensch Heinz, was ist los, dass du mich um diese Uhrzeit noch anrufst?"
„Moin Kurt. Wir haben soeben deinen Kumpel Roger ins Krankenhaus eingeliefert. Ist irgendwie eine komische Geschichte. Sag mal, ist dieser Roger labil, oder vielleicht depressiv?"
Laubach musste grinsen. „Nein, auf gar keinen Fall! Warum fragst du? Hat er etwa seine grüne Kiste gegen 'nen Baum gesetzt?"
„Äh ... nein, wieso? Jetzt glaube ich viel eher, dass ihm doch jemand an den Kragen wollte. Zum Glück ist er gerade noch rechtzeitig aus dem Hafenbecken gefischt worden."
„Was erzählst du da, Heinz? Dann hat er also all meine Ratschläge in den Wind geschlagen und ist wieder auf eigene Faust Detektivspielen gegangen!"
„Scheint so."
„Na dem werde ich was erzählen! Wie steht's überhaupt um ihn?"
„Ich glaube, es ist alles halb so schlimm, Kurt. Ein paar

Prellungen hat er wohl abbekommen und das Krankenhaus will ihn für ein paar Tage zur Beobachtung da behalten."

„Das schadet ihm nichts! Da kann er wenigstens keinen Unfug anstellen. Übrigens, Heinz, wo ich dich ohnehin an der Strippe habe, wir kennen jetzt den Namen des Toten vom Weiher. Ich hatte heute einen Anruf vom Zahnlabor. Konrad Hendges hat der arme Kerl geheißen, aus Bad Neuenahr. Das ist doch quasi in deiner Gegend, nicht wahr?"

Stille.

Dann: „Mensch, Kurt. Konrad Hendges, sagst du? Das gibt es doch gar nicht. Den kennen wir doch. Erinnerst du dich noch an den Typen vom Yachthafen in Oberwinter?"

Auf einmal war Laubach hellwach. „Du meinst den Kerl, der so viel Wirbel gemacht hat, wegen des alten Kahns von diesem Schriftsteller?"

„Ackermann! Ja, ganz genau. Und der Typ hieß Konrad Hendges, da bin ich mir ziemlich sicher."

„Na, das wäre vielleicht ein Ding, wenn du damit richtig liegst. Das müssen wir gleich morgen früh überprüfen! Nur eins gefällt mir daran nicht. Bei meiner Leiche handelt es sich um einen Mann von Ende fünfzig bis Anfang sechzig. Der Kerl im Yachthafen war doch wesentlich jünger!"

„Weiß man's Kurt? Mir fällt dazu aber noch etwas Besseres ein. Ich erinnere mich noch einigermaßen an seine Visage und an die braunen Haare. Damit gehe ich gleich morgen früh zu unserem Spezialisten und lasse eine Phantomzeichnung anfertigen. Danach fahre ich nach Bad Neuenahr und sehe mich unter der Adresse von diesem Hendges einmal genauer um. Ich glaube, dann sehen wir klarer."

„Ja, tu das, Heinz, und halt mich bloß auf dem Laufenden. Und jetzt möchte ich, wenn es geht noch eine Mütze Schlaf mitnehmen ..."
„Ich auch, Kurt. Das kannst du mir glauben, ich auch."
„Also gut, dann sprechen wir uns später."
Laubach legte auf.
Zwei Stunden später lag er immer noch wach und grübelte.

SECHSUNDDREISSIGSTES KAPITEL

Mittwoch, 17. August 2011

Es war bewölkt und trocken, als sich Hauptkommissar Röder gegen zehn Uhr am Vormittag in Bad Neuenahr auf den Weg machte. Es gab zwei Lokale in der Innenstadt, in denen auch getanzt wurde. Das eine lag in einer Seitenstraße, unweit des Casinos. Der Mann hinter dem Tresen war Ausländer. Obwohl er sich bemühte, sprach er sehr schlecht Deutsch. Röder beglückwünschte sich dafür, dass er sicherheitshalber ein Satz Fotos von seinen Stammknackis mitgenommen hatte. Außerdem hatte Aurich, der Polizeizeichner, ein fast perfektes Phantombild von diesem Konrad Hendges angefertigt, das er nun ebenfalls bei sich trug.

„Haben Sie einen dieser Männer schon einmal hier gesehen?"

„Wen?"

Röder zeigte Fotos und Zeichnung. Aber der Mann hinter der Theke schüttelte jedes Mal den Kopf.

„Die hab ich hier noch nie gesehen."

War wohl nichts. Röder bedankte sich und ging weiter.

Bis zu dem nächsten Lokal benötigte er zehn Minuten.

Nachtcafé Apfelbaum stand in großen Buchstaben auf einem Schild. Der Geschäftsführer war nicht da. Stattdessen öffnete ihm eine junge Frau.

„Wir haben noch geschlossen, mein Herr. Bitte kommen Sie am Nachmittag wieder."

Röders Blick blieb förmlich an ihr kleben. Sie war eine echt scharfe Puppe. Es fiel ihm immer schwer, beim Anblick einer schönen Frau ausschließlich an seine dienstlichen Pflichten zu denken.

„Ich habe nur eine Frage", sagte er freundlich und zückte seinen Dienstausweis, „gestatten, ich heiße Röder und bin von der Kriminalpolizei."

„Ach", sagte die Dame halb verblüfft, halb erschrocken. „Und wie kann ich Ihnen helfen?" Ihr Dialekt war ungewohnt.

„Sie sind nicht von hier, was?", fragte Röder.

„Sind Sie deshalb hergekommen? Ich komme aus Oberursel."

Röder wusste nicht, wo der Ort lag. Vermutlich Bayern. Er sagte aber nichts, sondern kramte die Fotos aus seiner Tasche.

„Kennen Sie diese Männer hier?"

Sie überlegte.

„Vielleicht", sagte sie und deutete vorsichtig auf die Phantomzeichnung.

„Ich bin mir aber nicht ganz sicher. Das Gesicht kommt mir bekannt vor, aber in Wirklichkeit sieht er irgendwie anders aus."

Sie überlegte wieder.

„Es ist zwar nur eine Zeichnung, aber doch, ich denke

schon, dass er es ist", sagte sie nach einem kurzen Moment des Zögerns. „Er ist vor ein paar Monaten hier aufgetaucht. Seitdem kommt er öfters her."

Ihre Neugierde war geweckt.

„Was ist denn mit ihm? Hat er etwas ausgefressen?"

„Das kann ich nicht sagen." Röder wich gekonnt ihrer Frage aus. „Ist eher eine Routinebefragung, Sie verstehen, was ich meine? Erinnern Sie sich sonst noch an etwas?"

Ihre Antwort überraschte ihn.

„Er hat telefoniert", erwiderte sie, diesmal ohne zu zögern. „Das Telefon steht auf einem Regal in der Nähe der Kasse."

„Ist das öfters vorgekommen?"

„Allerdings. Fast immer. Zuerst hat er sich ein Bier bestellt und dann telefoniert. Danach kam er zurück, trank sein Bier aus und bezahlte sein Getränk und das Telefongespräch. Aber eins war komisch mit den Gesprächen."

„Ja, was denn?" Kommissar Röder war jetzt sehr interessiert.

„Er wartete immer, bis ich beschäftigt war, bevor er wählte und anfing zu reden. Bis jetzt dachte ich, so etwas sei ganz normal, wenn man telefoniert. Aber jetzt, wo Sie fragen, kommt es mir übertrieben vor."

„Sie meinen, er wollte nicht, dass sie hörten, was er redete?"

Sie biss sich auf die Lippe. „Ganz genau. Er wollte ungestört sein.

„Und Sie haben nie mitbekommen, was er gesagt hat?"

Jetzt zögerte sie wieder, bevor sie antwortete.

„Mm ... doch, schon. Man bekommt sehr viel mehr mit, als man denkt, auch wenn man einen anderen Kunden bedient."

„Und was hat er gesagt?" Röder platze fast vor Neugierde.

„Nicht viel. Ich hatte nur immer den Eindruck, dass er sich mit jemandem verabredete. Er schaute während der Gespräche öfters auf seine Armbanduhr."

„Fällt Ihnen sonst noch etwas ein?", fragte Röder.

„Nein, nur dass ich mir ziemlich sicher bin, dass er mit einer Frau gesprochen hat."

Röder war erstaunt. „Wie können Sie da so sicher sein?"

„So etwas hört man doch heraus!", sagte sie entschieden.

„Wollen Sie damit sagen, er hat mit einer Frau gesprochen und sich verabredet?"

„Nun ja, ich denke schon, aber was ist daran so ungewöhnlich?"

Röder nickte. Sie hatte natürlich recht. Wieso sollte sich ein Mann auch nicht mit einer Frau verabreden?

„Gut", sagte er. „Fällt Ihnen noch etwas ein?"

„Diese Frau hat einen Namen, der irgendwie mit A beginnt. Vielleicht Anna, Agnes oder Andrea. Auf jeden Fall etwas mit einem A."

Schade, dachte Röder. Die Namen passten nicht. Ganz offensichtlich waren da keine der vermissten Frauen im Spiel. Jetzt hatte er nur noch eine Frage. „Und dieser Kunde kam immer allein?"

„Immer", sagte sie. „Darf man fragen, warum Sie das alles wissen wollen?"

„Leider nein", erwiderte Röder, „es sind doch immer wir Polizisten, die die Fragen stellen, nicht wahr? Schauen Sie sich keine Krimis im Fernsehen an?" Er beugte sich über die Theke und notierte seine Telefonnummer auf einem Bierdeckel. „Für alle Fälle", sagte er. „Falls Ihnen noch etwas einfällt. Oder falls Sie mit mir essen gehen möchten."

„Wie war noch Ihr Name?", fragte sie.

„Röder. Heinz Röder."

„Angenehm. Ich heiße Tanja Rieger, aber machen Sie sich keine falschen Hoffnungen. Ich habe einen festen Freund."

„Natürlich", sagte Röder und lächelte. Dann ging er Richtung Ausgang, drehte sich in der Tür allerdings nochmals um: „Das bleibt aber unter uns, unser kleines Gespräch, okay?"

Tanja lächelte zurück und legte verwegen ihren Zeigefinger auf die Lippen, die sie zu einem Kussmund geformt hatte.

Röder ging zufrieden weg. *Mit einem Freund kann man es immer aufnehmen*, dachte er. Dann blieb er plötzlich stehen. *Was, wenn sie wirklich anruft?*

Andrea gönnte sich noch ein paar Minuten im Bett. Konrad lag nicht mehr neben ihr. Er musste schon vor Stunden zur Arbeit gegangen sein. Sie reckte sich und drehte sich um, damit sie auf die Uhr schauen konnte. Es war halb elf. Sie hatte noch etwas Zeit, bis sie in den Laden musste, Mittwochs öffnete die Boutique immer erst Mittags. Noch im Nachthemd ging sie in die Küche und stellte die Kaffeemaschine an. Als sie an die Haustür trat, sah sie, dass die Morgenzeitung schon wieder im Vorgarten lag.

Der Zeitungsbote hatte wohl mal wieder keine Lust, bis zu meiner Türe zu gehen, dachte sie.

Sie öffnete die Tür, um die Zeitung hereinzuholen, da erinnerte sie sich daran, dass noch eine ältere Ausgabe in ihrer

Tasche steckte. Die hatte sie aus dem Geschäft mitgenommen, bisher aber noch keine Zeit gefunden, darin zu lesen. Sie klemmte sich die Zeitung aus dem Vorgarten unter den Arm und ging wieder zurück ins Haus. In der Küche legte sie die neue Zeitung auf den Tisch und suchte nach ihrer Tasche. Mittlerweile war der Kaffee durchgelaufen. Sie fand ihre Tasche bei der Garderobe, dort wo sie sie am Vortag hingelegt hatte. Die ältere Ausgabe der *Rheinzeitung* steckte noch darin. Sie kramte sie hervor, goss sich Kaffee in ihre Tasse und setzte sich an den Küchentisch. Dann schlug sie das Blatt auf und überflog die Artikel auf der ersten Seite.

„*Stadtrat beschließt neue Kanalgebühren.*" Nein, Danke.
„*Bad Neuenahrer Freibad bleibt geschlossen.*" Typisch.
„*Polizei in Daun bittet um Mithilfe im Mordfall.*"

Fast fiel ihr die Kinnlade herunter. Unten rechts war eine Halskette abgebildet, die genauso aussah wie ihre. Sie lehnte sich zurück und las den ganzen Artikel bis zum letzten Satz: *Hauptkommissar Laubach aus Daun hat die Fotografie einer Kette freigegeben, die möglicherweise in Zusammenhang mit einem ungeklärten Mordfall in der Eifel steht.*

Sie presste sich die Hand gegen die Brust. Das Herz schlug ihr bis zum Hals und sie hatte das Gefühl, ohnmächtig zu werden. Langsam las sie den ganzen Artikel. Dann ließ sie die Zeitung sinken, fassungslos. Ein schrecklicher Verdacht formte sich in ihr. War das möglich? Im Geiste sah sie die Gesichter vor sich: Die der ermordeten Frauen und Konrads, ihres Liebhabers.

Es kann doch nicht wirklich sein, dass er sie alle umgebracht hat? Mein Konrad, der einfühlsame Gentleman? Be-

stimmt nicht! Aber ... wenn er es doch war? Was soll ich jetzt bloß tun?

Ihr Körper reagierte fast automatisch. Vorsichtig schaute sie aus dem Fenster, um sich zu vergewissern, dass Konrads roter Audi nirgendwo zu sehen war. Kein roter Audi weit und breit. Andrea sank wieder auf den Stuhl. Vergeblich versuchte sie, einige klare Gedanken zu fassen. Sie musste sofort die Polizei verständigen. Aber was war, wenn Konrad plötzlich nach Hause kam? Oder die Polizei kam rechtzeitig, aber fand ihn nicht? *Ich kann unmöglich hier im Haus bleiben, soviel ist sicher.* Sie griff schon nach ihrer Tasche, als ihr auffiel, dass sie ja immer noch im Nachthemd war. Sie rannte die Treppe nach oben, zog sich hastig die Sachen vom Vortag wieder an, riss die Schranktür auf und zerrte ihren Koffer heraus. Ein paar Sachen würde sie auf jeden Fall brauchen. Sie versuchte sich zu konzentrieren, aber der Gedanke daran, dass Konrad jeden Moment durch die Tür kommen könnte, machte sie fast panisch.

Zum Teufel. Sie würde einfach irgendetwas einpacken. Ein Paar Schuhe, Unterwäsche, Jeans und so weiter. Als sie fertig war, schloss sie hastig den Deckel, brachte den Koffer nach unten und hievte ihn in den Kofferraum ihres Wagens. Das heißt, das wollte sie gerade tun ...

„Willst du verreisen, mein Liebling?"

Seine Stimme ging ihr durch Mark und Bein.

„Conny, ich wollte nur ..." Sie fuhr sich mit der Zunge über die Lippen und spürte, dass sie ganz trocken waren.

„Warum nimmst du denn den Koffer mit in die Boutique?"

Diesen Ton in seiner Stimme hatte sie noch nie gehört.

„Es sind ... ich habe ... nein, ich wollte ..." Es fiel ihr keine passende Ausrede ein. Sie war überrascht, als sie merkte, welche Abneigung sie plötzlich gegen ihn empfand. Es kostete sie ihre gesamte Willenskraft, nicht loszurennen und zu schreien ... Aber das Messer, das plötzlich in seiner Hand aufgetaucht war, gab ihr unmissverständlich zu verstehen, was ihr dann blühen würde.

„Also gut, da du anscheinend verreisen möchtest, warum verreisen wir dann nicht gleich zusammen?"

„Das geht jetzt nicht, Conny. Ich muss doch in den Laden", protestierte sie verzagt.

„Gar nichts musst du, mein Mädchen. Komm, steig ein!"

Langsam schob Konrad Andrea auf den Beifahrersitz. Er schnallte sie an, ließ dabei beiläufig die Klinge des Messers ihren Hals entlanggleiten und genoss es, sie am ganzen Körper zittern zu sehen. Nein, die würde ihm keine Schwierigkeiten machen, Er setzte sich ans Steuer und verriegelte die Wagentüren. Dann ließ er den Motor an und fuhr rückwärts aus der Einfahrt. Es war ohnehin an der Zeit, dass er mal wieder nach Edith sah. Er malte sich aus, was er mit zwei Frauen gleichzeitig alles machen konnte. Zu dritt würde er noch viel mehr Spaß bekommen. Er konnte es kaum abwarten.

SIEBENUNDDREISSIGSTES KAPITEL

Donnerstag, 18. August 2011

Entnervt schob Laubach einen Stapel Papier auf seinem Schreibtisch zur Seite. Das Telefongespräch mit seinem Kollegen Röder von vergangener Nacht hatte alles verändert. Zuvor hatte er Schwarzenegger auf alle in letzter Zeit aus der AHG-Klinik entlassenen Gewaltverbrecher angesetzt. Bislang ohne Ergebnis. Das war jetzt auch gar nicht mehr von Nöten, denn endlich hatte er eine brauchbare Spur und was noch viel besser war, einen Namen. Er war gerade dabei, die nächsten Schritte zu planen, als sein Telefon schrillte.
„Was ist?", blaffte er in den Hörer.

Fräulein Hübscher war am Apparat. Zu seinem Erstaunen verhaspelte sie sich fast vor Eile. „Da ist gerade noch ein Anruf für Sie hereingekommen. Es ist eine Dame und sie klingt sehr aufgeregt. Sie behauptet, sie habe die Kette und den Anhänger in der Zeitung wiedererkannt. Soll ich sie zu Ihnen durchstellen?"

„Da fragen Sie noch?"

Er nahm das Gespräch entgegen. Eine angenehm weibliche Stimme berichtete ihm von der Kette.

„Und Sie sind wirklich sicher, dass es sich um die gleiche Kette handelt?" Laubachs Hände zitterten vor Aufregung. Die Dame, mit der er telefonierte, war sich sicher.

„Eine Freundin von Ihnen, sagen Sie? Besitzerin einer Boutique in Bad Neuenahr? Haben Sie die genaue Adresse?"

„Die habe ich schon Ihrer Sekretärin durchgegeben", sagte die Dame. Sie atmete heftig in den Hörer. Laubach konnte ihre Aufregung förmlich spüren.

„Na, das ist ja prima. Ich schicke sofort jemanden vorbei. Sie müssen Ihre Aussage zu Protokoll geben!"

„Ich habe heute keine Zeit, ich muss zu meiner Mutter ins Krankenhaus."

„Ja, selbstverständlich. Dann können Sie das auch auf einem Polizeirevier in ihrer Nähe erledigen. Einen Moment noch. Sie sagten, ihre Freundin habe die Kette von ihrem Liebhaber bekommen? Können Sie den vielleicht beschreiben?"

Sie schien zu überlegen. Dann begann sie, ihn zu beschreiben. Langsam, aber es klang nicht unsicher. Laubach notierte: *Mittelgroß, schlank, zwischen dreißig und vierzig Jahre alt, mittelbraune Haare, und ein Allerweltsgesicht.*

„Und wie soll er heißen? Ach ja, Konrad. Sind Sie sich da ganz sicher?" Laubach zuckte innerlich zusammen, ließ sich aber nichts anmerken. Seine Gehirnzellen liefen auf Hochtouren. *Und jetzt noch ein paar Höflichkeitsfloskeln zum Abschied. Mann, vielleicht haben wir jetzt endlich unsere heiße Spur!*

„Vielen Dank", sagte er in seinem freundlichsten *Die-Polizei-dein-Freund-und-Helfer*-Tonfall, „Sie waren mir eine große Hilfe und bitte, vergessen Sie das Protokoll nicht."

Nachdem er aufgelegt hatte, rekapitulierte er beinahe euphorisch, was er an Fakten hatte. *Mit einem braunhaarigen Konrad habe ich schon einmal zu tun gehabt. In Oberwinter, als Ackermann plötzlich und unerwartet mit seinem Segelboot im Yachthafen aufgetaucht ist.*

Und hatte ihm nicht der Schriftsteller nach langem Hin und Her gestanden, dass er die Mordszenen aus seinem Bestseller gar nicht selbst verfasst, sondern nur kopiert hatte? Die Texte stammten angeblich von einem jungen Mann, der im Hafen von Oberwinter Boote reparierte. *Das sind die gleichen Informationen, die mir Röder gestern per Telefon durchgegeben hat. Es passt alles zusammen. Nur warum steht da kein Konrad auf der Namensliste, die mir der Anstaltsleiter gemailt hat?* Die Antwort gab er sich selbst. *Der Name muss ja nicht zwangsläufig der richtige sein.* Laubach verzog das Gesicht. Er malte einen Kringel mit dem Stift. *Warum ändert jemand seinen Namen?*

Die Antwort war klar. *Natürlich, um unerkannt zu bleiben!*

Seine rechte Hand griff zum Telefonhörer, während die linke nach seinem Handy suchte.

„Ja, Fräulein Hübscher? Geben Sie gleich eine Suchmeldung nach einem gewissen Hendges raus!"

„Hendges, Chef?"

„Ja, Konrad Hendges. Anfang bis Mitte dreißig, braune Haare, Allerweltsgesicht, schlank. Aber zuerst verbinden Sie mich so schnell wie möglich mit Kommissar Röder in Remagen."

Danach wählte er mit dem Handy die Nummer von Roger Peters. Es klingelte, nichts geschah. Dann meldete sich seine Mailbox.

„Hallo Roger, ich bin's, Laubach. Ich habe von deiner Aktion gehört. Wenn du noch im Krankenhaus bist und es dir einigermaßen geht, dann melde dich bitte umgehend bei mir. Es gibt Neuigkeiten."

Ungeduldig griff er wieder zum Telefon.

„Was ist denn nun, Fräulein Hübscher. Haben Sie Röder erreicht?"

„Nein Chef, so leid es mir tut. Er ist nicht auf seiner Dienststelle, und er geht auch nicht an sein Handy. Aber ich versuch's weiter."

Scheiße, der wollte ja nach Bad Neuenahr! Laubach strotzte nur so vor Tatendrang. Verdammt! *Ich muss dringend etwas unternehmen.*

„Kommen Sie, Schwarzenegger", bellte er seinen Kollegen an, „wir fahren rüber nach Remagen."

Als Roger Peters erwachte, befand er sich allein in einem Krankenzimmer. Ein paar Sonnenstrahlen verirrten sich durch die herabgelassene Jalousie ins Zimmer. Was zum Teufel war eigentlich passiert? Sein Kopf brummte, in seiner Schulter schien jemand mit einem Messer zu wühlen, und er fühlte sich am ganzen Körper zerschlagen. Er war ins Wasser gefallen, nein, gestoßen worden. Und jemand hatte ihn herausgefischt. Halt, dieser Polizist, der sich als Röder vorgestellt hatte, der hatte doch einen Namen genannt. Bernie hieß sein Retter. Bernie, der Wachtmann. Den musste er sprechen, ihn fragen, ob der etwas gesehen hatte. Und sich natürlich bei ihm bedanken, denn ohne diesen Bernie wäre er wohl nicht mehr am Leben.

Er schaute auf die Uhr. Es war schon nach zwei. Er hatte also fast einen halben Tag verloren. Roger mochte sich nicht vorstellen, was dieser halbe Tag unter Umständen für Edith bedeuten konnte. Auf keinen Fall durfte er länger warten. Vorsichtig schwang er ein Bein nach dem anderen über die Bettkante. Das dauerte gute fünf Minuten, und mehr als einmal stöhnte er vor Schmerzen laut auf. Im Schrank hing ein Jogginganzug über seinen Turnschuhen, den eine wohlmeinende Seele ihm wohl spendiert hatte. In einem der leeren Fächer lagen seine Geldbörse sowie sein Autoschlüssel. Beides nahm er rasch an sich. Bis er den Jogginganzug angezogen hatte, waren weitere fünf Minuten vergangen. Als er sich gerade nach den Turnschuhen bücken wollte, trat eine Krankenschwester in den Raum. Endlich Hilfe! Roger deutete auf seine Füße. Ihr Blick wanderte nach unten.

„Nein", befahl sie und deutete auf das Bett. Roger schüttelte den Kopf, griff nach den neuen Turnschuhen, drückte ihr im Hinausgehen einen Kuss auf die Wange und ging auf den Flur. Erschrocken blickte sie ihm nach.

Im Flur fing der Boden auf einmal, an sich zu bewegen. Roger lehnte sich gegen die Wand und atmete tief durch. Vielleicht hatte die Krankenschwester doch nicht ganz unrecht. Als das Schwindelgefühl nachgelassen hatte, gelangte er immerhin bis zum Fahrstuhl. Er drückte auf Erdgeschoss. Die Tür schloss sich gerade, als er seine Krankenschwester mit Verstärkung anrollen sah.

Unten taumelte er auf die Straße. Vor dem Krankenhaus stand ein Taxi. Er bat den Fahrer, ihn nach Oberwinter zu bringen, ließ sich in den Sitz fallen und japste. Sein Gesicht im Rückspiegel war leichenblass.

Der Yachthafen lag ruhig und verlassen da, als der Taxifahrer seinen Fahrgast dort ablieferte. Roger Peters bedankte sich mit einem großzügigen Schein, bat den Fahrer aber, noch auf ihn zu warten. Er stieg aus und ging hinüber zu dem kleinen Wachthäuschen.

Sein Retter Bernie war ein Mann mit einer Hakennase, etwa sechzig Jahre alt. Bernie erkannte ihn sofort. „Cognac?", fragte er anstelle einer Begrüßung. Roger nickte und stützte sich an einem alten Holzstuhl ab. Etwas linkisch bedankte er sich bei Bernie und fragte ihn dann, ob er in der letzten Nacht jemanden im Hafenbecken hatte herumlungern sehen. Bernie verneinte. Er hätte nur gehört, wie etwas ins Wasser gefallen war. Und er sei sofort hinuntergegangen, um nachzuschauen.

„Ich bin halt ein alter Mann und da hat es eben etwas länger gedauert. Aber immerhin, du kannst Gott danken, dass ich überhaupt gekommen bin und dich gesehen habe. Manchmal habe ich das Radio an, weißt du. Und mit Radio hätte ich das Platschen ganz sicher nicht gehört."

Der Cognac verbreitete sich wie ein Feuer in Rogers Körper. *Waren das die berühmten Lebensgeister, die wieder zurückkamen?* Er ließ sich Bernies Telefonnummer sagen, bedankte sich noch einmal und verließ die kleine Holzhütte schnell, als Bernie gerade zu einer ausführlicheren Version der ganzen Geschichte ansetzte. Der Cognac mochte ihn ja geweckt haben, aber sein Kopf dröhnte schlimmer als zuvor. Noch einen würde er wohl kaum heil überstehen. Er stieg wieder in das Taxi und ließ sich in ein Hotel bringen. Auf keinen Fall wollte er zurück in die Eifel. Die Lösung lag hier unten am Rhein, dass spürte er.

ACHTUNDDREISSIGSTES KAPITEL

Kommissar Röder hatte alle Hände voll zu tun. Um zwei Minuten vor drei traf er sich mit zwei Kollegen und seiner Sekretärin im Konferenzraum. Frau Lohmann, die gute Seele, hatte ihm eine Adresse mitgebracht. Sie gehörte zu dem toten Mann, den Laubachs Männer in der Eifel ausgegraben hatten.

Ohne zu zögern gab er ein paar knappe Anweisungen, schnappte sich seine Jacke und war schon fast wieder zur Tür hinaus, als Frau Lohmann hinter ihm herrief und ihn informierte, dass sein Kollege Laubach aus Daun mehrere Male angerufen hatte.

„Vielen Dank", rief er seiner Sekretärin zu. „Ich werde versuchen, ihn auf dem Handy zu erreichen."

Röder fuhr ein Stück die B9 hinunter, hielt sich danach westlich, und bog an dem Kreisel in Richtung Bad Neuenahr ab. In der Kurstadt fuhr er geradewegs ins Zentrum, stellte dann den Wagen beim Casino ab und ging dann in östlicher Richtung weiter. Hier, wo auch die modernen Privatkliniken lagen, begannen bereits die Außenbezirke von Bad Neuenahr. Ein Hausmeister öffnete ihm neugierig und ein bisschen aufgeregt die Wohnung von Herrn Hendges. Das sie eindeutig bewohnt war, belegten zweifelsfrei Lebensmittelreste in der Küche, Vorräte im Kühlschrank und Waschutensilien im Badezimmer. Die Wohnung erlaubt leider keine Rückschlüsse auf ihren derzeitigen Bewohner. Röder ließ alles unberührt, lediglich im Badezimmer suchte er nach einer Haarprobe, die er auf dem gefliesten Boden fand. Er zog die Tür hinter sich ins Schloss, bat den Hausmeister noch um Diskretion, ging dann zu seinem Wagen und wartete auf die Kollegen, die das Gebäude observieren sollten. Die Haarprobe würde er so schnell wie möglich zur DNA-Analyse in die Kriminaltechnik schicken.

Eine Viertelstunde später waren die Kollegen eingetroffen. Röder wies sie ein und machte sich dann wieder an die Arbeit. Unauffällig schlenderte er die Straße hinunter, um die Nachbarschaft zu befragen.

Zuerst klingelte er an die Tür eines alten Fachwerkhauses. Er wartete einen Moment und drückte, als niemand öffnete, erneut auf den Klingelknopf. Es tat sich immer noch nichts. Er wollte gerade weitergehen, da öffnete sich plötzlich die Tür. Im Rahmen stand eine Frau um die vierzig. Sie trug einen für seinen Geschmack viel zu kurzen Rock.

„Ich bin beschäftigt", fauchte sie Röder an.

„Tut mir wirklich leid, wenn ich störe. Ich möchte Sie um Ihre Mithilfe bitten." Röder zog seinen Polizeiausweis hervor, sodass sie einen Blick darauf werfen konnte.

„Worum geht es denn?" wollte sie wissen.

„Ist Ihnen in der letzten Zeit in Ihrer Nachbarschaft ein Mann mit mittelbraunen Haaren aufgefallen? Etwa Mitte dreißig? Vielleicht haben Sie zufällig beobachtete, wie er in das Haus da drüben gegangen oder dort herausgekommen ist?"

Sie zuckte mit den Schultern und schüttelte den Kopf.
„Nein, so jemanden kenne ich nicht. Allerdings schaue ich während meiner Arbeit auch nicht besonders oft aus dem Fenster."

„Wohnen Sie alleine hier?", fragte Röder unbeirrt weiter.

„Ja, mein Mann ist vor einigen Monaten ausgezogen. Hier hat niemand etwas gesehen. War's das? Ich hab zu tun", entgegnete sie gereizt.

„Vielen Dank, ja das war's. Manchmal muss die Polizei eben Fragen stellen. Bitte entschuldigen Sie nochmals die Störung."

Die Frau schloss die Tür, und Röder ging geradewegs hinüber zum Nachbargrundstück, einer Anlage mit Appartementhäusern. Im Vorgarten war eine ältere Dame gerade dabei, ein paar Pflanzen zu setzen. Röder grüßte freundlich und ließ sein Sprüchlein wieder los.

„Ja, ich hab jemanden gesehen, auf den Ihre Beschreibung passen könnte", antwortete die Dame, die jetzt etwas Dreck von einer kleinen Schaufel kratzte.

„Kam aus der Wohnung des alten Hendges. Und seinen Wagen fährt er auch. Manchmal sehe ich den Audi auf dem Seitenstreifen stehen. Ich hab noch gedacht, wie schön, dass er doch noch Verwandte hat, die sich um ihn kümmern. Wissen Sie ..."

Kommissar Röder unterbrach sie sofort, ehe sie anfing, ihm ihre ganze Lebensgeschichte zu erzählen. Er griff in seine Jackentasche und zog die Zeichnung hervor, welche Aurich ihm angefertigt hatte.

Die Dame wischte sich die Hände an ihrer Schürze ab,

nahm das Blatt und studierte es eingehend.

„Ds könnte er durchaus sein", sagte sie nach einer Weile, die Röder wie eine Ewigkeit vorkam. „Nur seine Haare trägt er jetzt ein wenig anders."

Hastig nahm Röder die Zeichnung wieder an sich. „Vielen Dank, das ist auch schon alles. Sie haben mir sehr geholfen. Nur noch eine Frage habe ich. Wissen Sie, wann der Mann das letzte Mal hier war?"

„Tut mir leid, Herr Kommissar. Das kann ich nicht mit Sicherheit sagen. In den letzten Tagen war er sicher nicht hier. Ansonsten wäre mir das Auto aufgefallen. Um was geht es denn?"

„Tut mir leid, das kann ich Ihnen nicht sagen. Und bitte, behalten Sie es für sich."

Röder hob eine Hand zum Abschied und wollte gerade zu seinem Wagen zurückgehen, als ihm noch etwas einfiel. *Das Tanzlokal.* Es lag hier ganz in der Nähe, quasi auf seiner Strecke. Er beschloss, noch einmal im *Nachtcafé Apfelbaum* vorbeizuschauen.

Wenige Minuten später stand er bereits in dem Lokal. Tanja, die hübsche Bedienung, war zu seinem Leidwesen nicht da. Röder blickte sich um. An den Tischen saßen vereinzelt Gäste und tranken Bier. Irgendwo im Hintergrund lief ein Radio. Radios geben nicht die richtige Atmosphäre, dachte Röder. Aber die Musikboxen, die er früher gekannt hatte, gab es ja wohl nicht mehr. *Schade eigentlich.* Röder erinnerte sich noch gut an die Zeit, als er in genau solchen Tanzcafés mit leuchtenden Augen vor einem der glänzenden Apparate gestanden hatte, um eine Schallplatte auszuwählen. Meistens waren die Boxen mit fünfzig Schallplatten bestückt gewesen, die jeweils die Vorder- und Rückseiten abspielen konnten. Für eine Mark konnte man sich damals fünf Titel anhören. *Du bist dienstlich hier*, rief er sich zur Ordnung. Es gab wichtigere Dinge, als sentimentalen Erinnerungen nachzuhängen.

An den Tischen konnte er niemanden entdecken, der wie dieser Konrad aussah. Hinter der Theke stand der Wirt und las Zeitung. Er blickte auf, als der Kommissar an den Tresen trat.

„Ein Bier bitte", sagte Röder. Der Wirt gab ihm ein Kölsch. Wieder zog Röder die Zeichnung aus seiner Tasche.

„Ich suche diesen Mann hier."

Der Wirt besah sich das Phantombild. „Wenn bei dem die Haare ein wenig anders liegen würden, könnte man meinen, es sei der Conny."

„Conny wer?", fragte der Kommissar. Der Wirt zuckte mit den Schultern.

„Seinen Nachnamen kenne ich nicht. Er kommt meistens erst abends hier vorbei. Das heißt, in letzter Zeit nicht mehr so häufig. Hat sich wohl ein Mädel aufgetan oder so."

Der Wirt blickte wieder in seine Zeitung. Röder schaute auf die Uhr. Es war halb sechs. Der Tag war fast rum, und außer ein paar vagen Hinweisen hatte er nichts erreicht. Außerdem bekam er langsam Hunger, und *verdammt*, er musste unbedingt noch Laubach anrufen.

NEUNUNDDREISSIGSTES KAPITEL

Am nächsten Morgen, es war ein Freitag, stand Roger Peters spät auf. Gott sei Dank war sein Kopfschmerz weitgehend abgeklungen. Glück gehabt. Eine Gehirnerschütterung hätte er jetzt nicht brauchen können. Sofort probierte er einen Dauerlauf am Rheinufer entlang, um auszutesten, wie weit er schon wieder bei Kräften war. Fast normal, offensichtlich. Bis auf die Schulter, die ihm immer noch Ärger machte, schien er wieder voll einsatzfähig zu sein. Nach einer anschließenden Dusche und einem herzhaften Frühstück ging er einige notwendige Dinge einkaufen – ein Seil, eine Rolle Paketband, ein gutes Schweizer Taschenmesser, einen Rucksack, sowie ein paar neue Klamotten. Er war es leid, den ganzen Tag in einem Jogginganzug herumzulaufen. Gut gestärkt mit einem Steak und einem Espresso machte er sich dann zu Fuß auf den Weg nach Oberwinter. Er wollte sich nochmal in aller Ruhe auf Ackermanns Boot umschauen.

Bereits nach wenigen Minuten kam die Skulptur des *Regenfängers* in Sichtweite, und nach weiteren zwanzig Minuten erreichte er das etwas versteckt liegende Tor zum Yachthafen. Ein Holzsteg führte hinüber zu den Docks. Von dort aus konnte er sich Ackermanns Boot unauffällig nähern. Vorsichtig balancierte er über den schmalen Steg. Dahinter führte der Weg zu einem Parkplatz. „Zutritt nur für Bedienstete" stand auf einem Schild geschrieben. Roger musterte die Umgebung. In diesem Teil des Hafens hielten sich praktisch nie Leute auf, da musste er aufpassen, dass seine Aktion nicht auffiel. Mal sehen. Wenn er jemanden würde verstecken wollen, was käme dafür in Frage? Es musste ein Ort sein, den weder einfache Besucher noch das Personal hier im Hafen normalerweise aufsuchte, weit genug weg von anderen Gebäuden und Wegen, dass niemand eventuelle Hilferufe hören würde. Links von ihm verlief ein Maschendrahtzaun irgendwohin, und direkt vor ihm stand ein kleines, baufälliges Gebäude. Weiter hinten am Abwasserkanal des Hafens moderte ein Schuppen mit ein paar halb verrosteten Boots-Ersatzteilen vor sich hin. Das war auf jeden Fall eine nähere Inspektion wert. Vorsichtig schob er sich unter einer Baumreihe und wartete. Nichts rührte sich. Aber nach den schmerzlichen Erfahrungen seines letzten Besuches auf dem Hafengelände war er lieber auf der Hut. Er ging bis zum letzten Baum, um einen besseren Blick auf das Gebäude werfen zu können,

Kaum dass er den Stamm erreichte, ertönte direkt über ihm ein markerschütternder Schreien, gefolgt von krachenden Ästen. Roger sprang entsetzt zurück. Im nächsten Moment sauste ein grauer Kater den Baum hinab, gefolgt von einem deutlich dickeren, rotgestromten zweiten Kater, der Gift und Galle spuckte. Roger gestattete sich ein erleichtertes Grinsen. Nur zwei Kater, die ihre Revierkämpfe ausfochten. Allerdings waren sie laut, verdammt laut. Das Gejaule war immer noch in der Ferne zu hören. Hoffentlich hatten die Kater niemanden auf ihn aufmerksam gemacht. Vorsichtig sah er sich um. Das Gebäude lag ruhig vor ihm. Von dem Bootsschuppen klang plötzlich das Dröhnen eines Motors zu ihm herüber. Roger zuckte zusammen, als er sah, wie das Boot förmlich einen Satz machte und über den Kanal in Richtung Hafen verschwand.

Es war zu schnell gegangen, als dass er den Bootsführer hätte erkennen können. Was jetzt? Es war durchaus möglich, dass sich noch weitere Leute hier aufhielten. Und falls sein unbekannter Angreifer darunter war, wollte Roger ihm keine Möglichkeit geben, ihn noch einmal zu überrumpeln.

Als sich nach einigen Minuten immer noch nichts gerührt hatte, ging er endlich weiter. In einem weiten Bogen näherte er sich dem Bootsschuppen. Der Schuppen hatte anscheinend keine Fenster. Als er vor der Eisentür stehen blieb, die zum Hafengelände führte, erklang irgendwo aus dem Inneren eine Art Scharren. Schon wieder Katzen? Aber dann mischten sich unter das Scharren ein Stöhnen und ein gelegentliches Wimmern. Es waren Geräusche, die jemand machen würde, der geknebelt und gefesselt war und versuchte, sich zu befreien. Die Eisentür war verrostet, aber stabil. Ob sie abgeschlossen war? Zögernd probierte er die Klinke. Zu seiner Überraschung schwang sie mit einem hohen Quietschen auf. *Hoffentlich hat das niemand gehört.*

Er zögerte einen Augenblick, ehe er mit klopfendem Herzen hineinging. Muffige Luft schlug ihm aus der Dunkelheit entgegen. Seine Augen, noch geblendet von dem Sonnenlicht draußen, konnten nichts erkennen. Er presste sich direkt hinter der Tür flach an die Wand, vorsichtshalber, und tastete nach einem Lichtschalter. Er entdeckte ihn genau dort, wo er sein sollte, und drückte drauf. Ein kaltes Licht flammte auf.

Aber da war nichts. Der Raum war leer.

Am hinteren Ende gab es noch eine zweite Tür. Auf Zehenspitzen und sich immer wieder zur Tür umsehend ging er hinüber. Diese Tür war abgeschlossen. Dahinter hörte er das Scharren und das Wimmern wieder, dieses Mal lauter. Roger musterte das Türschloss. Gut, dass er seinen Einkauf so umfassend geplant hatte. Ein Schweizer Messer war zwar kein Dietrich, aber die Schrauben, mit denen das altmodische Kastenschloss an der Tür festgemacht war, kriegte er damit problemlos raus. So, jetzt war auch diese Türe offen. Langsam und leise öffnete er sie und sah er eine enge Treppe vor sich, die in den Keller führte. Vorsichtig, sich an der Wand abstützend, stieg er nach unten. Die Luft war abgestanden und stank nach Fäulnis. Der Keller war niedrig, aber von der Fläche her wesentlich größer als der Raum darüber. Das hintere Ende war dunkel. Vorne, direkt neben der Treppe, stand eine abgenutzte Werkbank. Darüber hing eine Glühbirne, in deren schwachem Lichtkegel eine alte Schreibmaschine zu erkennen war. In ihr steckte ein weißes Blatt Papier, das bis zur Hälfte beschrieben war. Daneben stand eine verrostete Leselampe. Roger trat einen Schritt in den Kellerraum. Jetzt wurde er von der Glühbirne nicht mehr geblendet und konnte mehr erkennen.

Auf dem Boden lagen mehrere gebrauchte Werkzeuge und Zwingen, die dem Ambiente eine unheimliche Note gaben. Und dann sah er noch etwas, das auf eine obszöne Weise nicht in diesen Raum gehörte: einen Spitzen-BH. Er lag am Rande des Lichtkegels, zerschnitten und voll mit dunklen Flecken. Aus der finsteren Tiefe des hinteren Kellerraums hörte er das leise Rasseln einer Kette. Dann tauchte gespenstisch lautlos aus der Dunkelheit eine Gestalt auf. Das Gesicht konnte er nicht erkennen, doch es war zweifelsfrei ein Mann. Seine Hände waren leer, aber seine Jeans und seine Jacke waren blutverschmiert, und in seinem Gürtel konnte Roger ein Messer sehen. Hastig suchte er nach etwas, das er zur Not als Waffe benutzen konnte. Seine Hände fanden einen großen, schweren Schraubschlüssel, wie er für Schiffsmotoren verwendet wurde.

„Edith?", rief er beinahe panisch in die Dunkelheit hinein.

„Sie haben hier unten aber nichts zu suchen, Herr Peters", sagte eine Stimme, die ihm bekannt vorkam.

„Was haben Sie mit ihr gemacht?", wollte er gerade fragen, doch die Worte blieben ihm im Hals stecken, als die Gestalt noch einen Schritt näher an ihn herantrat und er sah, wen er da vor sich hatte.

„Bernie?", entfuhr es ihm. „Du, aber ... du?" Er war völlig perplex. „Bernie, du hast mich gerettet und jetzt bist du ...?"

„Ich hätte dich ersaufen lassen, wenn nicht dieser dämliche Polizist gekommen wäre", sagte Bernie und trat wieder in die Dunkelheit. Roger folgte ihm mit einem beherzten Schritt.

„Aber dann hast du ... Das ist doch nicht möglich!"

„Was ist nicht möglich? Diesen scheiß Weibern hier mal richtig Manieren beizubringen? Da lachen sie nicht mehr und hören aufs Wort, sage ich dir."

Eiskalte Wut brandete in Roger auf. Mit voller Wucht schleuderte er den Schraubenschlüssel gegen Bernie. Doch seine verletzte Schulter spielte bei der ruckartigen Bewegung nicht mit. Wie ein glühendes Eisen durchzuckte ihn der gleiche, stechende Schmerz wie zuvor im Hafenbecken.

Bernie hatte instinktiv die Arme schützend vor das Gesicht gerissen. Der schwere Schraubenschlüssel schlug ihm auf der linken Seite in die Rippen. Ein dumpfer Schmerzlaut entfuhr ihm und er kippte leicht zur Seite. Diesen Moment nutzte Roger und sprang nach vorne. Er versuchte, Bernies Hals mit beiden Händen zu greifen, doch der Schmerz in seiner Schulter vereitelte das sofort.

Bernie wehrte sich und warf ihn fast bis zu der Werkbank zurück. Dann stand er vor Roger, das Messer in der Rechten, und zielte mit der blitzenden Klinge auf seinen Bauch. Reflexartig sprang Roger zur Seite und trat dabei heftig gegen Bernies Knie. Der taumelte, konnte sich durch das Messer in der Hand nicht abfangen und krachte gegen die Werkbank. Ein dumpfer Schmerzlaut entfuhr ihm und ging in ein heiseres, zischendes Atmen über.

Bernie war in die Knie gegangen, nun richtete er sich langsam auf und drehte sich um, die Hände vor dem Bauch. Langsam schaute er an sich hinunter. Das Messer steckte bis zum Heft in seinem Körper. Dann hob er den Kopf wieder und starrte Roger an. Seine Augen zeigten kalten, blanken Hass. Ohne den Blick abzuwenden, zog er langsam die Klinge heraus.

Wie hypnotisiert hatte Roger verharrt und dem grausigen Moment zugesehen. Jetzt wich er langsam in die Dunkelheit zurück. Bernie folgte ihm Schritt für Schritt. Das Messer hielt er wieder in der Rechten, seine linke Hand drückte auf den Bauch. Roger konnte Bernie jetzt nur noch als Schatten erkennen. Nach einigen Metern stieß er mit dem Rücken an eine Wand. Bernie kam immer noch langsam näher. Roger wurde sich bewusst, dass er einen kapitalen Fehler begangen hatte. Mit dem Rücken an der Wand konnte er weder zum Schlag ausholen noch sich wie zuvor zur Seite drehen. Noch schlimmer war, dass Bernie zwischen ihm und der Lampe stand und er nicht mehr erkennen konnte, was der mit seinen Händen und dem Messer machte. Als er die Bewegung sah, konnte er gerade noch schützend den unverletzten Arm hochreißen. Die scharfe Klinge schnitt über seinen Unterarm, er schrie laut auf. Im nächsten Moment hörte er einen dumpfen Schlag. Klirrend fiel der Schraubenschlüssel zu Boden, während Bernie wie ein nasser Sack in sich zusammenfiel. Hier in der Dunkelheit musste noch jemand sein, den er bisher nicht bemerkt hatte.

„Hallo! Wer ist da? Edith? Bist du es?", flüsterte Roger.

Keine Antwort, nur wieder das leise Kettenrasseln. Roger sprang zur Werkbank hinüber, schaltete die Leselampe ein und richtete das Licht in die Dunkelheit. Neben Bernie lag ein nackter Frauenkörper auf dem Boden. Roger stürzte hinüber.

„Edith!", rief er und drehte sie zu sich herum. Doch die nackte Frau war nicht Edith, sondern eine völlig Unbekannte. Sie war auch kaum bei Bewusstsein. Im schwachen Lichtschein konnte er zahllose Wunden auf ihrem Körper erkennen. Sie musste den Schraubenschlüssel gefunden und mit einer letzten Kraftanstrengung zugeschlagen haben.

Raus hier!, schoss es Roger durch den Kopf, und er hob die Frau in seine Arme. Die Schulter schmerzte und die Kette rasselte.

„Verdammt!"

Er trug die Frau soweit es ging in das Licht, legte sie sanft ab und untersuchte die Befestigung der Kette an der Wand.

Einen Hebel, ich brauche einen Hebel. Der Schraubenschlüssel! Er ging zurück, griff nach dem Werkzeug, da fasste Bernie nach seinem Arm und stieß von unten her mit dem Messer zu. Doch diesmal hinderte ihn keine Wand, und Roger konnte mit einem kleinen Sprung ausweichen. Mit dem Fuß zog er den Schraubenschlüssel zu sich heran und hob ihn auf. Bernie lag jetzt auf dem Rücken, das Messer neben sich. Sein Atem ging schwer, und er presste beide Hände auf die Wunde an seinem Bauch. Roger kickte das Messer auf die andere Seite des Raumes.

„Bleib jetzt einfach liegen, hörst du! Sonst muss ich dir noch eine verpassen."

Bernie nickte schwach mit dem Kopf. Roger ging zurück zur Wand, setzte an und hebelte den Bolzen heraus. Sein Handy fiel ihm ein. Er zog es aus der Hosentasche – *kein Empfang hier unten. So ein Mist!* Er rollte das Kettenende um seine rechte Hand, hob die bewusstlose Frau auf und stieg die schmale Treppe nach oben.

Die frische Luft tat ihm gut.

Gerade als sie den Schuppen verließen, kam die Frau nochmals zu sich. „Edith", röchelte sie, „Edith ist auch da!" Dann verlor sie wieder das Bewusstsein. Edith! Er musste sofort noch einmal runter in den Keller! Aber was machte er solange mit dieser Frau? Suchend sah er sich um.

Vor dem Schuppen stand ein Mann, der ihn verblüfft ansah. Vermutlich einer der Bootsbesitzer. Ohne lange zu überlegen ging Roger auf ihn zu.

„Hier, diese Frau ist schwer verletzt."

Er legte den nackten Körper zu Füßen des Mannes ab.

„Rufen Sie die Polizei und einen Notarzt. Ich muss nochmals zurück", rief er und warf zur Sicherheit dem Mann noch sein Handy zu. Dann drehte er sich um und rannte wieder in den Schuppen hinein.

VIERZIGSTES KAPITEL

Bernie lag wie zuvor auf dem Rücken. Sein Atem ging jetzt in kurzen, schnellen Zügen. Roger Peters drehte die Lampe zur anderen Ecke des Raumes. Dort war ein Bretterverschlag.

„Edith?", rief er in die Dunkelheit hinter den Brettern hinein. Nichts regte sich. *Wenn es doch nur mehr Licht gäbe.* Er richtete die Lampe weiter auf. An der Vorderseite des Verschlages war eine verriegelte Tür. Wieder musste der Schraubenschlüssel herhalten, mit dem er krachend das gesamte Schloss herausbrach.

Wieder ein nackter Frauenkörper. Roger stockte der Atem, sein Puls hämmerte. *Bitte nicht!* Er stürzte hinein, beugte sich über den Körper, hob den Kopf, um das Gesicht erkennen zu können. Es war Edith. Fast panisch fühlte er den Puls, der unregelmäßig und kaum wahrnehmbar unter seinen Fingern flatterte. Dabei rief er immer wieder ihren Namen: „Edith, Edith, Edith!"

Keine Reaktion. Behutsam, als könnte er ihn zerbrechen, hob er ihren schlaffen Körper auf und trug ihn ins Licht. Selbst im trüben Licht der Kellerlampe waren die Verwüstungen an ihrem Leib nicht zu übersehen. Roger spürte Galle im Mund aufsteigen. So konnte er sie nicht lassen, das war zu entwürdigend. Er legte sie auf den Boden, zog sein Hemd aus und deckte sie damit notdürftig zu. *Was soll ich bloß tun?* Verzweifelt rief er wieder ihren Namen: „Edith!"

Hatte er da gerade eine leichte Kopfbewegung gesehen? „Edith!", rief er nochmals.

Nichts. Das heißt, doch etwas. Irgend etwas hatte sich hier verändert. Irgend etwas stimmte nicht. Einen Moment konnte Roger den Finger nicht darauf legen, aber dann merkte er es. Bernies schweres Atmen war verstummt. Statt dessen hörte er jetzt jemand anderen atmen. Alle seine Sinne schrien Gefahr. Langsam drehte er sich um. Über Bernie stand der Mann von oben, den er vor dem Schuppen getroffen hatte.

„Was machen Sie hier ...", setzte Roger an, als er das Messer in der Hand des anderen entdeckte. Roger sah zu Bernie hinunter. Der lag immer noch auf dem Rücken, die Hände auf dem Bauch. An seiner Kehle klaffte ein tiefer Schnitt. Eine Blutlache umrahmte seinen Kopf.

„Sicher ist sicher", sagte der andere mit fast liebenswürdiger Stimme. „Fehlt nur noch ihr beide!"

Das ist er!, schoss es Roger durch den Kopf. *Das ist das Schwein, das Edith und die anderen so zugerichtet hat.*

Blinde Wut stieg in ihm auf, verdrängte den Schmerz in seiner Schulter und für den Moment auch die Todesangst um Edith. Mit einem Satz war er am Bretterverschlag und griff nach dem Schraubenschlüssel. Beruhigend schwer lag das kühle Metall in seiner Hand. Langsam, seinen Gegner nicht aus den Augen lassend, ging er auf ihn zu.

Konrad fühlte sich völlig aus dem Konzept gebracht. Normalerweise hatte er die absolute Macht. Bernie hatte er dominiert, die Frauen mit Brutalität bezwungen. Doch dieser Typ, der, einen riesigen Schraubenschlüssel wiegend, jetzt auf ihn zu kam, war ein ganz anderes Kaliber. Der blickte ihn mit solcher Härte an, dass er wusste, es ging um Leben und Tod. Aber diesmal um sein Leben oder seinen Tod.

Konrad duckte sich leicht und hielt das Messer dem anderen entgegen, die Klinge nach oben. Doch den interessierte das Messer überhaupt nicht. Er starrte ihm weiter direkt in die Augen. Konrad wich verunsichert nach hinten aus, seine Hand mit dem Messer begann zu zittern.

„Halt, sonst ...", stammelte Konrad.

Mit einem lauten Zischen sauste der Schraubenschlüssel in seiner Kopfhöhe durch die Luft.

„Bleib zurück, sonst ...", ein nächster halbherziger Versuch.

Wieder zischte es.

Konrad fiel die Pistole ein, die vorgestern er in Bernies Kabuff gefunden und kurzerhand mitgenommen hatte. Er ließ das Messer fallen und zog die Pistole aus der Jackentasche.

Roger blieb stehen. Sein Gegenüber hatte eine Pistole in der Hand. Er hielt sie auf seine Brust gerichtet und drückte ab. Der Raum um Roger herum schien förmlich zu explodieren. Der Knall war unerträglich. Er fraß sich in sein Hirn und hallte es in seinem Kopf nach. Doch es war kein stechender Schmerz an einer bestimmten Stelle seines Körpers zu spüren, so wie Peters es erwartet hatte. Es war vielmehr ein dumpfer Schlag ins Gesicht, gegen Nase, Mund und Augen gewesen. Roger kippte nach vorn und krachte auf den

Fußboden. Wenn er jetzt starb, warum sah er dann nicht dieses Licht, von dem immer geredet wurde, oder einen langen Tunnel oder etwas Ähnliches? Stattdessen konnte er nichts mehr hören und fing an zu husten, was das Zeug hielt. Auch seine Augen brannten wie Feuer. Verblüfft dämmerte ihm, was passiert war. Die Pistole war nicht mit einer tödlichen Kugel geladen, sondern mit Reizgas. *Vermutlich ist das Ganze nur ein Teil seines perversen Spiels,* dachte er, sah aber ein, dass er mit seiner Vermutung falsch lag, als diese menschliche Bestie vor ihm selbst in die Knie ging und anfing zu husten.

Schlagartig wurde es ihm klar. Er hat es nicht gewusst! Das Schwein hat einfach nicht gewusst, dass die Pistole mit Gas geladen war!

Er wälzte sich auf den Bauch und versuchte, in die entgegengesetzte Richtung zu kriechen. Seine Augen tränten. Er konnte fast nichts sehen. Etwas weiter von ihm entfernt stand nach vorn gebeugt das Monster und rieb sich ebenfalls die Augen.

Plötzlich wurde es lebhaft über ihnen. Die Geräusche wurden immer lauter, aber er konnte nicht erkennen, wer sie verursachte. Mehrere Personen stürmten die Treppe herunter.

„Polizei!", rief jemand, dann: „Achtung, Gas!"

Roger erkannte Laubach, der mit seinem Taschentuch vor Mund und Nase durch den Nebel zu schwimmen schien. Die Tränengaswolke hing wie ein Wattebausch im Raum. Sie schien immerhin stark genug, um bei dem Monster jeglichen Fluchtreflex betäubt zu haben. Stattdessen hielt er sich beide Hände wie eine Schutzmaske vors Gesicht.

Edith, durchfuhr es Roger Peters, und auf allen Vieren bewegte sich nach vorn.

„Edith" rief er laut, als er endlich ihren Körper erreicht hatte. Wieder musste er husten. Von ihr war kein Laut zu vernehmen, nichts bewegte sich an ihr, der Brustkorb war totenstarr.

Oh Gott! dachte Roger Peters. Er hatte so vieles falsch gemacht, und jetzt sah es so aus, als würde er am Ende alles verlieren.

„Es tut mir leid, Edith. Es tut mir so leid", wimmerte er und zog den leblosen Körper an sich heran, hob sie auf seine Knie, wiegte sie in den Armen.

Freundlich, aber bestimmt packten ihn Hände, schoben ihn weg von Edith, führten ihn die Treppe hinauf. Ein junger Polizist folgte mit Edith. Oben legte er sie auf den Boden, beugte sich über ihren Körper und tastete nach Lebenszeichen. Als er keine fand, begann er umgehend mit Wiederbelebungsmaßnahmen. Er legte seine Hände über Kreuz auf ihr Brustbein und pumpte. „Eins, zwei, drei", zählte er leise.

Roger wartete. Ihm war fast übel vor Anspannung. Nichts! *Und eins, und zwei, und drei,* zählte er in Gedanken mit, *nun komm schon, Edith!*

Der Polizist versuchte es ein drittes Mal. Edith lag immer noch reglos vor ihm. Seine Stöße auf ihre Brust wurden heftiger. Kein Lebenszeichen von Edith. Der junge Mann gab auf. Seinem Gesicht konnte Roger ansehen, dass er resigniert hatte. Nein! Das durfte nicht sein! Roger sank neben Edith in die Knie und machte da weiter, wo der Polizist aufgehört hatte. Er konnte, durfte nicht aufgeben! Wieder begann er sie zu beatmen, dann pumpte er, was das Zeug hielt.

Roger verlor er jegliches Gefühl für Zeit und Raum. Die Hektik um ihn herum registrierte er nur, um sie sofort wieder zu vergessen. Konrad war von mehreren Beamten gefesselt und abgeführt worden. Undeutlich nahm er wahr, dass Kommissar Laubach ihm mehrmals zurief, ein Notarzt sei unterwegs. Dann rannte der Kommissar zur Tür und brüllte dabei laut, wo zum Teufel die Sanitäter abblieben. Kurze Zeit später kam er zurück, trieb zwei Männer mit Erste-Hilfe-Ausrüstung vor sich her und beschwor sie, die Frau zu retten.

„Diese Frau muss durchkommen, habt ihr mich verstanden? Ich will nicht noch einen Geist in meinem Kopf haben, ist das klar?"

Den beiden Sanitätern war natürlich überhaupt nicht klar, wovon der Kriminalbeamte sprach. Sie gingen zu Edith und Roger hinüber. Als sie ihn an der Schulter packten und ihm sagten, er könne aufhören, sie seien nun da, fiel er ohnmächtig zur Seite. Er hatte buchstäblich seinen letzten Atemzug für Edith gegeben.

EPILOG

Gerd Brauer saß auf einem harten Holzstuhl hinter einem leeren Tisch, die Hände in Handschellen, und blickte sich in dem Verhörraum um. Neben der von außen verschlossenen Tür saß ein Polizist und schaute an ihm vorbei.

Am frühen Morgen war bereits sein Anwalt bei ihm gewesen. Die Aussichten waren ernüchternd. Dieses Mal würde er nicht mehr herauskommen. Selbst ein volles Geständnis würde ihm nicht weiterhelfen. Trotzdem hatte er seinem Anwalt bereits in allen Einzelheiten erzählt, wie er es gemacht hatte, und wie er dabei auf die Hilfe Bernies setzen konnte – *vielleicht konnte man diesem ja ein Großteil in die Schuhe schieben und so zumindest bessere Bedingen herausschlagen?*

Kennengelernt hatten sich Brauer und Bernie bereits an seinem ersten Tag im Jachthafen von Oberwinter, als er sich dort um einen Job bemühte. Bernie war ihm behilflich gewesen, hatte Kontakte zu den Bootseigentümern hergestellt und ihn quasi vermittelt. Der Wächter des Jachthafens hatte sein ganzes Leben nie Glück mit den Frauen gehabt. Er war einmal verheiratet gewesen, doch seine Gattin hatte ihn nach Strich und Faden betrogen, zumindest stellte er es so dar. Mit seinem besten Freund lief sie auf und davon, Bernie blieb im gerade fertig gebauten Haus zurück. Er verfiel dem Suff, daraufhin war irgendwann sein gut bezahlter Job als Versicherungsvertreter weg, später natürlich auch das Haus. Es dauerte Jahre, bis er sich wieder gefangen hatte – da war er schon Mitte 50 – und als Hafenmeister in Oberwinter seinen idealen Job fand. Dort war er mehr oder minder sein eigener Herr, konnte die Schnösel, wenn sie ihm quer kamen, auch mal schön auflaufen lassen, oder anderen, die sich dafür mit einem kleinen Trinkgeld erkenntlich zeigten, jeden gewünschten Gefallen tun. Frauen ging er, bis auf gelegentliche Bordellbesuche in Koblenz oder Köln, aus dem Weg.

Gerd Brauer hatte Jahre in der Psychiatrie verbracht. Von dort waren ihm etliche Methoden vertraut, mit denen Menschen Stück für Stück beeinflusst und gelenkt werden konnten. Bei einem durch den Alkohol lädierten Menschen wie Bernie war das ein Kinderspiel. Er wurde ein gefügiger Helfer, der dafür seine Rache an den Frauen nehmen durfte. Mit dem Blut hatte Bernie es nicht so gehabt, er wollte seine Frauen lieber wie Marionetten sehen, sie sollten irgendetwas Aufreizendes anziehen und er wichste dann dabei.

Jeder wie er will, dachte Brauer. *Na ja, für Bernie war es jetzt vorbei, kann ja froh sein, dass sein beschissenes Leben so ein schönes Ende genommen hatte, immerhin hatten wir vorher noch verdammt viel Spaß gehabt. Vielleicht schreibe ich doch noch ein Buch darüber. Was wohl aus der letzten Alten geworden ist? Mit der wären es dieses Mal vier gewesen – und zwei Männer. Also sechs insgesamt.*

Nicht schlecht.

Wenn dieser Scheißtyp nicht gewesen wäre mit seinem Schraubenschlüssel. Der hätte mich glatt umgebracht, ich habe es in seinen Augen gesehen. Was mischt der sich da ein, was geht den das an, wenn ich mich ein bisschen amüsiere? Aber wir werden uns ja vor Gericht bestimmt wieder sehen, dann kenne ich ja seinen Namen. Ich werde nicht mehr rauskommen, andere schon. Vielleicht wird einer dabei sein, den ich zuvor entsprechend bearbeiten kann. Der wird dann für mich Rache nehmen. Der Typ wird schon noch sehen, was er davon hat sich in anderer Leute Dinge einzumischen.

Der Schlüssel drehte sich. Kommissar Röder betrat den Raum, setzte sich ihm gegenüber, schaute ihn einige Sekunden stumm an, sagte dann: „Na dann fangen wir mal an."

Er wird nichts mehr daran ändern können, die gesamte verdammte Polizei wird nichts mehr daran ändern können, kein Psychiater, kein Arzt, niemand auf der ganzen Welt wird mehr etwas daran ändern können. Ich werde ihnen alles bis ins kleinste Detail erzählen, werde sie quälen und schockieren mit allen Einzelheiten – und ich werde lachen dabei. Sie werden mich hassen, oh, wie sie mich hassen werden! Und wütend werden sie sein, so furchtbar wütend und doch so hilflos! Sie würden mich am liebsten umbringen, das werde ich in ihren Augen sehen – und ich werde ihnen ins Gesicht grinsen. Ich werde ihr Alptraum werden, mich werden sie niemals mehr vergessen! Und warum, werden sie wissen wollen – das ist ihre wichtigste Frage. Warum? Warum haben Sie das getan? Und ich werde ihnen sagen, weil ich einfach Lust dazu hatte, mehr nicht.

Was geht mich ihre fein behütete Gesellschaft an, ihr nach Recht und Moral geordnetes Leben – nichts, gar nichts! Der Vater hat es mir vorgemacht, damals. Ihm war auch alles gleichgültig, er lebte nach seinen Regeln und wir mussten gehorchen. Da war auch keiner da gewesen und hatte für Recht und Ordnung gesorgt, als der Vater die Mutter schlug oder für Ungehorsam mit dem Messer bestrafte. Es war auch niemand da, als er die Schwester vergewaltigte. Der Vater durfte sich das erlauben, weil er stark war, stark und rücksichtslos. Und ich wollte werden wie er, ja. Und ich bin wie er geworden. Angefangen mit meiner Schwester.

Brauer konnte sich ein leichtes Grinsen nicht verkneifen.

Dann werden irgendwann die Herren in weiß erscheinen und mich begutachten – darauf freue ich mich schon. Ihre wunderbaren Theorien, mit denen kenne ich mich aus. Ich werde zwar nicht mehr frei kommen, aber doch ganz gewiss wieder in die Klinik. Dort werde ich dann für den Rest meines Lebens bleiben müssen. Es sei denn, die hohen Herren in Straßburg oder Brüssel werden wieder so ein praktisches Gesetz verabschieden. Aber bis dahin werde ich es mir wieder schön einrichten in der Klappse, und wer weiß, wen ich dort treffe.

Kommissar Laubach stand am Bett von Roger Peters im Maria Stern Krankenhaus in Remagen. Die Schulter und die Unterarme seines Klassenkameraden waren dick verbunden, das Gesicht des Patienten fast ebenso weiß wie das Laken.

„Na, vielleicht wird dir das eine Lehre sein und du hältst dich zukünftig aus der Arbeit der Polizei heraus!"

Laubach legte ein Netz Orangen auf den Nachttisch. Roger Peters lächelte schief und drehte den Kopf zur anderen Seite.

„Wenn ihr nicht zu erreichen seid, dann muss man sich ja um alles selbst kümmern. Wo warst du bloß Kloppe, ich habe mehrfach versucht, dich anzurufen?"

„Das ist eben dein Fehler, Roger. Du denkst, wenn du uns nicht erreichst, dann tun wir nichts. Wir haben seit dem Nachmittag den Verdächtigen verfolgt. Über eine andere Leiche sind wir auf seine Spur und seinen Wohnort gekommen. Er fuhr so einen uralten Audi, den wir relativ schnell ausfindig machen konnten. Es gelang uns sogar, einen Sender an dem Wagen zu befestigen. Seine Wohnung haben wir auch überwacht. Wir hofften, dass er uns zu seinem Unterschlupf und zu den vermissten Frauen führt. Das hat er ja dann auch getan."

„Wer war die andere Frau?"

„Das war seine Freundin. Sie betrieb eine Boutique. Dort hat eine gute Kundin das gesuchte Schmuckstück an ihr erkannt und mich verständigt. Es war ein Geschenk ihres neuen Freundes, sagte sie. Ich bin natürlich sofort hingefahren, habe auch versucht von unterwegs anzurufen – zu spät. Durch das Bild in der Zeitung hatte er wohl Verdacht geschöpft und beschlossen, sie ebenfalls zu beseitigen."

„Und wie geht es ihr?", wollte Roger wissen.

Laubach schüttelte nur den Kopf. „Er hat sie vor dem Schuppen umgebracht. Wir fanden ihre Leiche mit durchtrennter Kehle."

„Oh Gott, und ich habe sie ihm auch noch zu Füßen gelegt!" Roger drehte betroffen sein Gesicht zur Seite.

„Du kannst nichts dafür, er hätte sie so oder so mit Sicherheit umgebracht. Und das Bild in der Zeitung habe immerhin ich setzen lassen. Das hat sie ja schließlich in Gefahr gebracht, dennoch, der Typ ist ein Psychopath, ein Irrer. Er saß schon mal 15 Jahre wegen genau der gleichen Art von Verbrechen. Leider hat man ihn dann aus der Sicherungsverwahrung entlassen müssen. Irgendwelche Seelenklempner haben ihm sogar attestiert, dass er völlig geheilt und ungefährlich sei. Und jetzt? Jetzt haben wir den Schlamassel. Am liebsten würde ich diese Ärzte ..."

Roger hob müde die Hand, er wollte jetzt keine Schuldzuweisungen an Ärzte, Politiker, Gerichte oder ähnliches hören. Er fühlte sich selbst schuldig. Er hatte sich mit seinem Verdacht gegen Ackermann völlig verrannt und damit wertvolle Zeit vergeudet. Und als er dann endlich auf der richtigen Spur war, hatte er sich so dumm und unüberlegt verhalten, dass er sich dafür schämte. Noch einmal würde ihm das so nicht passieren, das schwor er sich.

Laubach wartete, ohne ein weiteres Wort zu sagen.

Schließlich seufzte Roger, drehte mühsam seine Beine aus dem Bett und setzte sich auf. Er schlüpfte mit den Füßen in ein paar abgetragene Badelatschen – Laubach hatte die mitgebracht – und stand auf. Mit schlurfenden Schritten ging er neben Laubach aus dem Zimmer, den Flur hinunter auf die abgetrennte Intensivstation. Er klingelte. Nach einem kurzen Moment wurde geöffnet.

„Herr Peters, Sie schon wieder! Ich habe Ihnen doch gesagt, dass wir Ihnen Bescheid geben."

„Ich möchte nur mal nachschauen", bat Roger mit flehentlicher Stimme. Die Schwester trat zur Seite und öffnete die

Tür. Roger ging bis zu einer großen Glasscheibe. Dahinter lag, an mehrere Apparate angeschlossen, Edith reglos in einem Bett. Leise redete Roger zur Glasscheibe hin.

„Sie sagen, sie wird es wohl schaffen. Sie haben sie in ein künstliches Koma versetzt, damit sich ihr Körper schneller erholt. Wenn sie wieder aufwacht, wird man endgültig sehen, wie sie die Strapazen überstanden hat. Wie sie es seelisch verkraften wird, dass weiß keiner."

Seine Augen füllten sich mit Tränen.

Laubach legte seinen Arm um die Schulter seines alten Klassenkameraden.

„Das wird wieder, Roger. Das wird ganz bestimmt wieder!"

ENDE

Inhaltsverzeichnis

Prolog 7
1. Kapitel 12
2. Kapitel 22
3. Kapitel 32
4. Kapitel 38
5. Kapitel 45
6. Kapitel 51
7. Kapitel 58
8. Kapitel 66
9. Kapitel 77
10. Kapitel 85
11. Kapitel 91
12. Kapitel 98
13. Kapitel 106
14. Kapitel 113
15. Kapitel 122
16. Kapitel 129
17. Kapitel 135
18. Kapitel 144
19. Kapitel 155
20. Kapitel 161
21. Kapitel 169
22. Kapitel 182
23. Kapitel 193
24. Kapitel 204
25. Kapitel 211
26. Kapitel 220
27. Kapitel 227
28. Kapitel 233

29. Kapitel 243
30. Kapitel 251
31. Kapitel 257
32. Kapitel 267
33. Kapitel 272
34. Kapitel 278
35. Kapitel 283
36. Kapitel 296
37. Kapitel 304
38. Kapitel 311
39. Kapitel 316
40. Kapitel 325
Epilog 331

ÜBER DEN AUTOR 340

ÜBER DEN AUTOR

Peter Splitt wurde am 09. September 1961 in Remscheid geboren und verbrachte seine Kindheit und Jugendzeit im Bergischen Land. Nach einer technischen sowie kaufmännischen Berufsausbildung wechselte er in die alte Bundeshauptstadt Bonn und erlangte dort Sprachdiplome in Englisch, Spanisch und Portugiesisch. Neben Musik, Literatur und Antiquitäten wurden Reisen in ferne Länder zu seiner großen Leidenschaft. Besonders Lateinamerika mit seinen Menschen und Gebräuchen sowie den Jahrtausend alten Hochkulturen finden immer wieder seine Begeisterung. Seit mehr als zehn Jahren lebt er nun teilweise in Lateinamerika und in seiner Wahlheimat am Rhein. Unter dem Motto „Vom Rheinland und der Eifel in die weite Welt" schreibt er Abenteuergeschichten, Thriller und spannende Krimis aus der Region.